沸點

鄭如晴

Boiling point

推薦序

大時代下的女性身影

郝譽翔

《沸點》這本小說寫於一九九〇年代的中期，回顧起來，那正是戰後臺灣女性文學發展到達顛峰之際。自從八〇年代資本主義經濟繁榮，臺灣社會邁向城市化而「錢淹腳目」，一批在戰後出生成長，受過高等教育的女作家也開始浮出檯面，而以廖輝英《油麻菜籽》、蕭颯《霞飛之家》及蕭麗紅《千江有水千江月》等揭開了新時代女性文學的序幕。她們大多藉由流暢而細膩的寫實筆法，刻鏤日常生活的細節，訴說的則是一些臺灣社會在轉型期間女性的命運和故事，幾乎本本叫好又叫座，尤其引起了不少女性讀者的共鳴。

我便曾經在論文〈社會、家庭、鄉土——論八〇年代臺灣女性小說中的三種

「寫實」〉中，從「社會」、「家庭」和「鄉土」三大面向去探究當時的女性小說，然而其中最核心、也是絕大多數女人心靈之所繫的，便是：「家庭」。現代社會快速變遷，家庭已經失去了傳統的約束，越來越形同是建築在一片浮土之上，而女人們頓失所依，最後往往只能靠蕭麗紅《千江有水千江月》中的借佛悟道，轉而追求宗教的慰藉，又或是以《白水湖春夢》中和尚所說的：「情重，得女身，受苦，沒藥醫」等警語，以此來安頓自己的身心。

「情重」和「受苦」，彷彿是「女身」必然的宿命，但如此一來，不就更加確立了父權體制的堅不可摧嗎？於是把《沸點》放入八〇年代以降臺灣女性書寫的脈絡，便會發現作者下筆時恢弘的企圖心，以及大膽的突破之處。《沸點》也同樣在關照時代變遷之下女性的命運，小說以女主角琬真的成長過程作為主軸，從出生、童年、少女，一路寫到戀愛結婚，成為母親，乃至於中年的婚變，可以說是完整跨越了女性生命中的三大階段：兒女、妻子和母親，活脫脫就是一部女性的成長史。但《沸點》卻又不止於此，鄭如晴又以琬真所經歷過的大時代為背景，彼此相互呼應，從五〇年代的白色恐怖，保守壓抑的社會氛圍，到六〇、七〇年代臺灣經濟突飛猛進，而人人都想要一夕致富，投資炒作，卻在石油危機的衝擊下破產瓦解，以及八〇年代青年人紛紛出國尋夢，又不禁在解嚴前後臺灣泡沫般的榮景之中迷失了自己。

故《沸點》可以說是一部集「社會」、「家庭」和「鄉土」於大成之作，而這三個環節也以「家庭」為核心緊緊相扣，但鄭如晴卻試圖要為「家」重新定義。《沸點》中琬真的母親早逝，父親流亡日本，讓她從年幼時就一再追問：「家在哪裡？」然而當琬真好不容易懷抱著「家」的美夢走入婚姻，卻又因為丈夫的外遇而夢碎。於是「家在哪裡？」既是琬真個人生命的困惑，卻也形同是臺灣社會的集體失落，當傳統的鄉土早就被現代化的浪潮摧毀，而新的社會又如同一片汪洋波動不已，每個人置身其中，都惘惘然有如一片浮萍，在還來不及站穩腳跟的時候，就被迎面而來的浪花打得零落四散，身不由己。

於是《沸點》從「家在哪裡？」的疑問出發，進而展開了一幅龐大的家族系譜，也寫活了離散漂泊的人們，尤其是男性。琬真的父親文宗初中畢業後，就被祖父送到日本讀書，卻不幸遇到太平洋戰爭，盤纏用盡，只能靠黑市買賣跑腿賺取佣金，等戰後他回到臺灣從商，又因為留日的身分而遭到白色恐怖牽連，於是毅然決然變賣產業，再次遠走日本，原本寄望賭馬放手一搏，最後竟落得破產收場，黯然返鄉。大伯文生經營小型加油站，卻在一九七四年石油危機中幾乎倒閉。琬真的初戀男友天闕和丈夫瑞耕則是為了理想，在八〇年代遠赴海外讀書。這些男性角色們總是勇闖天涯，始終不肯安於一家和一地，而人生就在移動之中大起大落，對於他們而言，家，竟不是人生的避風港，而是沈重的負擔和拖累。

男人天性流浪不羈，但《沸點》中的女人卻恰恰相反，從經營「玉湯屋」的外婆滿姑、姨婆金足，到慧瑄、琬真姊妹，多是在丈夫缺席的狀況下，隻手撐起了半邊天，既要負擔家中的經濟重任，又要展現大地之母的包容和生命力，撫育下一代成長。這些女性其實性情各異，志向也不同，有的活潑天真，有的叛逆不羈，但最後卻都逃不了婚姻的這一張羅網，因此被碾壓成了同一面目，也墜入到同樣的困境。於是該忍？還是該離？難道「家」只是一個隱身在男人背後沈默的存在？是男人在經歷長久的流浪之後，終於倦了累了，才肯要好好休憩的港灣？

那麼天涯海角，女人一心想要追尋的「家」，又該是什麼模樣？是一座喪失自我的牢籠嗎？還是有別的可能性？在《沸點》的結尾，琬真經歷了婚變，卻依然拒絕舊愛天關，而選擇獨自一人扶養兒女。正如同子敏在《沸點》舊版的序言中所說：「作者在小說裡禮讚的是為殘破家庭收拾殘局的真正的強者——女人。她們收起失伴折翼的哀痛，獨立支撐一個家，建立一個母權家庭。」這「母權家庭」四字彷彿點醒了所有女人，當琬真不再為婚姻屈就，而是重拾自己熱愛的寫作，並且繼續求學深造，在職場上發光發熱時，她就不再是一個「情重」而「受苦」的女人了，更無須把「家」的夢想寄託在一位男性：不管是父親或丈夫的身上，因為此刻的她已經成長茁壯，足以獨自去打造一個屬於自己和兒女的，只要有愛就完整的家。

《沸點》所反映出來的臺灣近五十年的社會變遷，也不禁讓我想起了張愛玲的名言：「時代是倉促的，已經在破壞中，還有更大的破壞要來。」鄭如晴也寫出了時代之輪的「倉促」和「破壞」，但她並不悲觀，小說中的諸多人物雖漂泊四方，最後卻都仍被命運的神奇之手兜攏到一塊兒，而與其說那是出之於冥冥中神的旨意，還不如說是人心底最真切的情感，使得生命縱使有千瘡百孔，也都因此而得到了修補，阻止了「更大的破壞」到來。我以為這正是《沸點》所展現的可貴女力，讓乾涸之處也能冒出了綠芽和鮮花，絕地之境也有了盎然的生機。

國立臺北教育大學語文與創作學系教授
郝譽翔

自序

那聽不到的聲音最美

鄭如晴

一九八六年甫從德國回來，發現臺灣在我離開七年後竟有著重大的改變。最明顯的是早年送禮以「五爪」蘋果最受歡迎，殊不知這年回到臺北送禮，「五爪」蘋果賤價到六顆一百元，當下震驚不已，頗有古人「天上一日，人間十年」的茫惑。臺灣這幾年到底起了多少變化？醞釀了多少變革？早年整個社會期待的蘋果滋味，已然為更高不可攀的味蕾所取代？

也是這一年，臺灣解除戒嚴令，民主化、本土化浪潮一波波襲來，沖激這塊土地，有淹沒、有新生。寫這島上悲歡離合故事的念頭焉然而生，也許這想法早於留歐期間就已醞釀。那幾年在歐洲，我換了七處的居所，曾經住到德奧邊界的小鎮，我一隻腳在德國，一隻腳在奧地利。每換一處，我的鄉戀就更深一層，「創作」就成了最後的依歸。而創作也是夢想，因為有夢，才有生存的意義，讓我在時間的漫遊中找到自己。

《沸點》就在那樣的因緣聚合下完成，二十多年了，故事中的主角「琬真」她依然存在那個時空。似水年華，小說中要處理的最重要的是時間，琬真揭開了一九六〇年代的臺灣社會序幕。一九六〇是現代主義席捲臺灣的年代，作家們開始嘗試以角色內心的情感，揭示小說的心理與人性的明暗；設計角色個人，進行與社會的對話。小說中的人物選擇離開所愛卻又懸念的不捨，也正是那年代畢業後急急出國留學風潮下，年輕人對自己生長土地不捨的情感回顧。

從事小說創作、賞析教學已逾二十年，每每在課堂中，將《小說面面觀》作者佛斯特再三強調的，「小說是虛構的，人物是真實的」規範解釋一番。所謂人物是真實的，非指現實中真有其人，而是指對人物的敘述要栩栩如生，如真實存在一般。當年我把自己認識的臺灣土地寫進小說裡，內含隱晦的政治、國際石油危機，以及這個社會集體的潛意識。德國小說家杜柏林Döblin常提到「一本書所包含的必須多於作者」，我害怕個人經驗、能力有限，當年常試著讓琬真進入我的夢中，在時間和空間中自由往來。琬真存在一個虛構的空間裡，她確實「在」那裡。不光只是「在」，必須要讓她的故事，有一個延續下去的方式，因此虛構真實就出現了。

如今，再次翻閱修潤《沸點》，我想起詩人葉慈的詩句：「一切都存在，都是真的。人間，只是我們腳下的一片塵土而已。」當年白天還在報社上班，花了整整十個月的深夜，每個深夜都聽到文本中的角色各自在喃喃發聲，讓我跟著喜跟著悲。隔著這麼多年，再次與琬真重逢，書中的她成熟了，那些燥熱的情感好像也隨著時間沈澱，對很多事她只是微笑不語。忽然體悟，或許那聽不到或發不出的聲音，才是最美的。

感謝時報出版趙政岷董事長願意再次出版此書，讓《沸點》重新與讀者見面，也感謝主編翠鈺、萱宇以及企劃蘭芳。因為各位，琬真才能再現於這個時空！

更要感謝郝譽翔教授，在學期末百忙中為拙作《沸點》寫序。

作家是逆著消逝的時光書寫者——

諾貝爾文學獎德國作家　鈞特・葛拉斯

「歲月番游，流年偷換了多少，世上風霜就增多少。」

楔子

漆黑的天空閃著金蛇，緊接著一聲霹靂，豆大的雨點瞬間破天而降，嘩啦嘩啦的漫天蓋地起來。

琬真站在黑暗的窗口後，豐厚黑亮的髮絲披在肩上，微鬈的劉海覆蓋在寬闊的額頭，挺秀的鼻梁勾畫出一張完美無缺的側臉。她凝視著雨中一個壯實的背影，那背影漸行漸遠，直至一輛車前停下，回過頭望向她這邊，隔著水簾，雨中的身影在她眼中逐漸模糊起來。

墨黑的天空仍舊轟隆轟隆作響，電光一陣緊追一陣，她冰涼緊閉的唇微微抖顫，雨勢一發不可收拾如千軍萬馬般奔騰，一道電光打來，清楚的照見懸掛在她密長睫毛上閃動著的晶瑩淚珠，她沒有讓它掉下來，雙眼正努力的吸住淚水，試圖將它逼回體內，澆灌胸中翻滾的沸騰與即按捺不住的衝動。

大雨中，那人仍動也不動。良久，才鑽入車內，車子緩緩駛出她的視線。她的雙眼仍牢牢噙住淚水，有如嚴堵澎湃思緒後的最終一道堤防。

眼前這一場大雨，正以雷霆萬鈞之勢橫掃而來。

1

這是臺灣歷史最悠久的天后宮，奉祀的是媽祖。廣場前擠滿了前來燒香的善男信女；供桌像一條長龍，由正廳的祭臺蜿蜒到宮外的廣場上。這天正是農曆三月二十三日，天上聖母媽祖的誕辰。天后宮鑼鼓喧天，鞭炮聲不絕於耳。從子時開始天后宮「開鼓」的鼓聲隆隆，正式拉開媽祖祝壽醮會的序幕。信徒們早在四天前紛紛吃齋淨身以便參加祝壽陣頭的繞境遊行。這一年來風調雨順，各路人馬所組成的「陣頭」也就格外多，尤其漁民所組成的「陣頭」聲勢更是浩大。去年的烏魚漁獲量特別多，光是烏魚子所帶來的進帳，就夠漁民們一年的生活家用了，為了答謝媽祖的庇佑，為了表示虔誠的敬意，這個陣頭請來了全鄉市最貴、表演最精采的「八仙過海」一團。一大早五點，天后宮就擠進了上千名的信徒。住持捻香祝禱儀式開始，這時萬頭攢動，大家爭先恐後觀禮，祝禱儀式過後，緊接著是「過火」。傳言「過火」不但能消災治病還能祈福。只見廟前放了一張桌子，中央擺印，左擺劍，右擺勒，四果在上，廟前燃起一堆柴火，道士首先在廟內舉香祭拜，接著面對柴火唸唸有詞，當柴火燒成炭火時，一旁侍候的人不斷向炭火撒下鹽，以便降低熱度，忽見道士背後的乩童恍恍惚惚，跌跌撞撞，向火堆衝去，這時跟在後頭長龍般的信徒，失去理智般，衝過火堆，說也奇怪，這群善男信女，均能毫髮無傷的完成「過火」儀式，火堆在經百人千人的踐踏後，最後只剩一堆黑灰，餘溫尚存。接著大家就等著遊行。八點不到，車分四路向市區各地出發，上百輛的三輪車櫛比鱗次，一路逶迤，壯觀無比，沿路兩旁的信徒所擺設的香案綿綿不絕，整條街沈浸在裊繞的香火中。

十點了，金足揹著孩子擠在人群中，她剛從半仙黃老醫師的診所出來。背上的孩子昨晚咳了一夜，一大早天未亮為了躲過進香的人潮，她就急急揹著孩子借著天后宮通宵輝煌的燈火，走出廟旁的青石小巷，怕出來晚了被堵在巷內，萬一這孩子有個三長兩短，如何向滿姑交代。

她在半仙黃的診所門外等到八點半，老醫師才剔著牙打著嗝出來開門。看到她坐在門口臺階上，嚇了一跳：「哪不給我敲門？怎麼這麼客氣？」

「免啦！驚吵到你！」金足知道老醫師通常有打晚牌的習慣，怎麼可能太早起。雖然心中暗暗著急，卻又怕得罪他，只好耐心的等。

進了診所，金足解下背上咳得滿臉通紅的小女孩，焦急的問：「是不是『害阿窟』（肺病）又犯啦？」

老醫師馬上在孩子的胸口上聽診。末了他放下聽診器，笑著說：

「不是啦！是感冒。從上回的X光片中顯示，『害阿窟』快痊癒了，現在肺部功能很好，免驚啦！這回是感冒，冷到啦，打一針就好。這個囡仔真有福氣，有妳這款姨婆，當她是寶貝。若遇到別人，早就沒命了，還記得她剛出生送來時，才巴掌大，被她娘的肺癆感染，奄奄一息。妳看，現在生得這款好勢……」

「是啊！攏是緣分，剛來時才菜頭仔大，存一絲氣而已，看得實在心疼。」金足回憶四年前從她姊姊滿姑手中接過這小女孩時的情形，彷彿還是昨日。

「半仙公，我不要打針！」這個小女孩突然開口，鼓著圓圓的眼睛看著老醫師，清清潤潤的童音。

「憨囡仔，打一針好得快！」老醫師摸摸小女孩的頭說。

小女孩低下頭，兩隻眼睛盯著小鞋，兩泡眼淚含在眼眶裡打轉，嘴角下撇，她是在打針吃藥的日子中長大的，終究沒有像其他同齡的孩子，一聽打針就哇哇大哭。

金足回想方才在黃半仙診所的那一幕，心中不免抽痛。她推開人群往天后宮的方向走去，遊行的隊伍還在進行，聽說這天媽祖特別靈，待會兒也要進去頂拜，祈求媽祖保佑這孩子。才走到一半，天上烏雲密布，隨即起風，下起了絲絲小雨。糟了，沒帶傘，金足心急揹上生病的孩子，低下頭四處搜索，隨手就撿起散落在路旁的破紙板為孩子遮雨。她加快腳步，走走跑跑，遊行的隊伍仍舊熱熱鬧鬧的迎面而來，似乎絲毫不受天候的影響。「金足姊，金足姊！」她聽到有人在喚她，一抬頭正好看到漁民所組成的豪華陣頭近在咫尺，老伴生前的一群夥伴正在跟她揮手。光看這陣勢，她就知道這一年來，大家時運不錯，當然最主要的是漁船設備不斷在更新進步。如果兩年前，老伴不被那個大浪打入大海中，那麼今天站在那陣頭最前面的人就是他。面對著她，他會故意搖擺，吆三喝四，證明自己是男人中的男人。他生前從未正眼瞧過她，有時喝了酒還會打她。等挨過了幾記老拳後，金足就起身為躺在木床上昏醉的他寬衣洗腳。她常在想，如果這時此人清醒來兩眼看著她，她反倒會丟下他不管。也因為他太愛風神了，在最後一次的出海回程中，站在船頭猛揮旗，那個該死的大浪直直向他撲去，一眨眼他就被捲入大海中，再也沒有回來。

風勢越來越大，遠遠的就聽到了天后宮傳來的朗朗誦經聲，這一天誦讀的是天上聖母經文。知道快到了，金足才放慢腳步，氣喘吁吁的擦拭額頭上微微冒出的汗珠。

金足家在天后宮旁巷尾，一座三合院內的東廂房，廂房只有前後兩個房間，和西廂房人家共用一個正廳。回到家孩子已經睡著了。市區馬路上的鞭炮喧天，嗩吶鼓吹以及銅鑼聲越行越近，有隊伍已經漸漸回轉來了。

「電報！電報！陳金足電報！」正廳有人在大聲的報名。

金足聞聲，一顆心咚咚的跳著，一陣不祥掠過心頭。匆匆步出房間接過電報，只見上面寫著：「月娘亡，速帶伊女奔喪！」金足粗識幾個字，當場呆立原地。這時尖銳的嗩吶鼓吹聲已經逼近，深深的刺痛著金足的腦神經，回到房間，金足望著兩頰微紅，熟睡中的孩子，心頭沈重萬分。可憐的琬真，這麼小就沒有了娘。

這個晚上，強風夾著豪雨撲擊著大地。廂房外用鐵皮搭成，擴建出去的廚房，在狂風暴雨下，如臨大軍過境萬馬奔騰般的搖撼著。金足來到廚房，發現泥地上已經積有一尺深的水，她想起戶外一籠剛孵出的小雞，「海雄！海雄！」金足使勁的向廂房喊去，廂房裡沒人回應，海雄八成約會去了。

海雄去年才開始在小學裡教書，上個月和一個女同事訂親。這麼大的風雨還出門，金足心裡不是滋味，只得自個兒冒著風雨去搬。屋外的雛雞亂成一團，縮在竹籠一角唧唧的叫著。到處都是積水，金足只好把雞籠搬進地勢較高的臥房。臥房是個大通鋪，只留一條通道，那籠雞就擱在走道上。琬真躺在通鋪上，也許是中午又淋了點雨，回來後就一直發著燒，咳嗽不斷，加上窗外風雨不停的拍打著，金足心亂如麻。月娘過世了，該如何向這孩子提？

這場暴風雨來得實在沒理，若不是隱約鑽進窗縫的誦經聲，金足差點忘了今天是媽祖誕辰。

第二天一早風雨停了，太陽也探出臉來。小琬真燒退了，起床直喊著肚子餓，金足的一顆心才放下來。吃過早飯，金足把孩子叫到跟前說：「妳阿母昨天去世了，琬真沒有阿母了。」琬真只是張著眼睛看著她，好像在聽一件不相干的事，然後就跑走了。金足悵悵然獨自坐在板凳上，想著死去的外甥女，想著自己年紀大了，想著琬真的未來……

「姨婆！姨婆！小雞死了，我的小雞死了！」琬真哭聲尖銳，一臉驚惶失措，捧著手掌上一隻僵硬的小雞，直向金足跑來，她撲向金足懷中哭得很傷心。「我的小雞死了，我的小雞死了！」金足把琬真緊緊的摟在懷裡，昨夜以來心中強忍著的淚水，就這樣被琬真給擰出來了。

金足沒有帶琬真去奔喪，一來是這孩子剛病一場，二來她從未見過她娘，萬一犯了沖，倒害了這孩子。主意既定，金足也就不怕滿姑怪罪下來，橫豎她是替滿姑疼外孫哪！

七月暑天早上，三合院的一群婦女坐在大榕樹下，每三、四個人圍著大鋁盆，剝下鋁盆內成串成串的破卜子，然後送到加工廠加工做醬菜，鹹中帶甘的破卜子是佐稀飯的小菜。金足通常在海雄上班後就加入這副業，賺取小工錢，貼補家用。

遠遠的來了個人，大熱天西裝筆挺，頗有派頭，近看更覺那人英挺俊秀。年輕的婦女騷動了起來：「哎喲，妳看那人生得這款俊俏！」金足抬頭一望，那不是琬真的父親嗎？趕忙起身相迎：「阿宗官，真是罕走，快跟我進屋，琬真就在院子裡玩！」

面對眼前的這個甥婿，金足有幾分的敬畏，莫說他是望族之後，光是他舉手投足的貴氣與派頭，就叫金足自慚形穢。瞧，他的手指修長細白比女人還秀氣，就拿這兒遠近的媳婦來比，還沒有一個比得上。原來文宗的祖父，是前清秀才，老家府城，寫得一手好字，在當時名列臺灣八大書法家之一。每天慕名來求畫求詩的人天未亮就到大門前徘徊。到了他父親元湘這代，家道開始中落。文宗從小生長在字畫堆裡，久而久之倒也培養出一股與眾不同的氣質與書卷氣，看在一般凡夫俗子眼中，自是一種別於他人的貴相。文宗有個哥哥文生，那一年文宗初中部畢業，他父親忍痛變賣家中最後一批祖父的字，把他送去了日本留學，這件事是他父親一輩子感到最得意的事。就在文宗到了日本的這一年年底，日本偷襲珍珠港，太平洋戰爭爆發了。文宗才十六歲。父親給他帶來的盤纏在第二年的春天就用完了，戰事越來越吃緊，有整整一年故鄉音訊全無，他和臺灣的聯繫完全中斷了。文宗開始打工，日本到處不景氣，工廠關閉，學校被迫停課。有段時間文宗每天醒來的第一件事，就是擔心這一天如何弄到吃的東西，只好靠著替同學家做黑市買賣跑腿工作，賺取微薄的佣金。文宗在日本一待就四年，這年底父親千里迢迢坐船來日本尋找兒子。隔年春天天文宗隨著父親整裝回臺，算來文宗也是衣錦榮歸了，他總算拿到一張高等學府的畢業證書，最高興的莫過於他父親了。如果照他父親的看法和他祖父那個時代的標準推算，文宗也可算是一名小小的秀才了。

然而老天好像在和他一家作對，當他們的船高千穗丸號進了基隆外海不遠處即遭美軍魚雷攻擊，正中船尾、船中。短短十五分鐘，整艘客輪就沈沒了。這天是一九四三年三月十九日，船上的旅客紛紛跳船逃生。元湘遇難，文宗在海上載沈載浮，是少數的倖存者，漂流了八個小時才被救上岸。這一年文宗的母親哀傷過度也去世了。

依照元湘的計畫，兒子拿到日本高等學府的文憑回來，是件何等榮耀的事，但是他萬萬沒想到，美國的一顆原子彈改變了整個東亞局勢，也粉碎了他多年的夢想。日本投降，臺灣歸還中國後，文宗那張日本高等學府的文憑一夜間不那麼值錢了，為了生存，為了適應新的社會文化新的政策，文宗只好從頭開始學習北京話。第二年透過舊識在高雄覓得了一個警官文職。

文宗住處附近有一家澡堂，門堂上高高的掛著「玉湯屋」招牌，下班後文宗無處可去，就到滿姑開設的澡堂泡澡，熱水不但滌除他身體的污垢，澡堂主人的親切關懷更讓他有如回到慈母懷抱般的溫暖。滿姑第一眼就喜歡上這個英挺的年輕人，在得知他上無父母後，更是暗自歡喜，便決定把獨生女兒嫁給他，一想到省去了女兒侍奉公婆之累，滿姑自覺為女兒覓得了一個好歸宿而得意。

金足招呼文宗進屋，忙著呼喚琬真，「琬真，琬真，妳爸爸來看妳啦！」叫了半天也沒回應，她對文宗說：

「你坐坐，琬真八成到廟口玩了，我去找！」

文宗趕緊站起來：

「阿姨！您別忙，小孩玩累了自己會回來！今天沒帶什麼，只帶了一罐魚肝油，一盒糖給琬真！」

文宗每次來，總是大包小包。

他們哪裡知道琬真正躲在廚房角落的大米缸旁，她害怕見到文宗。這個自稱她爸爸的人，常給她帶來好玩的玩具，好吃的糖果餅乾，可是她並不喜歡他，生怕他會把她帶走，離開她心愛的姨婆。可是一聽到有糖果，琬真嚥了嚥口水，差點就跑出來要糖吃。

「阿姨，琬真明年就該入學了，有空就麻煩您老人家帶她回高雄走動走動，讓她和兩個姊姊熟悉熟悉，明年回來才不致生分！」文宗接著嘆口氣：「月娘過世後，我辭去警職到中部，也投資了一些生意，工作忙，只有靠伊阿嬤照顧了。」

蹲在米缸邊的琬真一聽高雄兩個字，就開始哭起來。高雄代表的是一個遙遠而陌生的地方，高雄代表的是一個會拆散她和姨婆的地方。金足聽到哭聲，循聲而至，這時琬真的小臉上已是淚水鼻涕糊成一團了。

「妳這孩子，怎麼躲在這兒呢？來，去見妳阿爸，看他給妳帶什麼來了？」金足說著就要拉琬真起身去見客，琬真不肯，兩手扳著米缸不放，哭聲更大了。

文宗過來，見此情形有些心痛，這個最小的女兒非但不肯親近他，甚至排斥他，如果不是月娘有癆病，長年臥床，也不會把這個小女兒送出門寄養，產生如今父女相見，形同陌路的場面。最叫文宗心痛的是，五歲的孩子在父母跟前理應是無盡的依賴與愛嬌，而他這個五歲的小女兒非但拒絕他，即便看他的眼神也布滿驚懼與陌生。

文宗手裡拿著糖，彎下腰輕喚：「琬真，叫爸爸，讓爸爸抱抱。」他一伸出手卻惹來琬真尖銳的嚎叫，她嫌惡的把頭別向一旁，整個身子縮進角落裡。

文宗不想再刺激這孩子，只得站起來，怔怔的望著金足哄她。他哪像是父親，倒像是個侵略者，一來就讓這孩子飽受驚嚇。這天文宗在回程的車上，想到這一層，不禁對空長嘆一聲，那尾音重重的吊著一串失望與無奈。他掏出口袋的一包「新樂園」，燃起一根菸，神情落寞。

文宗回去後個把月的某個假日，天色未亮金足早早起床，把一頭半黑半白的髮絲往後梳，在腦後挽了個髻，換上一套做客時才穿的灰色斜襟衣裙，然後把琬真叫醒：

「琬真，起來，我們坐火車去高雄！」琬真是喜歡坐火車的，可是一聽到高雄這個地名，她就賴在床上不起來。金足對著她的腳丫子搔癢：

「琬真，姨婆帶妳去吃碗粿，快哪！」

「我不要去高雄！我不要去高雄！」琬真叫著，索性滾向通鋪的衣櫥下躲起來。

金足看了既好笑又覺不捨：

「憨囡仔！我們只是去看親戚，又不是把妳丟在那兒，乖！出來，免番啦！」金足半哄半拉把琬真拖出來。琬真哭喪著一張臉，任金足給她換上一套有花格子的小洋裝，穿上一雙咖啡色小涼鞋，末了又在肩上斜斜的揹了一只透明的小小塑膠壺，裡面裝滿了五顏六色的顆粒健素糖。

婆孫兩人吃了早飯就上路了。

她們沿著大街到火車站，金足買了一張往高雄的普通慢車票，就抱琬真坐在月臺上等火車。琬真雖然不喜歡這趟高雄之行，但是看到來來往往的火車，興奮得掙脫金足，在月臺上又跑又跳。不久往高雄的普通慢車來了，一車車的阿兵哥坐在裡面，綠壓壓的一片，金足拉著琬真向車門擠去，坐這班車的人不少，她把琬真抱上車階，車門裡有人伸出大手就把琬真拉進車箱了，裡面有人嚷嚷：

「讓坐給阿婆！」

金足上了火車，兩排長長的座椅上坐滿了阿兵哥。果然，有個空位在等她了，滿車的阿兵哥朝著她笑，有人說：

「阿婆，您孫女好可愛！」

金足每聽到有人在誇琬真，就笑得一張嘴闔不攏：「哪有！哪有！囡仔人憨呆憨呆！」

「小妹妹！妳說妳幾歲？叫什麼名字？就給妳餅乾吃！」坐在對面的一名阿兵哥掏出一包行軍餅乾。

琬真睜著大大圓圓的眼睛，盯著那包餅乾說：

「我叫琬真，今年五歲！」

「哦！五歲，才五歲！」一車的阿兵哥騷動起來，又叫又鬧，對著掏餅乾的弟兄叫：

「順仔，再等二十年吧！」

被叫順仔的那個，一臉通紅急著說：

「別鬧！別鬧！等一下嚇到人家的小孫女啦！」一面對著金足說：「阿婆！歹勢啦！別理我這班兄弟，他們平時就是這般瘋顛！」

金足抱著琬真，就像身上佩戴著一塊耀眼的玉珮般的得意，這孩子無論走到哪兒總得人緣，吸得住人的眼光。

到高雄只要一個小時的車程，笑笑鬧鬧，很快就到了。下車時，琬真手上多了好幾包零食。

「阿婆再見，小妹妹再見！」一車的阿兵哥全探出車窗向金足琬真揮帽道別。出了火車站，金足捨不得坐三輪車，拉著琬真去公路局等車，公路車不久來了，七轉八拐，過了大溝頂，新興街站牌終於在望。金足抱著琬真下車。琬真看到這熟悉的叉路口，知道外婆家到了，忍不住就撇起嘴角，淚眼汪汪很不放心的說：

「姨婆，妳不可以丟下我偷跑回家！」

「不要怕，琬真如果不喜歡，姨婆就帶妳回家！」金足拍拍琬真的小手。其實金足心裡捨不得琬真，好不容易從小養到大，滿姑說要帶回去就帶回去，一點也不顧念她們婆孫的情感，想到這點，金足就怨起滿姑來。金足也想留下琬真在身邊，但是她的環境畢竟不能和滿姑比，在尚未替滿姑照顧琬真前，她是以替人家帶孩子貼補家用，生活才能過下去。現在海雄雖然能賺錢，但是下個月起馬上有他自己的家了，留下琬真也得要媳婦同意。而捨去琬真，無疑是割去她心頭肉般的疼痛。這陣子金足的心思就常繞在琬真身上，留或不留都叫她兩難，雖然這樣想，心裡頭還是盤算著，怎樣才能讓這孩子歡天喜地心甘情願在滿姑身邊住下。

新興街是一條五金街，有賣建材、鐵皮鋁板、菜刀剪刀的各式店面，「玉湯屋」，就在五金街尾，隔壁是一家蜜餞廠。

琬真幾乎是被金足拖著走的，人還未到「玉湯屋」，一群孩子就蜂擁而上，七嘴八舌的嚷著：「有客人來了！客人來了，快去跟阿嬤說去！」

當中最大的一個孩子叫昌明，向她們走來：

「姨婆！妳們好久沒來嘍！阿嬤看見妳們會很高興！」昌明說著在琬真面前蹲下來：「琬真，妳長高了，阿兄等一下帶妳去買彈珠好嗎？」

「我要彩色的那種！」琬真記得這個和氣的大表兄。

「好！我們就買彩色的彈珠！」昌明說著站起來，琬真只有他的腰際高，他已經是五年級的學生了。他牽著琬真的手往雜貨店走去。

昌明帶琬真買了十顆玻璃彈珠回來時，「玉湯屋」的櫃臺桌上擺了兩碗麵，這是滿姑依例叫來待客的點心。孩子們圍在一旁，你一言我一句：

「嗯！好香的麵呵！」

「只有客人可以吃！」

「改天我也要去作客！」

在這群孩子的眼中，琬真是個小客人，不屬於他們中任何一個的小客人！

「去玩吧！別圍在這兒！」滿姑喝道。

正說著，琬真的兩個姊姊從外面走進來，慧琯是老大讀六年級，慧瑛是老二讀四年級，她們淡淡的看了琬真一眼，叫了聲：「姨婆！」就繞到櫃臺後，尋著階梯上樓了。

樓上是住家，一群孩子跟著慧琯慧瑛屁股後面相繼的上了樓，二樓前廳擺了張神桌及沙發，廳後隔成四間通鋪，滿姑有三個兒子都已成家，每人各據一間，她自己和火土帶著慧琯慧瑛睡在最後一間通鋪，緊臨廚房。滿姑是個能幹的婦人，裡裡外外全靠她，火土從年輕起就遊手好閒，雖然不嫖不賭，卻閒散淡然，好像天塌下來，都與他無關。滿姑只能揹著孩子到處替人打工，幾年下來攢得了積蓄，頂下新興街的這家店面，經營澡堂，十幾年來，倒也做得有聲有色。

昌明耐心的等琬真吃完了麵，就要帶她上樓玩，琬真不肯離去，緊守著金足。昌明只好陪琬真在騎樓下玩彈珠，琬真的視線一直沒有離開金足，生怕不留神，金足從她眼前消失。然而孩子畢竟是孩子，不一會兒一群表兄弟姊妹又下樓來圍住琬真玩尪阿標，嘶殺聲此起彼落，琬真玩得滿臉通紅，忘了金足。

等她玩累了，想到姨婆時，金足不在店面裡，也不在樓上，琬真慌了，「哇」的一聲大哭起來。「玉湯屋」一進門左右兩邊各有四間單人浴室，走道盡頭是一間大眾浴池，琬真掙脫眾人阻攔，她跑進大眾浴池，驚得一屋子的大男人呆立在原地不知如何是好，她見不到金足，跑出來扯開嗓門，一間間的敲著單人浴室的門哭叫著：

「姨婆，姨婆，妳在裡面嗎？」

「姨婆，姨婆，妳不要走，我要和妳回去！」一間間的浴室裡沒有人回應，只傳來嘩啦嘩啦的水聲。

琬真一下子像迷失街頭的孩子，慌亂得不知所措，她一遍又一遍重複的敲著每間浴室的門，口中不斷的叫著：「姨婆，不要把我丟在這裡，姨婆，我要和妳回家！」敲到最後一間，琬真已哭得一口氣快接不上來，裡面的人終於開門了。金足本想先躲起來，再悄悄溜走，但是她再也忍不住了，她絕不能就這樣拋下這孩子回去，那怕滿姑生氣。琬真一看到金足，就死命的抱住她的腿！

「壞姨婆！壞姨婆！騙琬真！」

就這樣，滿姑不得不還是讓金足又把琬真帶回去了。

立夏後海雄成親了。距離上回到高雄四個月後的一天，滿姑帶慧瑛來探親。琬真一聽鄰家孩子通報她外婆來了，就趕緊跑到鄰家躲起來。雖然午飯剛過，金足還是到廟口叫了兩碗麵來待客。

「我那兒吃得下，這個囡仔知道我來就跑。豈有此理！」滿姑一邊罵一邊取下插在衣襟上的摺扇搧風。

雖然已入秋了，天氣可還悶得很，經過一上午的車程顛簸，滿姑又熱又累加上記掛著店裡的事，心煩氣躁，不免數落起琬真。滿姑出門一趟可不容易，首先得好說歹說，說服火土看店，此外當天的收入準有一半落入火土的口袋。滿姑雖明知，看店的人選還是不做二人想，叫她把店交給媳婦，她可不願意。總之，肥水不落外人田。

她會急急跑這一趟，實在是前幾天又收到文宗來信催促，要她把琬真接回來入小學。自從上回琬真演出大鬧澡堂後，滿姑就擔心金足婆孫分不了，這趟來可得跟金足說清楚才行。她也曾想過索性把琬真留給金足，她自己年紀大了，少分責任少個負擔，只怕文宗不肯。再說，月娘過世前一再的叮嚀：「阿母，琬真是我的骨肉，無論如何得接回來讀書，足姨家境不好，栽培不了的！」她是答應過月娘，像疼慧琯慧瑛一樣的疼琬真。但是這孩子就像外人，一點也不同心，見到她不是撇著嘴就是躲得遠遠的，就像現在。

「足妹，無論如何今年九月入學前，得讓琬真回去適應一陣子，妳看怎樣？」滿姑開門見山就把來意明說了。

「是呀！這孩子總要歸家團圓的！遲早留不長，過完端午我會把她送回去！」金足早已下定決心，雖然她心中有萬般不捨。

滿姑聽金足這一說，倒有些過意不去。她知道金足疼琬真，疼入腹肉了，將心比心，若叫慧琯慧瑛離開她，不也等於揪去了她的心嗎？原先以為金足會找理由推拖或乾脆要求留下琬真，所以帶了一筆錢在身上，以便不得已時拿來交換琬真，想不到金足一口答應，使她對這個從小過繼給人當童養媳的妹妹另眼看待。比起她來，金足的境遇畢竟是差了，妹婿清輝非但未留下一磚一瓦，還欠了一屁股賭債，因此到現在金足母子仍棲身在人家的屋簷下。自從找到這個妹妹，和她認了親後，她們彼此間就像朋友一樣一直客客氣氣，少了一份自家人的隨性坦率。

世間的人情事理，可沒有一定的準兒，按理說她和金足本應該是對相互依存、無所不談的老姊妹；琬真於她，更應該是那種嫡嫡親親的祖孫關係，但是造化弄人，她和她們之間隔著一道看不見的鴻溝，反倒是金足和琬真通過她，建立了超越血緣的祖孫情，想到這裡，滿姑心裡有些悵然。

「滿姊，有句話不知該不該說？」金足望著滿姑臉上複雜的神情，頓了半晌接著道：「琬真是妳的小孫女，從小不在妳身邊，妳得多疼多愛點！可憐這麼小就沒了娘！」

「妳的意思是怕我這個外婆虧待她？」滿姑臉一沈有些不高興，論關係再怎麼說也輪不到姨婆來提醒外婆。

「那倒不是。我是擔心到時候琬真認生吵吵鬧鬧，讓妳煩。慧瑄慧瑛是妳一手帶大的，總是會多偏疼些，這是人之常情。我說呀！琬真還望妳多疼惜！」

這幾句話說得滿姑答不出腔來，想來是金足把一切都看在眼裡。不錯，她是不怎麼喜歡這個外孫女，月娘就是懷了她以後，病情加重，如果沒有她，月娘也許不會早早歸西。月娘，我的心肝哪！

開春後，天氣漸漸暖和起來，金足的心頭一天沈重似一天。清明過後，她收到文宗寄來的信，信上雖然說得客氣，謝謝她對琬真的養育與照顧之恩，重點卻是在向她要人催人。

海雄看過信後，恨恨的說：「養別人家的孩子，實在不值！養大了都要還！」海雄也是疼琬真的，那琬真可是小靈精，每天阿舅短阿舅長，海雄下課回來，琬真不但給他拿拖鞋，還賴到他腿上撒嬌：「琬真最喜歡阿舅，長大了要嫁給阿舅！」逗得海雄笑彎了腰。往後琬真走了，家裡少了個孩子，阿母多少總是寂寞的。還是養自己的孩子好，別人搶不了，海雄想。

越接近夏天，金足就越捨不得琬真，總覺得多留一天是一天，就這樣拖拖拉拉，過了端午。在琬真離開的前一晚，金足帶她去吃最喜歡的蝦仁肉圓、炒鱔糊，琬真吃得好高興，回家的路上緊牽著金足的手，依偎著她說：「姨婆，琬真是世界上最愛妳的人，我長大了要賺錢給姨婆買好東西吃，住好房子！」金足聽得眼眶熱了起來，我的好琬真，姨婆那輩子修來的福！

琬真到底還是回到了高雄。這一回，琬真緊抓著金足，金足走到那兒，她就跟到那兒，連上廁所都不放，幾個孩子圍在她身邊玩，也不能叫她分心。吃過午飯，金足就說很睏，探問琬真要不要睡午覺，琬真警覺的說：「不要！」並把頭搖得像博浪鼓似的。

金足牽著她往滿姑的通舖走去：「妳不睡，姨婆要睡，妳就看我睡好啦！」金足躺下來，琬真仍抓著她的手不放，坐在她身邊。坐著坐著，琬真的眼睛漸漸不聽使喚，眼看就要闔起來，一雙小手仍緊抱著金足的手臂。

金足看了不忍說：「琬真，躺下來，抱著姨婆睡，姨婆就跑不了啦！」也許真的太睏了，琬真就乖乖躺下，抱住金足的一條手臂。

其實金足那兒是睏，只因琬真像頭小鹿般的驚敏，難以脫身，只得騙她睡。沒一會兒功夫，看琬真熟睡了，金足輕輕挪動身體。她就要離開這孩子，望著琬真白裡透紅的小臉蛋，金足心如刀割。話別了滿姑，她走出「玉湯屋」，走出新興街口，一路頻頻拭淚，就這樣忍痛割下心頭的一塊肉離去了。

琬真醒來時，發現金足不在身邊，她像瘋了的小牛，一頭衝下床，跑下樓，一聲聲的哭嚎：「姨婆！姨婆！」她找遍了單人浴室、大眾浴池，能找的都找遍了，她的姨婆沒有出現。琬真跑到馬路上嚎啕大哭，把一條街的人都引出來。「姨婆，姨婆，我要跟妳回家，姨婆不要離開我！」琬真的哭聲響徹整條街。下午日頭赤炎炎，馬路熱得發燙，她一屁股坐在馬路上顧不得疼痛，一雙小手小腳在地上胡亂的踢打著。路過的三輪車腳踏車紛紛避開她。滿姑看她實在鬧大了，就過來拉她進屋，她摔開滿姑的手，哭得更大聲：「我要姨婆，我要我的姨婆！」滿姑用力，把她從馬路中央拉走，她死命的掙脫滿姑，跑回馬路上。她要等姨婆回來，姨婆從這條馬路離開的，就還會出現在這條馬路上。她呼天搶地的哭！「姨婆！姨婆！」滿姑沒輒，只有隨她去了。天色漸暗了，家家忙著準備晚餐，不再注意馬路中央那個哭聲漸歇漸息的小女孩。

昏暗的路燈亮了起來，琬真曬了一下午的太陽，哭得又累又渴，只剩下斷斷續續的抽噎及微弱的聲音：「姨婆！姨婆！妳在哪裡？琬真要和妳回家！」最後她坐在馬路中央睡著了。

琬真入學了，昌明是她的小老師，每天放學耐心的教她注音符號和算術，滿姑並未因琬真的到來而改變作息，她仍舊裡裡外外的忙著，慧珺慧瑛的生活也未因這個至親小妹妹的加入而有所改變。慧琯忙著適應初中新生的生活，慧瑛流連在漫畫書店裡，沒有人在意琬真。只有昌明，他帶琬真玩，帶琬真讀書寫字。

這天琬真讀下午班，昌明因感冒沒有上學。放學時琬真跟著路隊回家。一離開學校大門，一個高年級的男孩衝到琬真面前，一把搶過她手上的皮球說：「借我玩！」不等琬真開口，已跑數十步遠。琬真在後面追，一邊追一邊叫：「還我球，還我球！」那男孩不但不還，蹲下身撿起地上的石頭就向琬真砸去。「可惡！」琬真被一聲大吼給嚇一跳，轉身看見來接她的昌明。昌明向那大男孩追去，一下間兩個人扭打在一起。許多孩子圍著他們看，並大聲的加油，兩個孩子拳打腳踢了一陣子，最後，昌明把那孩子推倒在地上，一把搶過球，氣喘吁吁的說：「以後你敢再欺負我妹妹，我打死你！」那男孩也不甘示弱的回說：「你敢？少放臭屁！」說完才悻悻然離開。

昌明把球交回到琬真手上，拍拍她驚魂甫定的臉頰：「不要怕，有阿兄在，這輩子誰也不能欺負妳！」

琬真望著他的額頭，淚眼汪汪的說：「阿兄，你流血了！」被琬真一說，昌明方才覺得額頭右側刺痛，用手一摸，果然一片殷紅。

琬真緊依偎著昌明，這個家只有昌明對她最好。

第一學期，琬真讀了個第八名，得到三枝香水牌鉛筆。她興高采烈的跑回家，一進「玉湯屋」大門，就發現櫃臺的座椅上一個打扮入時的年輕女客，懷裡一個女嬰。

滿姑叫住她：「琬真，過來，見見這個阿姨。」原來文宗年初就已續絃，新婦巧紅原是他工廠的會計，生得柳眉杏眼，一副嬌嬈。

琬真盯著這個繼母身上滾著白色蕾絲領口的絲質上衣，還有腰下長長的綠花百褶裙，多漂亮的衣服，外婆和舅媽從沒穿過這樣講究的衣物。琬真的眼珠在她身上上下打轉。

「怎麼叫呢？我想想！」滿姑自言自語似的說給來客聽。「就喚巧姨好了！」滿姑不讓孩子們叫她「媽」，她不能讓這個女人來代替月娘，縱然文宗已找到了一個比他自己年輕十五歲的女子替代月娘，但是在她心目中，她的女兒是別人永遠無法取代的，孩子們的娘只有月娘一個。滿姑雖沒有明說，卻固守著她的分際，故意在稱謂上叫出親疏。

巧紅也不是笨人，知道這個外婆何等精明，有意畫分界線，當下便笑著說：「噢巧姨好！阿嬤怎麼說怎麼好，巧紅年紀輕，不懂得照顧人，哪配當孩子們的娘？還承望阿嬤多加照顧呢！」

滿姑聽在耳裡，哼在心裡，卻忙笑答：「好說，好說，都是自己人，我老啦！將來三個囡仔得仰仗妳！」

巧紅不再接腔，話鋒一轉，客客氣氣的表明這趟一來是正式拜訪滿姑，二來是告知文宗已悄悄赴日本的消息。滿姑被這突如其來的訊息給驚住，緊接著一股怒氣油然而生，這麼大的事怎麼從未聽文宗提起，再怎麼說，他三個女兒的重擔可是她一肩替他挑起的，他怎可以不交代就一走了之？

「阿嬤莫生氣，文宗走得很匆促，誰也未提！您還記得幾年前他辭去警官的事嗎？」

滿姑怎麼會忘記？那陣子二二八事件的漣漪越擴越大，文宗亦被牽連。機關抓人抓得緊，被抓的都是同期留日的人，文宗和琬真的叔公都是那次被拘捕名單中的一員。有天夜裡，敲門聲大作，文宗就被幾個便衣帶走了，事後雖被釋回，但是琬真的叔公卻在那一夜後，就再也沒有回來過。那事件後文宗就不再任公職，轉而從商做生意。至於為何被捕，文宗始終輕描淡寫：「我怎麼知道？解釋也沒用！這個時代，他們愛抓誰就抓誰！」此後滿姑就不再提起這件事，但是一想起總是膽戰驚心。

「妳是說警察又來找麻煩？」

「都是便衣，來過一兩次，跟蹤的倒是常有，文宗怕這回進去再也出不來，所以匆匆走了。」巧紅就把文宗如何躲避便衣，如何在匆促的時間內從松山機場驚險出關搭機離去的事，一五一十的說給滿姑聽，滿姑聽得一顆心咚咚的跳著，為文宗捏了一把冷汗，無形中對巧紅的敵意也消了一大半。巧紅回去後，滿姑一肚子心事。

這幾年文宗做生意頗有發展，在臺中最熱鬧的街上頂下了一家戲院，也買下戲院對街的一棟樓房，同時和朋友合夥設立紡織廠。可說事業正盛時期。然而就因當年在警局任職時曾幫過二二八事件中受難的留日同學，文宗從此與這事件脫不了關係。為了躲避夜半敲門的驚怖聲，為了不再過心驚膽戰隨時被捕的日子，文宗毅然決然變賣產業，遠走他鄉，留給巧紅中華路上的一棟樓房，他想等事情平靜了，也許就可回來東山再起，那麼這棟樓房就是他的根基。至於三個女兒有滿姑照顧，他再放心也不過了。

週末，昌明常偷偷的騎著阿公的腳踏車，載著琬真在馬路上快樂的兜風。他們轉到大溝頂的小吃攤，買一盤五毛錢的三點蟹，擠在一堆人中搶著蘸薑汁吃。吃完了三點蟹還有魚丸湯，兩個孩子共吃一碗，琬真每吃一顆魚丸就開心的喊：「好Q，好吃！」昌明頂多喝上兩口湯，其餘的就留給琬真，看琬真吃得兩頰鼓鼓的，露出一排的小貝齒笑，心中就很滿足。琬真好久沒有這樣高興過，吃著吃著，她低下頭，嘴角一撇豆大的淚珠就滴下來。

「怎麼啦？不好吃？」昌明急得問。

「我想姨婆，我想我姨婆！」琬真說著嘴角撇得更彎了，她索性放下湯匙，哇的一聲哭出來。她想起金足，想起依偎在金足身邊吃碗粿的情形。

自那天在馬路上哭得聲嘶力竭之後，琬真就乖乖住下了，她知道再如何的鬧，也不可能回到姨婆身邊。從此她不再哭啼不再提起金足，也不給滿姑添麻煩，吃飯、穿衣洗澡，生活中的一切瑣事，她自己拾掇得乾淨清爽，超過一般同齡的孩子。看得三個舅媽一再誇：「那琬真好手腳，生得真伶俐，這囡仔真認分！」但是誰也不知道，琬真每晚睡覺前總抱緊她的塑膠娃娃，低聲的啜泣：「姨婆，姨婆，妳在哪裡？琬真好想妳！」

長久以來憋在心中的委屈，因一碗魚丸湯給挑了起來，琬真終於忍不住嚎哭，雖然只是六歲的孩子，她已經能察言觀色，知道在這個大家庭中，她像一個外人，無人疼無人惜。只有昌明給她親人的關照和依靠，讓她覺得只有和昌明在一起，她才有自在與安全。

等她哭夠了，魚丸湯也涼了，昌明幫她擦淚，無限溫柔的說：「琬真乖，別哭了，待會兒給阿嬤知道是會生氣的。以後想姨婆就對阿兄說，阿兄教妳寫信，不會告訴任何人的。」說完摸摸琬真的頭還扮了個豬鬼臉，琬真才破涕為笑。

昌明真的就教琬真寫信，琬真寫的第一封信是這樣：

好姨婆：琬真很想念姨婆，非常非常的想念，睡覺的時候也想，做夢的時候也想，不知道姨婆會不會想念琬真？琬真在外婆家很乖，不惹外婆生氣，也不惹舅舅、舅媽生氣。姨婆，妳會來帶琬真回去嗎？

想妳的琬真敬上

金足收到這封信，淚流了一個晚上。

快過年了，家裡上上下下忙成一團。慧瑄雖是個初中生，但是成天和同學在外玩，有時候看電影，有時候逛街，她越大越像月娘，滿姑捨不得她做家事，三個媳婦看在眼裡也頗知曲意承歡，連個掃帚也不敢讓慧瑄碰，在滿姑面前慧瑄長慧瑄短，聽得滿姑窩心得很。二媳婦嘴甜，討好道：

「阿母，慧琯哪像您的孫女！您倆站出去，不知情的還以為是對母女呢！」「我哪有這麼年輕，一看就知道孫嬤！說的人八成都看走眼啦！」話雖這麼說，臉上的笑可像一朵花。

有滿姑撐著，慧琯絲毫不受失親的影響，反而因此得到更多的疼惜與慣縱。

臘月二十八這天，家裡大大小小都在大掃除，慧琯照舊跑出門看電影。慧瑛推說頭痛賴在床上看漫畫。吃飯時間到了，她硬是不下床，說是吃不下飯，要吃麵，滿姑怕她餓了，就差琬真到對街麵攤去替她提鍋麵回來。

麵買回來了，琬真小心翼翼的拎著熱騰騰的提鍋爬上樓，這時候四歲的小表弟突然從樓上匆匆的跑下來，與琬真撞個滿懷，琬真還來不及叫，那鍋熱騰騰的麵當下就潑灑出來，全淋在琬真的左腿上，油湯順著樓梯流下去，只聽那提鍋噹啷一聲掉到地板上。

事情來得突然，琬真驚得立在原地大呼：「湯麵翻了，湯麵翻了！」

眾人跑來，只見琬真的小腿上已起了一個雞蛋大的水泡，三個舅媽站在樓下直喊：

「快去泡水，快！」卻沒有人上前。

昌明從中鑽了出來，手上滿是肥皂泡沫，他衝上樓梯，揹著琬真直往單人浴池跑。一下水，琬真痛徹心肺尖銳的哭嚎，傳遍了「玉湯屋」裡裡外外，那哭聲像把利刃直直刺向昌明的心。

這晚琬真哼哼啊啊的，整夜都在呻吟。滿姑聽了，心中湧起對這小外孫女從未有過的疼惜。是的，金足說的沒錯，她偏疼的只是那兩個自小帶大的孫女。至於琬真，也許是她根本不關心這孩子；也許她太乖巧了，乖到讓她毫不費心？她想起月娘臨終前提醒她：「阿母，琬真也是我的骨肉……」

滿姑滿懷歉疚，輕撫著琬真睡夢中疼痛表情的臉頰，低聲道：「乖孫，阿嬤以後會加倍疼妳！」

琬真請了兩天的假沒有去上學，下午她趴在二樓前廳的茶几上寫作業。滿姑正要上樓午睡，看見琬真就走到她旁邊：

「琬真啊，妳比兩個姊姊會讀書，好好用功，妳要是讀個第一名，阿嬤就送妳一樣東西！」

「什麼東西？阿嬤！」琬真兩眼發亮。

「妳跟阿嬤來，阿嬤拿給妳看！」

琬真跟滿姑來到她們祖孫倆睡覺的通舖，看滿姑從櫃子裡拿出個手飾盒，裡面有珍珠、翡翠、金鍊、金戒指、金鎖片、金手鐲。

「阿嬤就給妳這條金鍊戴！」滿姑挑一條金鍊在琬真的頸項上比了一比。

「這些是阿嬤的珍藏，有些是妳媽的遺物，等妳們姊妹滿十八歲，阿嬤就把這些都送給妳們！只是，不知道能不能看著妳們長到十八歲！」

滿姑的擔心與憂愁並非沒道理，這陣子常頭暈，她的血壓近年來頗高，醫生一再囑咐要注意，多休息，不要太勞累，但是這一大家子，裡裡外外，從浴池的清潔工作到買菜燒飯，哪一件不是她事必躬親？親戚都勸她放手給媳婦，她就是不放心。

在一旁的琬真好奇的一一把玩著金飾，愛不釋手。她決定要拿第一名給阿嬤看。

琬真升上二年級，第一次月考得了第一名，她不相信自己的眼睛，捧著那張成績單看了又看，親了又親，恨不得立刻飛到滿姑跟前。

中午放學，她一路跑回家。滿姑不像往常坐在一樓店面櫃臺，琬真登登的跑上樓，發現走廊上圍了一屋子人。

「阿母！」

「滿啊！妳要醒過來！」

琬真只見滿姑躺在地上，口吐白沫。

「是腦中風，不能動她！我再看看！」一旁的醫生蹲在地上翻開滿姑的眼皮，聽她的心跳脈搏。末了，搖搖頭，沈重的說：

「過去了，請節哀！」

頓時哭聲四起，老伴火土抱著滿姑的遺體，聲聲哀嚎：

「滿啊！滿啊！妳怎麼獨自先轉去？留我孤單無伴？」

火土想到這輩子都是滿姑擋在他前面，替他遮風遮雨替他養家持家，替他煩惱替他生兒育女，這輩子他欠她太多太多了。

除了幾個去上學的內外孫不在，三房兒子媳婦全都隨侍在側。滿姑雖然這樣走了，倒也符合一般所謂的壽終正寢，兒孫滿堂的福壽標準，只是滿姑不夠命長，這一年她才五十九歲。

琬真拋下手上的成績單奔過去，喊：

「阿嬤！阿嬤！我拿第一名回來了，妳聽見了嗎？阿嬤！妳醒來！」

那張成績單從空中飄下來，孤單的掉落在一旁。

巧紅接到電報趕來奔喪。半年前與滿姑會面的一幕，彷彿才在昨日。那一次臨走前，滿姑為她的新生兒補辦了一份豐厚的外婆見面禮，事出巧紅意外，讓她感動不已。未進「玉湯屋」，巧紅就依嫁出門女兒的身分，遵照古禮，一路爬跪進來，一邊哭嚷著：

「阿母，妳這麼早走，忍心拋下三個外孫女？叫巧紅怎麼帶？巧紅年輕還望阿母牽成哪！」巧紅哭得悽慘，彷彿死去的人真是親娘。

滿姑的喪事辦得體面風光，唸經的僧侶一天三班，除了晚上睡覺外，誦經聲從早到晚不絕於耳，屋裡的檀香二十四小時裊繞不散。滿姑移屍到樓下大眾浴池間，額頭上橫扣著一條鑲有玉珮的黑綢緞帶。嘴裡含著一顆豆大的夜明珠，說是要照見她回去的路。入殮那天，一家老小，大房、二房、三房依序列隊，琬真三姊妹墊後，道士一一唱名，被叫到的就上前捻香，由一旁的道士誦詞唸禱。叫到慧琯三姊妹時，道士喊到：「孤外孫女慧瑄慧瑛琬真送阿嬤起程，來世再結祖孫緣。」

誦禱結束，滿姑被移入深紅的棺木裡，那棺木紅得叫人驚怖，紅得叫琬真一輩子難忘。蓋棺前，子孫依序繞棺一圈，望最後一眼。

輪到慧瑄，她低下頭深深的望著養她十四年的阿嬤。從此，早晨不再有阿嬤泡好的牛奶加雞蛋送到她床前，早上不再有阿嬤送她過馬路搭車，中午不再有阿嬤送來的熱騰騰便當。

她生活中的依靠忽然倒了，什麼都沒有了，世界一夜間全變了。慧瑄意識到從未有過的懼怕，從今以後再也沒有阿嬤照顧，此刻她感到像棄兒般的孤單。

「阿嬤！阿嬤！妳怎麼可以死？慧瑄不能沒有阿嬤！」慧瑄呼天搶地，兩手緊緊扳著棺緣。

「快！快！把她拉走！眼淚不能滴在棺木裡！會叫往生的人走不開！」道士命令。

大舅立刻拉開慧瑄。

儀式結束，蓋棺開始，鋼釘狠狠的敲在棺木上，發出巨大的聲響，聲聲都擊中在每個人心上。這個家的支柱倒了，滿姑一死，三房才驚覺到，此後再也沒有人為他們遮風雨了，個人得為自家的前途命運掌舵。

火土堅持給滿姑停屍一個月後再入土，因天氣熱，眾人反對，就提前半個月出殯了。

辦完滿姑的後事，三個舅舅就商量讓巧紅把慧琯姊妹接回臺中的家。

巧紅想不到這麼快得負起照顧三個姊妹的責任。當初嫁給文宗，誰人不羨慕她覓得金龜婿做現成的少奶奶。雖明知他有三個女兒，好在孩子歸外婆操心照料，她和文宗過得可是自在單純不受打擾的小家庭生活。不想嫁文宗不到兩年，一切都改觀。走了一個丈夫現在卻來了三個半大不小的女兒，老大慧琯不過小她九歲。她突然要做四個孩子的媽媽，負起照顧一群年齡從十四歲到一歲的自己的女兒的責任，而她不過才二十三歲。想到這兒，巧紅的心頭沈重得像掛著千斤重的錘子，揪得肝肺全擰在一起，鬱卒到了極點。這哪是她當初嫁給文宗時想見得到的？！

這天她收到文宗由日本發來的電報，示意她無論如何得把三姊妹接回來，文中附帶兩句感激話，算是決定。巧紅雖是心頭萬般不甘，如今這等形勢依情依理，她哪有推卸的藉口，只好牙根一咬，整理出空房，招來鄉下的妹妹幫忙照料，準備把慧瑄三姊妹接來一起過日子。

昌明已是初中生了，在得知琬真得離開這個家開始，就纏著他母親，要他媽把琬真留下來，橫豎琬真跟著後母過日子，總不如留在他們一家身邊。他母親不答應，說琬真姓林又不姓黃，橋歸橋路歸路，當初是上有阿嬤做主撐著，現在樹倒猢猻散，個人得為自己打算，那有閒錢再養人家的孩子？昌明聽了不依，又吵又鬧，問他母親可否聽說後母苦毒前人子？他母親怒道：

「就算是這樣，也是她的命。你倒要問問你爸爸，養自己一家可否沒問題？還要養外頭神仔？」

其實大舅媽是疼琬真的，只是這會兒老人家兩腿一伸，一家子亂烘烘的，兄弟間開始明爭暗鬥，計算著如何把他們大房一家趕出「玉湯屋」。碰上丈夫好賭又無主見，就加深了她的無助，這會兒她那有心情留住琬真，說不定明日醒來，他們一家就得住在大街上了。

昌明知道鬧不過他母親。琬真離開的前一晚，他帶著自己工藝課時做的木雕人像送給琬真，說：

「阿兄再也不能照顧妳了，到了臺中，妳可要好好照顧自己，這個小木偶就像阿兄一樣陪著妳！」

琬真聽了，撇著嘴，清澈晶瑩的大眼睛濕濡濡。

「阿兄，為什麼疼我的人最後都要離開？我要和阿兄在一起！」八歲的琬真，一再嘗到人世間的生離死別，小小的心靈充滿了說不出口的哀傷與驚懼，彷彿在她前面的路是個乖舛詭譎的暗路，隨時會吞蝕她生命中所依賴的人，如今外婆死了，阿兄也要和她別離，一下子琬真的世界裡空盪盪，她像棄兒般孤單，無人顧無人惜。

「傻琬真，阿兄永遠都不會離開妳，這只是暫時的，等阿兄長大了能賺錢了，定會去找妳！」

一夜間這個少年郎長大了許多，面對琬真，他有一份無法解釋的責任，就是想要照顧這個小表妹，疼愛這個比他小五歲的表妹。此刻他心中湧起了難以言喻的不捨，淚水順著他俊秀的臉龐流到鼻梁下剛冒出的柔細青髭上，他沒理會，離別的傷痛正啃蝕著他的胸臆，他緊摟著只到腰際高的小琬真。

2

慧琯三姊妹拎著簡單的行李，跟隨巧紅踏進了一個原本就不屬於她們的家。

這個新環境對她們而言，充滿了新奇。附近是臺中最熱鬧的中華路的精華地段，短短三百公尺的一段路就有兩家戲院。一家是五洲戲院，一家是安樂戲院。後者就是文宗頂下又脫手賣掉的那家，這時正在上演布袋戲「雲州大儒俠」，光是從裡面傳出的震耳欲聾的炮爆嘶殺聲，就可想像舞臺上逼真精采的演出與聲光煙硝的特效了。住家就在戲院的對面。第一晚，琬真在一片轟隆砰咻的特殊音效聲中沈沈睡去，睡夢中昌明和她擠到廟口看布袋戲。

自從慧琯三姊妹來了之後，巧紅便把所有的家事都交給鄉下來的妹妹巧玉，自己每天打扮得像朵花。午飯一過，她便急急出門，成功路的柳川旁有一家小夜曲夜總會，下午兩點茶舞就開始了。巧紅在這兒認識了幾個朋友，男男女女久而久之混熟了，便玩在一塊兒，這兒玩膩了有時就移到中山公園旁新開設的「意難忘」咖啡館，一群人對城裡少數摩登的這家咖啡館趨之若鶩，店裡柔和的燈光，鋪有白底紅格布的餐桌，絲絨高背的座椅，濃濃的咖啡香，整個空氣中充滿了浪漫的異國情調，加上迴盪四周的西洋情歌，渾雄的男聲在耳邊低吟，再次挑起了巧紅情感上的遐思與期待，她虛空的心靈正待填補。

文宗留給她豐厚的生活費，以及住家樓下店面的租金，她所過的優渥日子，遠超過同齡的女子。當她四周的朋友與姊妹紛紛開始投入人生的競技場，為生計奮鬥拚命的開始，巧紅已領先數十年擁有她們夢想中的一切。但是她並不快樂，尤其想到她突然間多出三個孩子要照顧，一顆心就感到沈重起來。她的人生就此被綑綁住了嗎？不，這不是她所要的人生，她不要青春歲月就此埋藏，她還年輕，才二十三歲，她需要愛與被愛。

漸漸的巧紅連晚飯也不回來吃，三餐都是巧玉在掌理。

琬真讀三年級放學得早，回家就得幫忙帶兩歲的琬艾。琬艾有對像她母親一樣的大眼睛，生得機伶可愛活生生像個洋娃娃。琬真很喜歡這個小妹妹，身上若有幾角錢就存起來，等存夠了兩元，她就揹起琬艾到中華路口的龍泉肉圓店叫一碗肉圓，挑出裡面的肉，咬成一小塊一小塊，吹涼了送進琬艾嘴裡，剩下的一層厚厚的粉皮，琬真就蘸著碗底的配醬一小口一小口吃得津津有味。

通常晚餐前琬真就得把地板抹乾淨，一層樓的地板少算也有五十坪，她提個鋁製的小水桶趴在地板上一小格一小格的拭擦。琬真的臂力不夠，抹布擰不乾，擦在地板上，一片濕濡。

這天巧玉從廚房出來，才踏上通道，腳一滑，整個人向後仰，一屁股坐在地板上。

「唉喲！妳要害死我，這麼溼的地，妳要滑死人！」巧玉痛得眼淚快掉出來，開口便罵。

「玉阿姨，對不起，我不是故意的！」蹲在地板上的琬真趕緊起身要拉巧玉，巧玉手一揚說：「免啦！」把琬真揮得老遠，一腳踩進水桶，整桶水翻流一地。琬真慌了，小小的身軀連忙跪在地板上收拾，水流像數條水蛇，到處亂竄。巧玉看了說：

「擦個地板笨手笨腳，連抹布也擰不乾，像幾天沒吃飯！」

「誰笨手笨腳？琬真是生來讓妳罵的？我們在阿嬤家可從不做家事的，妳使喚琬真倒像在喚婢女，她才幾歲？」慧琯正巧下課回來，一推門進來便看到這一幕，她寒著臉瞪著巧玉說。

巧玉沒想到慧琯提早下課，斜睨她一眼，便起身去做飯。她對慧琯懼怕幾分，這個女孩比她小三歲，但是一臉陰沈，尤其一對凹陷的眼睛，彷彿能把對方心中的祕密給吸出來，叫巧玉在她面前心虛得無話可說。

慧琯在滿姑去逝後，才驚覺自己背負著大姊的責任，凡事再也沒有滿姑替她姊妹盤算鋪排。滿姑一輩子的行事作風，精明得讓人佩服又痛恨，有時雖讓人萬分不滿，卻又挑不出她的錯。耳濡目染下，慧琯也習得滿姑幾分，叫人不敢小看。

這晚巧紅不回來吃飯，餐桌上只擺了一碟芹菜炒豆干，一盤菜脯蛋，一小碟炒花生。慧琯問：

「沒有菜啦？」

「要吃多好？我們在鄉下，晚餐都喝粥配醬瓜，那有飯吃？」巧玉答。

「那是妳們，我們在阿嬤家可是餐餐有魚有肉，我都還不一定愛吃！」慧琯放下碗筷，看了桌上一眼：「更何況這款菜！」說完，便下桌，帶著慧瑛琬真到樓下的夜市街吃麵去了。

這晚巧紅回來，巧玉便把自己跌倒及晚餐的事說了，巧紅聽了十分不悅，當下就把慧琯叫來道：

「玉阿姨是我們的客人，來幫我們煮飯已夠委屈夠辛苦，怎還出言傷人，攏是妳阿嬤教示不夠！」

「我阿嬤不會叫琬真擦地板，我阿嬤桌子上也不會只擺菜脯蛋和土豆！」慧琯回嘴。

長久以來，巧紅只顧將自己打扮得一身光鮮，卻在家用飲食上扣得死緊，捨不得多耗一分一毫，看在慧琯眼裡極度不滿，早就想找機會發難。

「每天五十塊的菜錢，妳還嫌什麼？現在樣樣都貴，吃米不知米價，妳以為錢這麼好用？」「啪」一聲，巧紅用力拍著桌面。

她心想不兇點那能堵住慧琯的嘴，這不知天高地厚的女孩懂什麼物價，報五十塊錢只不過要唬唬她，告訴她錢可都花在這個家，她可沒虧待她們姊妹。那知道慧琯不聽也罷，一聽說每天菜錢五十塊錢，便接著說：

「每天五十塊錢？我們吃這種菜？這樣吧！明天我替妳買去！」慧琯一本正經，像個小大人般沈穩的說。她想起每天早晨一律的醬瓜油條，午餐的便當大部分青菜間雜幾片五花肉，晚餐更不用提，最常見的是海帶魚。這樣的菜也要五十塊？

巧紅報出的帳可收不回來了，不給也不行。隔天是星期天，慧琯向巧紅拿了五十塊，帶著兩個妹妹到市場。首先到肉鋪子買了一斤後腿肉，才花了十塊錢，又到魚攤前選了兩條赤鯨，魚販認識她們，揮揮手說：「送妳們的，我欠妳們阿爸的情還也還不了！」這魚販先前原是安樂戲院的清潔工，幾年前離開戲院曾向文宗表明創業的意願，文宗就給他一筆為數不少的資遣費。三姊妹這會兒才恍然大悟，原來他們吃的魚都是免費的。接著她們去買了一串活蹦亂跳的田雞，索價只不過五塊錢；慧琯看看兩個面有菜色的妹妹，又折回肉販那兒切了一塊豬肝，費去了八塊錢，又買了一斤蛋四塊錢，挑了幾把青菜、兩樣水果，把個菜籃裝得滿滿的，慧琯算一算，依照過去的伙食看來，巧紅每天的菜錢不會超過二十塊錢。她心中就更恨這個繼母的吝嗇。因為還有餘錢，三姊妹又開開心心的去吃了點心，才提著沈甸甸的菜籃回家。

回到家，慧琯得意的把菜一樣樣擺出來，氣得巧紅臭著一張臉，整天不說話，她心疼那五十塊錢，一面怪自己報價報得太高，一面恨那慧琯精得像她外婆。

巧紅去信向文宗抱怨，他的三個女兒太難伺候，後母難當。文宗回信要她多擔待，並在信中夾了張一百元的美金，言明以後按月寄來，算是安撫她。巧紅計算一百美金可換四千元新臺幣，加上樓下店面一千兩百元的租金，她的日子可說是富裕到了極點。每月突然多了四千元的收入，她應該謝謝慧琯三姊妹。巧紅高興得暫時忘卻和慧琯的不愉快。

雖然多了四千元，巧紅在家用上並未鬆手，一罐ＯＡＫ奶粉要慧琯說了十幾次才買。這天下午琬真放學回來，看到琬艾手裡一個漂亮的紙袋，裡面裝著兩塊雕花奶油蛋糕，這麼精緻的西點，琬真第一次看到，琬艾張開嘴，咬下一大口，琬真見狀忍不住的吞下一口口水說：

「給姊姊咬一口，看好不好吃？」

「好吃，當然好吃，我媽媽說誰也不要給，只准我一人吃！」琬艾天真的說。

琬真好失望，默默的看著琬艾在她面前一口一口的吃下那香濃的奶油蛋糕，她只要一小口就好，能夠嚐嚐那滋味就好。琬艾吃得高興跑來跑去，冷不防一小塊蛋糕自嘴角滑落在地，琬真看到了正要走過去，琬艾的一隻腳已踐踏在上，好像踏在琬真的心口上般，琬真好心疼，一定是很好吃的一口。她羨慕琬艾有媽媽，懂事後她越來越了解媽媽的重要，媽媽是個護身符，媽媽的臂彎是個堡壘，媽媽是一個孩子的整個世界，沒有媽媽，世界是猙獰可怕的，琬真渴望媽媽，渴望一雙溫柔的手。她試著討好巧紅，在巧紅面前做個勤快的孩子，自願照顧琬艾，當琬艾的小保母。琬艾向巧紅撒嬌時，琬真眼裡露出渴慕，希望巧紅能關心她一點，然而巧紅從未正眼看過她。這天下午巧紅正要帶琬艾出門。

「走嘍！琬艾！」梳了個新髮型的巧紅把琬艾打扮得像個小公主。

「我也要去！巧姨！」琬真囁囁的說。

「沒妳的事，妳留著看家！」巧玉回鄉下去了，琬真能做的事，巧紅全派在她身上。

「留給我一塊半吃麵，肚子餓了！」琬真知道出門沒望，小心翼翼的乞討，像做錯事的孩子。

錢錢錢，巧紅只要聽到有人向她要錢便不禁火冒三丈，要當她是這三個孩子的保母，又要當她是提款銀行，不免心中生恨。她要的只是自由和不虞匱乏的金錢，目前只有這兩項稍可彌補她的虛空。

她沈下臉猶豫了一下，隨手從皮包裡掏出幾個零角，往地下一扔！

零角「噹啷」一聲散了一地，琬真的小小心靈像被撕碎扔了一樣，她一角一角的撿起來，眼淚跟著一滴滴的灑落在地。

巧玉回鄉下有一陣子了，琬真中午放學回來若碰上巧紅心情好，也許會為她煎個荷包蛋或炸條香腸什麼的，對琬真而言珍貴的不僅是食物，同時也有一份被疼惜的感覺，畢竟巧紅沒有忘記她會回來吃午餐。光是這一點就讓琬真滿足了，她要做個合作乖巧的繼女，只要巧紅高興就好，畢竟她是她現在生活中唯一可靠的人。

然而大部分時間巧紅是不在的，她會留個一塊錢在桌上，要琬真到對面戲院的騎樓下吃碗大麵羹，麵羹裡的麵條下鍋前已用鹼塊發泡得虛胖，裝在淺碗裡，數得出幾條，一碗五毛錢的大麵羹，琬真吃下兩碗，肚子就飽脹得厲害，但是不到一個小時胃內就餓得發慌，加上鹼羹長期侵蝕胃壁，好一陣子，琬真每天一到下午就胃疼，疼得臉色發白，疼得躺在床上打滾。巧紅認為小孩哪個不病痛，沒什麼大不了，就叫她到隔壁西藥房拿成藥。藥房的老闆娘先前是助產士，哪懂什麼藥劑成分，就隨便拿個消炎片給琬真吃，琬真的胃病因此更嚴重了。

這一年冬天，琬真身上自始至終就只有一件紅毛衣保暖。這天紅毛衣下水洗了就曬在窗臺外，傍晚收衣時卻發現紅毛衣不見了，琬真怕是風大，掉在一樓巷內，就下樓四處尋找，還是沒有紅毛衣的影子，她彷彿丟了件珍寶似的，難過極了。快過年，琬真央求巧紅給她買件毛衣，巧紅眼皮抬也不抬一下的說：「再看！」除夕這天，琬真格外勤快，希望自己的勤快能提醒巧紅記起買毛衣的事，她早早替巧紅把事做完，就等著巧紅趕在商店關門的最後一刻帶她去買。時間一分一秒的過去了，直到天色漸暗，遠近除夕圍爐的鞭炮聲此起彼落，琬真無限失望，倚在窗臺上，黯然的看著街道的商店一家家的收拾離去。這是一個沒有新衣的年，整個新年期間，琬真哪兒也沒去，她就只有靠在窗臺的欄杆邊默默的望著街道兩旁的各種攤販，以及來來往往穿著一身簇亮的大人與小孩，她有著被世界遺棄的感覺。

新的學期開始了，有幾次放學後，琬真在進家門時碰見了從裡面出來的警員，她想起滿姑所說的那些與父親有關的二二八事件的故事，她不明白什麼是二二八事件，但是直覺中，那是一種禁忌，滿姑不許家人提，巧紅更是三緘其口。

這天一進門，見巧紅眉頭深鎖。

「警察為什麼來我們家？」琬真問。

「以後有人問起妳爸爸，就說他生意失敗，到日本去了，其他的就說不知道，聽見沒？」巧紅沒好氣的說，一顆心煩得無處訴。這陣子情治單位來得勤，每次一來都是三個彪形大漢，逼問文宗何時回來，在臺的交友情形。看來短期內文宗是回不來了。

春假前，文宗託人祕密捎來訊息，打算在四月初去香港時過境臺灣留一宿，要巧紅帶著孩子們到松山機場與他會面。這個消息讓巧紅興奮了好多天，想到能與文宗共聚一夜，三年來的盼望與期待，好似都在等這一刻，她開始忙著張羅衣飾配件，帶什麼睡衣去？穿什麼衣服才好？最後決定到委託行從內衣褲搭配起，又跑到美容院燙了個新髮型，此外破天荒為慧琯三姊妹做了一套新衣衫，她進進出出的忙著，彷彿要入宮般的慎重。

會面的時刻到了，琬真第一次來到臺北，看到這麼壯觀的機場，這麼大的飛機，她興奮得跑到瞭望臺，大鳥般的飛機起起落落，銀色的機身，線條優美，能夠坐在裡面是多麼神氣的事，他們的父親就要從這幾架飛機當中的一架走出來，琬真幾乎以崇拜的心情來迎接文宗。慧琯慧瑛緊貼的玻璃窗遠遠的注視著走出機艙的旅客。

「看到了，我看到了爸爸，穿灰色西裝的那個！」慧琯比手畫腳帶頭嚷起來，琬真對父親印象不深，只依稀記得他抱她時扎人的鬍渣。

一家人趕緊跑向接機大廳，大家屏息以待的緊盯著出關大門，不久一個神采飛揚，風度翩翩的中年男子出現了。

「爸爸！爸爸！」只見慧琯慧瑛向前衝去兩人一起抱住了文宗，巧紅抱著琬艾也不甘示弱，快速向前走，只有琬真慢慢的跟著後面。文宗一抬眼，發現了這個小女孩，她已經長高了，變得更秀氣可人，尤其是一對靈秀的大眼睛，文宗的心都化了，她一步步的向他走來。

「爸爸！」琬真羞澀的躲在慧琯背後，輕輕的喊。

「琬真，還害怕讓爸爸抱嗎？」文宗摸著她的頭。

琬真搖搖頭，不好意思的笑了，一張臉像顆紅蘋果。

文宗把禮物交給孩子們後，便把巧紅拉到一旁的角落。原來文宗這次入境化名日本人以便躲過情治單位的耳目，一聽巧紅訴說幾個月來家中被盯梢的情形，文宗當下便決定立刻搭下一班飛機離去，巧紅聽了像是當下被潑了盆冷水般，失望到了極點，她穿嶄新的內衣選了新式的撩人睡衣，全是為了這一夜呀！

從臺北回來後，巧紅在家的時間更少了，脾氣變得喜怒無常更難以捉摸。心情好時，她就挑慧瑛帶出門去吃一頓，慧瑛個性剛烈嘴巴不饒人，罵起人來兩片薄唇像機關槍掃射不停，但是她也嘴甜，一活絡起來巧姨長巧姨短，把巧紅的一顆心熨燙得既舒暢又平整。巧紅也因此顧忌她幾分，慧瑛要的東西，巧紅多半不會少給。

這天慧瑛到學校，幾個同班的男同學一見到她都吃吃的竊笑，交頭接耳鬼鬼祟祟的樣子。

「大男生有什麼話不能說，在那兒嘀嘀咕咕，多沒出息！」慧瑛瞪了他們一眼。

「是妳自個兒要聽的，聽了可別罵我們！」

「無緣無故，我罵你們？真無聊！」

「你說！」幾個人推著其中較瘦小的一個。

「我那麼瘦，說了不被打死？」瘦小的那個反擊，幾個男生就在那兒推來推去。

「什麼事嘛？要說就說？不說拉倒！」慧瑛說著就要起身步出教室！

「我說，我說，不過先聲明，可別生氣。」其中一名男生小心翼翼的看了慧瑛一眼，繼續說：「昨天看到妳繼母和一個男的手牽著手從舞廳走出來！好親熱的樣子！」這個男生的家就住在舞廳旁。

慧瑛一聽，整張臉脹得通紅。

「你們亂講，再胡說八道，我把你們幾個的舌頭都割掉！」

「我們就知道，妳會生氣，還逼我們說，是妳自己愛聽的！」幾個男生說完，一溜煙跑出教室。

這個初中二年級的女生，含著淚鼓著腮幫坐在位子上，一股羞怒油然而生，這個消息，讓她在男生面前顏面盡失，對她而言無疑是最大的侮辱，這口氣她無論如何都嚥不下來，想起平常巧紅給她的小恩小惠，這會兒全都給討了回去，慧瑛忿恨的坐在椅子上，整天無心上課。

這年，琬真升上五年級，臺中市區邊緣蓋了不少連棟的透天獨立花園洋房，巧紅不知道從那兒探聽到師專附近有一批樓房要蓋，便開始慫恿慧琯姊妹寫信給文宗，道出對洋房的嚮往。文宗回信，既是喜歡住洋樓，就變賣現住的樓房吧！巧紅得到文宗的首肯，心花怒放，開始急急物色買主，她心中有個更重要的念頭，那就是她要擁有一棟屬於自己名下的房子。巧紅急著脫手，這棟處於市區精華熱鬧地段的店面樓房僅以二十五萬元就草草成交了。買主欣喜若狂，三個月後以五十萬元脫手再賣出。巧紅由鄰居口中得知時相當懊惱，但也安慰自己，錢先拿到手較實在。

新居花了二十七萬元，文宗寄了五萬元新臺幣來補不足之款，錢能解決的事，文宗向來不吝嗇，只希望巧紅能安心照顧四個孩子。

新家在一片水田和竹林後。琬真因要考初中，晚上得補習到九點，再搭一趟公車，快的話九點半可到家，等不到車時回到家往往十點了。走在田邊的小路上，四周靜悄悄——水田一畦畦無邊，黑暗中一根根矗立的稻草人，好像故事中的孤魂野鬼，讓琬真心生無限恐怖。通常琬真在回家的路上只敢直視路前方，在昏暗的路燈下拚命向前跑，遇到刮風下雨，幽暗的竹林發出嘎嘎的聲音，嚇得琬真連舉步的勇氣也沒有，這時候森黑的路上沒有一個行人，她多麼盼望巧紅出現在陰暗的小路盡頭來接她，那怕只有一次，她都會永遠感恩記住她的好，長大了會加倍還她，好好孝順她。然而路的盡頭通常是幽暗的，更遑論有個撐傘的人在路燈下等她！

巧紅如願以償，終於在她名下有了一棟全新的透天洋房，接著她把琬艾送回了鄉下。

這一年琬真升六年級，每天早出晚歸，為了初中聯考。慧瑄已高三，初懂人事，對於巧紅最近徹夜不歸或數天未歸，已有幾分瞭然。文宗的信也少了，她知道這個家遲早要散，父親到日本已整整六年了，六年可以改變很多的人事，父親是個美男子，難保身邊不無女人？這樣的想法僅止於猜測而已，直到有一天聽到來探望她們的叔父與堂姑的對話：

「阿宗年底又要做老爸囉，不知跟巧紅怎麼說！一個年紀輕輕的女人家帶四個孩子實在不簡單！錢再多也無法買心肝，情才重要！阿宗實在不應該，風流呵！」

「……」

慧瑄聽到這兒，有些同情巧紅，連帶她在外的行為也就不在意了。

暑假到了，琬真以第二志願考上了一家私立的教會中學，只差兩分就上省女中，她很懊惱，悶悶不樂了幾天。

這個週末，琬真到同學家回來，一踏入客廳，就發現一個身材高大的男生對著她笑。

「琬真，看看我是誰？」來客興奮的盯著琬真看，五年未見，這小女孩長高了，變得婷婷玉立，有了大小姐的模樣了，也變得更漂亮啦！唯一沒變的是她那對靈秀的大眼睛。

忽然，琬真的一張臉像花開般的燦笑起來，臉上的表情，是驚喜？是不可置信？她差點跳過去抱住對方，但是小女生的矜持在剎那間及時的抑住了狂奔上前的衝動：

「阿兄！你是阿兄！」琬真說著害羞的低下頭，眉目間難掩一股喜悅之情。

昌明望著這個小姑娘，她已經不是那個哭得眼淚鼻涕糊成一團的小女孩了。她長大了，清麗得有如一株含苞待放的蓮花。

這個暑假後昌明就要升高三了，升學的壓力壓不住他想見琬真的念頭，他不顧一切的來了。這個家因為昌明的到來熱鬧了起來。三個女孩圍著昌明聽「玉湯屋」在她們離開後的一些故事。二舅把大舅三舅兩家趕出門，獨占「玉湯屋」。外公有一陣子自個兒跑到臺南投靠滿叔公，後來被大舅媽接回家住。昌明又說了些三兄弟為分財產而大打出手鬧到警局的事，三個女孩聽了駭得睜大了眼睛，她們不能想像，少了外婆後的「玉湯屋」是怎樣的一個場面。

隔天昌明教琬真騎腳踏車，屋前有塊空地，他跟在腳踏車後，兩手把正車座來來回回的跑，生怕車子一斜，琬真就摔下來。琬真的興趣高昂，騎著騎著，兩邊的把手也能平衡了，昌明這才偷偷放手，卻不敢讓琬真知道，恐她心慌，車子一斜就前功盡棄。他們把車子騎到田邊的小路上，這條石子路顛簸得厲害，昌明不敢掉以輕心，緊跟在後頭跑，車子騎到竹林邊，突然不知從什麼地方冒出一群白鵝擋在前路，琬真遠遠的就看到了，嘴裡不禁喊著：「走開！趕快走開！笨鵝！」那群鵝哪聽懂她的話，除了呱呱的叫外，仍然慢條斯理的搖擺著屁股擋在路中央。眼看車子就要輾過鵝群，琬真心一慌，忘了如何煞車，正好頭上方有一截橫伸而過的樹幹，說時遲那時快，琬真雙手放掉車把，向上一躍，攀住了樹幹，整個人騰空掛在樹上，腳踏車咚的一聲倒了，嚇得鵝群紛紛閃避。昌明在後頭，目瞪口呆的望著這一幕，直聽到琬真喊：「救命呀！救命呀！」他才如夢初醒，接著嘿嘿一聲笑出來，笑得彎下了腰。

昌明把琬真抱下來，直問：「傷到哪兒沒有？」琬真似乎驚魂未定，一隻手猛拍胸口：「嚇死我了！差點車禍！」

「和一群鵝發生車禍？」昌明忍住笑。

「我是怕輾死了鵝。」

昌明望著琬真，這麼善良的女孩，將來會吃虧的，他更加決心要好好照顧她。

傍晚，昌明到竹林替琬真捉蟬，才一腳跨出竹林就差點與急駛而來的「史酷達」撞個滿懷，車子緊急煞車，騎在機車上的是一男一女，女的脫口而出：「夭壽！」昌明定睛一看，那不是巧紅嗎？他立刻招呼：

「阿姑！」這是出門前，他母親教他的，說要尊敬巧紅，如死去的姑媽。

巧紅已三天沒有回家，想讓人送到小路口就好，沒想到這人堅持送到家附近，現在巧不巧被昌明碰個正著，想躲也躲不掉，只好硬著頭皮介紹：

「這是我表兄，你就跟著琬真她們叫表舅吧！」

昌明從頭到腳打量著眼前叫表舅的人，這男人生得三角眼，闊嘴，黝黑的皮膚，一頭油髮黏答答的覆蓋著額頭，這男人怎能和姑丈相提並論，念頭一起，他覺得簡直有辱姑丈。

昌明退回竹林，猶豫著該不該把看到的事告訴慧琯。

琬真見到巧紅回來，急著跟她要錢，再過一星期就得註冊了，怕她一眨眼又出門去了。

「妳們三姊妹見到我就只會拿錢！」巧紅冷冷的說。

「我們家的錢都在妳這兒，不跟妳要跟誰要？再說，妳常不在，難得碰上，不開口要待何時？等一下妳又要走了，我們向誰要去？」慧琯在一旁插嘴道。

自從巧紅買了這棟新屋後，就把這兒當成旅館，高興就回來，不高興三四天不見人影。她不提也罷，一提反叫慧琯搶白一番。

「妳們要搞清楚，我還年輕，我要自由，可不想活馬綁在死樹上！」巧紅正梳著頭，一聽惱羞成怒，一邊就拿著梳子往桌面敲。

「妳拿我爸的錢在外面亂交男友，別以為我們不知道！」慧琯不甘示弱頂回去。

「妳說什麼？妳看到了什麼？一個女孩子家搬弄是非亂造謠，妳不怕天打雷劈！」巧紅越說氣越旺，手上的梳子就要打過去。昌明在房裡聽了趕快跑出來，擋在慧琯前面。

「阿姑不要動怒，慧琯隨口說說，沒人會相信這話！」昌明望著巧紅，一字字的吐出來，巧紅心虛臉上一陣熱，氣勢也就弱了大半。她丟給琬真兩千元註冊費，砰的一聲關上大門走了。

隔天昌明就要回高雄了，這天晚上他帶琬真去吃消夜，叫琬真好好讀書，好好照顧自己，琬真只是一勁的點頭。

「琬真！」昌明輕柔的喚著，他心中有太多的話要告訴琬真。

「嗯？」琬真睜大圓亮的眼睛望著他。

「我……」昌明說不下去了，琬真清燦燦的眼裡充滿著對他的信賴與崇拜，他不敢越雷，生怕把心中的話說出來，便褻瀆了琬真純淨的心靈。他決定再把這番話吞進肚裡，保留幾年，他要等琬真長大，大到懂得他的用心，快快長大吧！琬真，我已等不及要把心中的祕密告訴妳……

隔天早上昌明帶著一肚子的話離開了，琬真有些悵悵然，疼她的阿兄走了，生活又變得平淡無奇了。

禮拜天一早三姊妹在家裡弄吃的，突然一對夫婦前來按鈴說是要看房子，慧瑄回說：

「妳們找錯了，我們不賣房子！」

「有啦！這住址明明是對的！」那婦人拿起紙條一再對著門牌。

「妳們可能弄錯了！」

「這兒有位劉巧紅吧？劉小姐說如果我們中意，這個月底就可以搬來，都講好啦！」

「什麼？」慧琯聽了一顆心不由得往下沈！這兒是她們姊妹棲身之處，巧紅竟然要把它賣掉，無怪乎她好幾天不曾回來過，原來早有準備。

事情來得實在突然，慧琯才十八歲，要她應付這突如其來的大事，全然慌了手腳。她能做的只是即刻給父親寫了封信，通知他巧紅變賣洋房，另外也給在小鎮的伯父打了個電話，文宗的哥哥文生，下午就從小鎮趕來，一進門就罵道：

「不像話，太不像話了！」

原來當初中華路的房產登記的是文生小兒子的名字，理由是文宗這一房無男，且月娘過世時就由文生的小兒子為她披麻帶孝，視同嗣男，這個理由讓巧紅無話可說。然則文宗有更深一層的理由不便明說，既然自己被通緝在身，不動產對他而言是種累贅，稍有差池，處置權就落在巧紅手上，這是文宗最擔心的事。

然而巧紅何等聰明，哪看不出文宗的心思，表面上佯裝不在乎，暗地裡卻算計，如何利用他那三個女兒，來個乾坤大轉移，輕而易舉的就取得了房產。文生這邊卻啞巴吃黃蓮，對巧紅的盤算雖心知肚明，然不便說出口，一來怕落得侵佔之嫌，二來怕遭人口舌。現在可好，不但小兒子名下的房產飛了，甚至連三個姪女也快無家可歸。想到這兒，文生暗自悔恨，都怪自己懦弱不察，未能加以阻止。

文生等巧紅一下午，想找她問明白，巧紅未再出現。巧紅敢如此明目張膽變賣房產，文生自覺有責任，若不是他對文宗這一家疏於關照，巧紅也不至於毫無顧忌！想起文宗離臺前夕的重託，文生頗覺愧對胞弟。出門前他曾把慧瑄三姊妹今後的去處，細細思量了一番。

「慧瑄，房子若真賣了，妳們住哪兒？」文生問。

「我也不知道，只希望三姊妹能住在一起！」慧瑄露出茫然的眼神。

「我們就在附近租個房子吧！」慧瑛胸有成竹，她不願搬去和文生一家住在一起。

「琬真，妳呢？」文生問靜靜坐在一旁的琬真。

「我不要和大姊二姊分開！」琬真說著，眼眶一紅，淚水跟著滴落。動盪的生活，對她來說彷彿天經地義了，無從抗拒，只是她不想再嘗到分離的滋味，如果連慧琯慧瑛都要離開她，她不知道她的世界裡還剩有什麼？

文生望著三名姪女，內心矛盾不已，中午甫出門前才和碧緣為了文宗一家吵了一頓。當初巧紅要變賣中華路樓房時曾禮貌上找他商量，要拿房產地契印鑑等證明資料，碧緣就堅決反對，勸他萬萬不可給。文生是老實人，總覺得他的兄弟長年在外，愧對巧紅，只要巧紅喜歡，生活上高高興興，就算樓房賣了，對她能有一點彌補，也是應該的，再說那樓房本就是文宗一家的，他憑什麼堅持不讓？沒想到很多事情就如碧緣所料，那女人賣了樓房後，行事作為跟著肆無忌憚起來，不說她在外早有男人一事他時有耳聞，就連對三個女孩她也不聞不問，讓她們有一餐沒一餐，有幾次他還是接到慧琯電話匆匆趕來送錢。他早有預感，這女人心思多，遲早出問題，但是想不到她會在這麼短的時間內又把這洋房脫手，莫非其中還有原因？

他沒有把這疑惑告訴碧緣，只跟她商量三姊妹往後的去處，他認為該義不容辭收容她們。碧緣正在做飯，聽了不高興的說：

「攏是咱們在為他們一家擦屁股，好處沒咱的份，人家住大厝洋樓時，誰想到咱，現在無厝住，就想到咱了？」

「三個查某囡仔，父親不在身邊，妳叫她們流露街頭？好歹人家總叫我們是阿伯、阿姆，我們不看顧誰看顧？」

「你要顧，你去顧！我還有一大家子要背負！我可醜話說在先，你要擔，你要接，你就得有能耐駕馭那三個，前面那兩個大的，早被她們外婆慣得嬌，我可不伺候！」碧緣說著摔下手裡的鍋鏟，氣呼呼往門外走。

文生已意識到，將來若把三姊妹接來厝，必是事端，然而在這節骨眼，他可不願讓文宗怨嘆，為兄的無情義。

見不到巧紅，文生先行回去了。

第二天巧紅果然回來，通知慧琯三姊妹，洋房已出售，要她們月底前搬離。

「巧姨，妳要我們搬去哪裡？這是我們的家，我們是一家人哪！」慧琯氣急敗壞道。

「算了吧！我們緣分已盡，和妳們父親做了七年有名無實的夫妻，也夠了！我還有自己人生的路要走，妳們的父親何嘗不是只顧自己的人生路？我像他長年受雇的保母佣人，替他照管女兒替他擔這個家。我想通了，這棟房子歸我，往後我們誰也不欠誰！他走他的陽關道，我過我的獨木橋。我已寫信向他要求離婚。至於妳們，我顧不了啦！」巧紅淡淡的說。一改往日的火藥味，也許別離在即，她竟然也有了一絲絲的傷感！

琬真在廚房的餐桌旁笨拙的縫著自己過長的新校服，冷不妨一針刺過去，扎到了手指頭，一滴鮮血倏的湧出，怵目驚心。「緣盡」在她六歲那年也曾聽姨婆如此說過，雖不甚明白意思，卻也懵懂的體會到大人的無奈。事隔六年，再次聽到這詞，心中竟湧現出一種生離死別的沈重。人生的苦難對她而言，似乎來得太早了，她才只有十二歲，然而「緣盡」的滄桑卻提早悄悄的啃齧著她小小的心靈。

這一年全球油價普遍上揚，就在巧紅賣了房子後，不到半年，房地產也跟著直扶而上，臺中地區的地產在一年內暴漲了兩倍。

這個家就這樣瓦解了。巧紅把一屋子搬得淨空。只剩慧琯慧瑛睡的一張雙人床和書桌。文生叫來一部小貨車，連同慧琯三姊妹的隨身衣物一同運回小鎮。

文生一家住在小鎮的邊陲地帶，有一片五百坪大的莊園。早期文生在這片土地上蓋了一座大草寮，專培育蘑菇用，後來蘑菇收成不佳，草寮就閒置荒廢，成了附近孩子們的遊戲場所。草寮旁堆疊著層樓般高的桶裝原油，文生經營小型私人加油站兼修馬達機械。一家人就住在前院一座樸實老舊的水泥平房裡。住宅前加蓋了一間店面兼修理場，大門前就是一條交通要道，北通苗栗，南通大甲。這個宅院四周有片大空地，右接一座私人的養鴨大水塘。水塘接一條鄉間小路，兩旁蘆葦茂密，秋來芒花開不盡，向西逶迤，斜入天際。一到傍晚，彷彿都叫那掛在遠天的夕陽給燒起來，一片雲紅。伴著這條芒花路的是一條由東而至鬱鬱蒼蒼的河水，河面寬廣，水流緩緩向西，往海口流去；芒花路的對岸相思樹遍布，間雜楊柳低垂，河邊兩岸濕綠濃茵。靠橋頭的岸邊置有大小不一的石板石塊，一到清晨或黃昏，總有三三兩兩的鄉婦在擣衣杵洗。

小貨車到了文生家，碧緣不在，刻意避開，藉著陪大女兒去臺中置辦嫁妝為由，一大早就出門。文生的大女兒日前與鎮長的兒子文定，近期內即將成婚，夫婦倆在這小鎮上風光十足。此時家裡冷冷清清，一改往日三姊妹來作客時的熱情與熱鬧，一進門三個女孩已感受到碧緣的不歡迎與冷淡。她們一趟趟的把自己的東西搬進屬於她們的小房間，書桌與雙人床擺進後，房間內就再也沒有多餘的空間了。

處理完唯一的家當一張床一張書桌後，三姊妹終於面臨各奔前程的時刻。這學期慧琯大一、慧瑛高二、琬真初中一年級，她到底還是離開了兩個姊姊，拎著自己的行囊，孤零零的住進了學校的宿舍。

夜裡熄了燈，琬真躺在床上，想起了中華路的家，想起了玉湯屋及姨婆，枕上一面濕濡，此後她再也沒有家了。

週末四層樓的宿舍空無一人，學生全都走光回家了，琬真坐在床沿上，不知該到哪兒，她想去找慧琯，卻認不得她學校的路，想去看慧瑛，只知道她學校在另一頭的城郊外。她就這樣在床沿上坐了一下午，直到太陽西斜，天色暗下來，她才拎起小提袋邁著沈重的步伐，踏出學校大門。遠方歸鳥畫過蒼茫的天際，空曠寂寂的田野此時只有琬真瘦瘦小小的身影一點一點的在移動。

慧琯給文宗寫了一封信，說明巧紅離去變賣房產後的種種，文宗即刻給文生寄了一封信，信上道：

賢兄如晤：

拙弟不才，家務屢煩吾兄，今後三女前途重擔尤待吾兄操煩。每思及此，愧疚難當，但乞吾兄見諒。弟深知三女年幼無知，來日必多擾兄嫂，特託友朋攜回新臺幣十萬，但乞吾兄在院內另建一屋為三女遮風避雨，一來免擾吾兄家居天倫，二來可慰三姊妹無家之痛。懇盼

吾兄嫂成全。

弟文宗

文生收信後約一週，果然接獲十萬元的款項。拿到這筆錢，他並沒有如文宗所期，在屋後另蓋一屋給慧琯三姊妹。他左思右想，果真如此做了，有損為人兄嫂之氣度，與他處世的原則不符，不如把這筆錢留做三名姪女的學費與生活費，主意既定，他給文宗去了一函，言明手足之情何分彼此，當視三名姪女為己出，照顧之事何足掛齒等云云，文宗看他信中情懇意切，也就不再促他建屋之事。

文生是生意人，資金重在周轉，既然十萬新臺幣留在銀行，不如先靈活運用，因此就提出來訂購大量原油。也算文生走運，原油買進後，價格一路攀升，讓他大大的賺了一筆。

碧緣是個勤勞壯實的婦女，一手提起十公升的汽油，手不抖氣不喘，叫那些前來加油的男人看了瞠目咋舌，硬是把那稍嫌文弱的丈夫給比了下去。她除了固定的家務外，還要照顧店面的加油生意，碰到收成的大月，馬達需要大量機油時，就得加入瓶裝機油加工的行列，一家七口就靠著她和文生的雙手，胼手胝足有了這一片產業。和文宗比起來，文生腳下的每一寸土地都是得來不易，全是夫婦倆耗去畢生精力，滴滴汗水凝聚起來的，因此碧緣更是分毫不漏，錙銖必較。

假期間琬真不得不回到這個陌生的小鎮。由於意識到碧緣的冷漠疏淡。車程上，琬真的一顆心已開始忐忑不安。放下行李後，她立刻跑向廚房。

「阿姆，我來幫妳撿菜！」琬真討好的說。

「免啦！妳去外頭坐！」碧緣面無表情道。

琬真聽了，誠惶誠恐，一雙手不知擺在哪兒。

如果碧緣這時能派給她一點工作，她會感激不盡。可是碧緣仍舊頭也不抬的忙著切洗，無視於琬真的存在。站了好一會兒，琬真搶到碧緣轉身照顧灶上的一鍋湯的機會，忙插手接洗那泡在水盆裡的菜葉時，一邊嘴裡還說：

「我最會洗菜了，以後撿菜洗菜就由我來做吧！」

碧緣只淡淡的嗯了一聲。

水嘩啦嘩啦的流著，琬真慢慢的洗菜，但願這盆菜一直洗下去，否則她就沒事做了。雖說碧緣忙著炒菜煮湯，一雙眼睛卻也沒閒著，她不時的瞄向這邊水龍頭，琬真察覺了，立刻關小水量，速速將那把菜洗淨撈出。

「以後水不要開這麼大！還有，菜葉過三次水，就差不多了！」

「知道了！」琬真高興的回答，碧緣開口說她，等於允許她以後幫忙。

也因為這樣，這頓飯琬真吃來稍覺安心，雖然碧緣的一雙眼睛仍不停的瞄向她的筷子。

吃過飯，琬真把放在水槽裡的碗盤一個個洗乾淨收拾妥當才離開，從小她已學會察言觀色，勤快總是不會錯。

慧琯慧瑛可就不這麼想，他們認為父親花了十萬元，為的是給她們保留一個家，一個可以自由活動的空間。然而文生為了囤積他的原油，為了賺錢，完全辜負了一個做父親的心願，同時置三名姪女的感受於不顧，兩個女孩因此鬱悶不樂，也就不大走出房門。

下午琬真到店裡幫忙，快過年了，鄉人騎著機車進進出出辦年貨的漸多起來了，加油的人也比平常來得多。店面外緣，排著兩大桶汽油桶，分為高級與普通汽油兩種，油桶邊掛著五公升、三公升、兩公升不等的容器，一根透明的塑膠管插在油桶裡，另外的一大截露在油桶外，加油時只要把露在外的一截油管含在嘴裡，輕輕一吸，汽油立刻湧現，這時手腳要快，唇一離管口，大拇指得馬上按住，或把油管置入顧客指定的容器內，再倒入機身。稍有遲疑，必是滿嘴滿身汽油。琬真注視著二堂姊為顧客加油的每個動作，既輕鬆又純熟，看得琬真既好奇又佩服。機會來了，二堂姊進屋洗手去，店裡只剩她一人，這時一個老人來加兩公升的高級汽油，琬真只得應著頭皮接下生意。她學二堂姊拿起油管，往嘴裡送，油管未到，一股刺鼻的汽油味已直衝腦門，刺痛了她的神經，再用力一吸，來不及按住油管口，汽油已噴得她滿身滿臉。琬真驚愕，一地的汽油，讓她張皇失措。

此後，琬真再也不敢自告奮勇，她只是靜靜的坐在店裡的一角，幫忙找錢收錢。

海口的風勢凌厲異常，尤其冬天，冷冽的北風灌進衣襟，像刀片直捅著肌膚。夜裡，窸窣的寒風更是無孔不入，直撲木窗，鑽進窗縫，鑽進琬真的耳裡。咻咻呼的淒厲風聲一陣緊似一陣，彷彿從遙遠的大漠吹來，風聲裡隱藏著曠古的幽怨與哀愁，淒涼得叫琬真聽了毛骨悚然，有如置身在荒野般的無助與恐懼。

碧緣的臉色始終沈霾，尤其到了用餐時間，慧琯三姊妹不時可感受到碧緣掃來的凌厲目光。這天慧琯明知道碧緣在盯她，卻裝做沒看見，夾起一大塊烏魚放入碗裡，碧緣寒著臉，目光森然。琬真一抬頭，與碧緣不期然四目相接，剎那間手上的筷子差點掉落，琬真匆匆扒完飯就離開了飯桌。

晚上三姊妹冒著刺骨寒風到市場邊的夜市，慧琯給兩個妹妹各叫了碗羊肉當歸麵線。香熱的羊肉麵線來了，琬真迫不及待拿起筷子就吃，也不顧燙嘴。

「沒吃飽，對不對？」慧琯笑著問。

「還說呢！阿姆在看妳，妳還能吃得津津有味，真佩服！害我在旁替妳捏把冷汗，哪能吃得下？」琬真說。

「妳不是替我擔心，而是被她嚇得不敢吃了，是不是？」慧琯捉黠的望著她。

「……嗯！……好像是呵！」琬真想了一會兒天真道。

「大姊，拜託妳以後別像尊鈍鈍的大面神，什麼都不懼，我們可真難為情！」慧瑛抱怨道。

「哎喲！妳們兩個，連吃飯都那麼不自在，如何跟人家稱為一家人？阿伯不是一再說我們和他們是一家人嗎？怎會怕我們吃？」慧琯想到方才碧緣瞪她的那幕就有氣。

「阿伯是阿伯，阿姆是阿姆！一個是我們的至親，一個是和我們無血緣關係的人，這點妳還想不通？阿伯說的話，妳能當真？別忘了，這個家都是阿姆在管的，咱們還是客氣點好！」慧瑛勸道。

「我可不管，我愛吃就吃，誰也別想叫我委屈！」慧瑄忿忿的說。

「有自己的家多好啊！什麼時候我們會重新有自己的一個家？」慧瑛道。

琬真雖然沒開口，心裡頭卻默默的祈禱著：「老天啊！請您再賜給我們一個家吧！我一定比以前更加珍惜它。只要有一個屬於我們三姊妹的窩就好，那怕是草窩，我不想寄人籬下呀！」琬真想起了巧紅，想起了被帶走的琬艾，不知道她們現在過得好不好？

回學校後，琬真老想起了過去的生活，就特別想念琬艾。這堂是數學課，老師正在說公約數與公倍數的關係，傳達室遞來張紙條：「林琬真外找，妳的親人來來訪。」琬真滿腹質疑離開教室，誰會來看她？慧琯嗎？不可能！前一天她才去找過慧琯。慧瑛嗎？更不可能，她也正在上課！那麼會是誰？

到了傳達室，只見一個看來十分憔悴挺著大肚子的陌生女子，懷裡還抱著一個孩子，手中也牽了一個男孩。她望著琬真：「妳就是林琬真？對不起！妳在上課把妳叫出來！我是巧紅男友的太太。前幾天找到妳們以前住的地方，才知道妳們已經搬家了。鄰居告訴我，妳的學校和名字，我只想知道！巧紅那女人哪裡去了？我要她還我丈夫，她怎麼可以懷我丈夫的孩子？我要找她拚了！」這女人越說越激動，最後竟嚶嚶的哭起來。琬真愣愣的望著她，一句話也說不出口。

原來巧紅懷孕了，所以急著想變賣房子，想離開。

「不要怕，妳只要告訴我，巧紅住哪裡就好了！」

「我不知道她搬去哪裡！真的不知道！」琬真囁囁的說。

那女人無限失望的走了，臨走前懷裡的孩子哇哇的哭起來。琬真看著她的背影，也跟著哭了起來，為什麼人世間有這麼多的愁苦？

但是無論如何她是替琬艾高興的。琬艾以後會有一個弟弟或妹妹，今後不致於孤單無伴。

週末，琬真偶爾跑去找慧琯。慧琯住在校外的一戶農家，房東住一樓，二樓有三間房全租給附近的學生。慧琯正在戀愛，對象是她隔壁房的一個男孩。

也不知道為什麼，琬真不喜歡慧琯的這個男友，總覺得他的眼睛有一股邪氣，看得琬真渾身不舒服。

她聽到慧琯的男友對慧琯悄聲的說：

「妳妹妹長得可真靈秀！」

琬真聽了，彷彿被玷辱似的，噁心到了極點。這一晚，她向慧琯抗議，說好討厭這個男孩，叫她不要再和他交往：

「噓！小聲點，人家就住在隔壁！」慧琯對她搖搖頭壓低聲量。

「他看起來就不像好人，姊！妳不要和他在一起！」琬真仍固執的說。

慧琯聽了只覺好氣又好笑，罵道：「小鬼，是妳在交男友還是我在交男友？」

「姊，他以後會欺負妳！妳會吃虧的！」琬真認真的說，一副人小鬼大的模樣。

「我的好妹妹，妳老姊不是傻瓜，我比妳整整大了六歲，會照顧自己的。」慧琯摸摸琬真的頭，接著無限落寞的說：「自從我們沒有家以後，我突然覺得好孤單，有個男友照顧，生活中有個伴不也很好嗎？！」

琬真想不出什麼話來回答。是的，慧琯大她那麼多，應該比她懂事很多才是，琬真覺得自己不應該以貌取人。也許慧琯的男友是好人。她不該再板著臉孔對待他。

琬真在學校頗有才名，畫畫、演講都有她的分，她更寫得一手好文章，校際的作文比賽每學期非她莫屬。然而數學卻最令她頭疼，尤其是代數裡的因式分解和等比級數，什麼首項 a，公比 R，更是搞得她焦頭爛額。這所教會學校在中部地區以管理和淘汰學生出了名，原屬琬真的這一屆入學時共錄取五班，一年級結束時淘汰的人數足足有一班之多，二年級升三年級時，只剩三班。學校對學科的要求甚嚴，若其中有兩科不及格，在補考仍未過關者，就落得留級的命運，琬真的數學，每學期都在驚濤駭浪中危險過關。

兩年來，她與學校建立了深厚的感情，她喜愛這兒的一草一木，早把這兒當成了自己的家。黃昏，她跑到宿舍的頂樓，極目望去，四周廣袤的田野在夕照下，彷彿一塊澄色的大地毯，蒼穹下水紅薄金的暮色悄然四罩，幾隻白鷺鷥啣著晚霞飛向天際。遠遠的天邊有夢，隱藏著琬真小小的心願，那兒有美麗的未來，有對人世間的期待，是一種琬真不明白也說不上的渴望。也許是幸福的企盼，也許是對將來的無限希望。

臨晚，站在這高樓上，遠方的點點燈光都聚集在她的小小胸臆間，燃起她對家的渴望，每一點燈光都向她炫耀著家的溫暖，在那千千萬萬的光點中，為何沒有一點是屬於琬真的？老天爺彷彿忘記了她的存在，也似乎拒絕了她的祈禱，難道她注定要被這世間遺忘？琬真心中充塞著苦澀，黯然的注視那漆黑的遠方。

暑假，慧琯回來。這天在廚房後面吐得昏天暗地，吐得五臟六腑都要給翻出來。琬真焦急萬分，把她架到床上躺著，慧琯生來本就單薄瘦小，這時只覺得那床突然增大好多。

醫生來看過，說慧琯懷孕了，這個爆炸性的宣布，震得一屋子嘩然。碧緣臉部肌肉僵硬的說：「未出嫁就有了身孕，在這個小鎮上傳出去，還真有辱門風！」

文生坐在前間的店面，燃起一根煙，眉頭深鎖，想不出該如何向文宗交代。兩年來慧琯除了寒暑假回來外，大部分時間住在學校附近，他從未去探訪，也不知道她住得好不好，如今得知慧琯有孕，就像兩年前得知巧紅變賣房子的消息一樣叫他震驚，但是驚訝之餘，他的愧疚自責，源源而生，他沒有好好照顧她們三姊妹是實情。

這個家不大歡迎這三個女孩，文生當然知曉，卻無能為力。一來，他無法改變碧緣對三個女孩的態度，二來，整個家都操在碧緣手裡，他無法主事，連區區一張水費單據都在碧緣的名下，他還能為三名姪女做什麼？現在慧琯出事了，就像兒時，文宗讓他保管的布袋戲偶，斷了腿傷了胳臂，叫他滿心不安，如何向文宗交代？文生煩惱，一根煙快燒到煙屁股了也渾然不覺。

文生這房除了老大嫁了，還有兩女兩男，兩個女孩在前，年齡在慧琯與琬真之間。慧琯的事變成了碧緣三母女的話題，當著琬真她們也不避諱，琬真聽了，總覺得當面捱了記耳光般的難堪。

不等慧琯的肚子大起來，文生就要她快快的公證結婚去了，慧琯在全然無心理準備的情況下，突然間由無知的少女升格為人母，在毫無預警下，她的人生一下間縮短了一大截，跳過最璀璨的時段。

草草公證結婚回來，慧琯的臉上沒有笑容。這是她的婚禮嗎？是一個女孩一生中最美的期待嗎？她只茫然的注視著自己的腹部。沒有白紗沒有鮮花，沒有親友的祝福，她想起滿姑在世時曾說的：「阿嬤若能吃得老老，一定風風光光的把妳嫁出門！」

慧琯照舊去上課，她的生活無多大改變，只是單人房換成了雙人房，結束了戀愛的日子，小倆口的生活平淡無奇。

秋來，琬真去探望慧琯，看見她夫妻倆在屋前的空地上種菜，空心菜茂密翠綠，慧琯彎著腰，長髮後束，從側面望去，儼然是個小婦人，叫琬真差點認不出來。慧琯看見了她，直起身來，小腹已圓圓的凸出：

「琬真，妳又長高啦！」她溫柔的望著眼前的小妹，眼裡少了分做姑娘時的驚傲。

「大姊，妳變胖了！」琬真看著慧琯的一張圓臉及逐漸厚實的胸圍。

「要做媽媽了，不強壯點怎麼行？」慧琯笑道。

琬真望著慧琯，不知是悲是喜，這個姊姊才不過二十出頭就要當媽媽了，好像還沒有好好享受人生，就開始要擔負責任了。想到這兒，琬真覺得歲月真是匆忙得可怕。但是另一方面，慧琯終於有了自己的一個家，雖然不起眼，但終究是屬於自己的，是窩心的，這點叫琬真羨慕。

吃過冬至圓；慧琯就生了，是個胖胖的男嬰，琬真到醫院看她，聽見護士稱：

「真是囝仔生囝仔！」

不管碧緣心裡對慧琯如何的看待，坐月子總是女人的大事，她還是把慧琯接回家。

大舅聽說慧琯生了，就差昌明利用一個假日替他送個大紅包來。昌明就讀高雄醫學院二年級，幾年不見，又壯實了不少。正巧琬真這週末也回來探望慧琯，不期然與昌明重逢，竟有了幾分少女的矜持與羞澀。昌明目光金閃閃，連嘴角都滿含笑意，亭亭玉立的琬真站在他面前，簡直就像從畫裡走出來的古代仕女，所不同的是娟秀白皙的臉龐上覆蓋著一頭頗富現代感的短髮，顯得朝氣活潑。

見了琬真後，昌明的整顆心像泡了蜜糖般的甜蜜，這是他夢裡的琬真，是他從小看到大，餵她魚丸、擦她眼淚的琬真，沒有任何人可以把琬真從他心中搶走。他打定主意這一回要告訴琬真，從小他就等著她長大，等著她了解他的心意。

琬真帶昌明去逛這個小鎮。全鎮只有一條大街，直直通向海口。昔日的海口旁有座天后宮，如今附近都已填土造路了，變成另一區的市集了。市集中賣有捕來的大烏魚、赤紅色曲蜷的蝦猴、蚌類的西施舌。小吃店林立，招牌上寫著蝦丸湯、蚵仔捻等當地著名的小吃。琬真和昌明就站在蚵仔捻的店頭前，看那店家抓起一把滾過地瓜粉的蚵仔，熟練的沾在大鍋上，等地瓜粉遇熱裹住了蚵仔，就下鍋到湯裡，灑上九層塔胡椒粉，就是一碗香噴噴的蚵仔捻了。琬真和昌明各叫了一碗，吃完了意猶未盡又各添一碗。

「琬真，還記得我們在大溝頂吃魚丸湯的情形嗎？那時妳剛上一年級，時間過得好快喲，妳都要變成小姐啦！」昌明恨不能把心中的溫柔全叫琬真知道。

「當然記得，我那時想念姨婆，哭得差點被魚丸噎著了。」琬真笑道。

「還想念姨婆嗎？」

「想。去年到臺南看過她了，姨婆老多了！人如果可以不要長大，不要老去，該有多好啊！」琬真黯然的說，她多麼盼望能夠再回到小時候，依偎在姨婆的身邊。

昌明默默的注視著琬真——傻女孩，妳若不長大，叫我如何傾訴我的感情；妳若不長大，叫我滿腔的熱情該置於何處？他眼裡燃燒的盡是對琬真的熱切。

天后宮這時傳來南管的絲竹聲，夾著悠悠古意的唱腔，昌明忽然掉進了一個似曾相識的古老情境，彷佛遠在幾世之前，他和琬真就曾如此默默的相對。啊！琬真，來日我一定教會妳認識幾世以來我對妳的感情……

等昌明悠悠回轉過神，只見琬真已哈欠連連。

「阿兄，要大考了！我明天一早得回學校，走吧！」

一路上，琬真直向他道苦，訴說惱人的數學幾何如何折磨人，昌明頻頻為她解說幾何的概念，直到了住處，琬真道了晚安，就進去睡了，留下悵悵然的昌明，一腔的熱情仍深深埋在心裡。

歲月奔馳，時光荏苒。文宗在日本已另娶妻生子，那是另一個世界的生活，離琬真太遠，遠得提不起勁來嫉妒或羨慕。她真實的生活裡只有不斷的考試及這灰樸樸的海口小鎮，幾年來，她已習慣學校的大考，也習慣這年華老去的古鎮。琬真初中畢後直升這所學校高中，倏忽間已高三，正面臨聯考的階段。這其間慧琯因兒子的關係，休學了，年前丈夫畢業當兵去，婆家就催慧琯帶兒子進門，慧琯是新派人，想自食其力，自己上班自己帶孩子。碧緣知道了，在慧琯回娘家時就不斷曉以大義：

「女人嫁了人，就以夫家為主，上什麼班？爭什麼事業？婆家婚姻才是妳的事業！還是乖乖的搬進婆家，免得未入門就惹人嫌！」

慧琯在結婚生子後，仍拿娘家的月費，就當還在唸書一樣，文生沒說什麼。這筆錢雖是文宗的帳，碧緣卻頗不以為然，那有嫁出去的女兒還要娘家養？自從知道慧琯婆家的要求後，碧緣就順理成章，敲鑼打鼓幫腔，目的就是趕慧琯搬進婆家，自然停了月費，省了這筆開支。

慧琯當然知道碧緣的用意，但聽進心裡的，倒是碧緣末了所提的那句話「乖乖的搬進去，免得未進門就惹人嫌」，像切中了慧琯的要害，她擔心在意的也正是如此。經過幾天的思考，慧瑄終於快定向現實屈服，帶著兒子搬到遠在山林裡的埔里。

離去的前一晚，三姊妹齊聚在她們曾共有的小房間。慧瑄知道此去不比以往，她將真正離開這兒，離開兩個妹妹，平時她的住處，是她們週末的補給站。今後她們得自己照顧自己。

慧瑛的火爆脾氣叫她擔心，琬真的善良多感同樣叫她放心不下。人家說長姊如母，然而幾年來她窮於應付自己的感情自己的生活，並未能真正顧到兩個妹妹。尤其是琬真，這個從小就不認得母親，未曾有過喊一聲「娘」機會的小妹，突然讓她覺得自己虧欠琬真的竟然那麼多。

「大姊，妳過去那邊後，凡事可要多忍耐，寒假我會去看妳！」

琬真執起慧瑄的手，心中有一百個不捨，她聽說慧瑄的婆家是藝品店兼燙髮美容院，慧瑄是長媳，此去當是擔起吃重的工作。她望著慧瑄瘦小的身軀，如何承受一大家子？如果阿嬤在世，豈會讓慧瑄去吃這種苦？

「大姊，如果她們對妳不好，妳就出來，可別太委屈，有什麼事，告訴我，我替妳出氣去！」慧瑛一臉認真，無所懼怕。

想起姊妹三人一路走來的涼薄曲折路，慧琯感慨良多，此刻雖有千言萬語，卻化作一聲：「以後要多多照顧自己，多多保重！」

3

慧琯走後，琬真回到學校。這個小房間就只剩慧瑛。大學重考兩年，慧瑛就放棄升學了，文生替她安排在對面的區公所上班，哪知慧瑛心高氣傲，瞧不起在公所小小職員的職位，賭氣不去上班。碧緣看在眼裡，氣在心裡，認為慧瑛不識好歹，就說了她兩句。多年來慧瑛讓碧緣嫌東嫌西已憋了一肚子氣，此時更猶如灶上添薪一樣，一股怒火就被燒旺了。

「你嫌我白吃白住，不去上班？我用的可不是你們的錢，那是我們家的十萬元。若不是這十萬元，你們哪能囤油賺大錢，是你們霸佔了我們的錢——」慧瑛的話還未說完，文生怒氣沖沖走過來，「啪」一聲，就賞給慧瑛一記耳光。

「這樣對妳阿姆說話，妳還有教示嗎？」

慧瑛瞪著文生，長年寄人籬下的屈辱全在她眼裡燃燒起來。

第二天一早趁著全家還在睡夢中，慧瑛拎起行囊離開了小鎮。

慧瑛出走，碧緣背後把她罵得臭頭無耳。琬真一回來就聽碧緣告狀，她心中甚是沈重，黃昏月亮還沒有出來，她一路悶悶的向河邊走去，天氣涼爽多了，白日的熱燥都叫那寬闊的河水給吸盡，一層透明的煙氣由河面冉冉昇起。夕陽下霞紅彩金的燦燦波光映著岸邊絲絲碧綠垂柳，如詩如畫。楊柳下竹筏輕攏，彷彿睡著了般，正做著翠華煙夢。琬真知道慧瑛會去哪裡，她會回到自小成長的地方，她會回到玉湯屋，那兒是她自有記憶以來最安全溫暖之處，那兒有阿嬤留給她的美好回憶，足以聊慰她顛簸受挫的心。

琬真沿著河岸走去，一輪夕陽就在河心盡頭，水流緩緩，幾隻野鴨順水游去，在她心中撩起一支輕曼溫婉的旋律；兩隻烏鴉斜空飛過，停棲在楊柳樹上，好似一副「深碧垂楊乳鴉」圖，眼前的一切是如此的美好，然而未來在哪裡？不知來日眼前的一切是否依然？

此時對岸的白芒花成陣，團團飛絮攪作落花飄，有些竟隨風飄過河，落在腳邊，河中央有戴斗笠的人在摸蜆，只露出頭部，及肩的橡皮輪胎上綁著一只水桶，飄浮在水面上，預備承裝尼龍線網撈出的小魚和蜆。幾個夏天秋天過去了，琬真就看著摸蜆人季節一到，年年月月在此工作，彷彿生來就與這河相依為命，與這河血氣相通。

有時摸蜆的人多了，黛綠的河面上飄浮著幾個不同顏色的橡皮桶，顯得艷俗熱鬧，提醒琬真，雖河川圖畫，雲水因緣，生活總脫離不了蟲魚瑣碎的真實面。

琬真是都市裡長大的孩子，直到了這個小鎮，才體會到鄉人與土地河川緊密相倚的情感，那分對土地的信賴與認分知足的天性，叫他們心甘情願，年復一年，日復一日在這塊土地上生活，在這塊土地上老死。她想起了父親，不知道遠在東京那個繁華都會裡的他正在做什麼？父親從來都是離她那麼遠，遠得遙不可及，好像生活在兩個不同世界裡的人。屬於琬真的世界是一種活生生觸摸得到的世界，有生離死別的傷痕；而父親的世界是她只能用想像而無法親之的光燦華麗世界，與這塊土地格格不入。從父親寄回來的照片裡，琬真看到了父親美滿的生活，相較於她們三姊妹的流離失所，父親畢竟重新有了幸福的家庭。照片裡的背景是個花木扶疏的庭院，一個打扮得有如洋娃娃的小女孩懷抱著一隻毛茸茸的博美狗，站在一只鑲有白色蕾絲花邊的搖籃旁，搖籃中躺著一個粉嫩的男嬰。面對照片，琬真心中湧起一陣淒楚，眼前浮起的是慧琯在替人洗頭，慧瑛在加工廠上工的情形，為何同一個父親，兒女彼此間的命運竟有著天壤之別？

父親來信說：「多年來，每想到妳們姊妹成長的過程，叫為父的有揪心之痛，不是爸爸棄妳們姊妹不顧，而是生在這個時代、這個島上，和我們有著相同悲劇命運的家庭，不知有多少……」

琬真突然很羨慕摸蜆人家的子女，慶幸他們的父親只是平凡純樸的村夫，守著家園，不曾離開鄉土，不曾離開這個老鎮。

事實上文宗這幾年的事業與生活並不如照片上的光燦如意。受到全球性經濟不景氣的影響，日本的珠寶業首當其衝，文宗所經營的座落在東京鬧區的珠寶店也不能倖免。店裡的生意一落千丈，資金周轉困難，文宗向來是富冒險、重求變的人，當然不甘死守坐視資金短缺。適逢這兩年日本賭馬風氣大盛，文宗心一橫把店押給銀行，借了三億日元準備放手一搏，他相信自己的眼光，相信自己的賭運，只要選對了馬，不但珠寶店可以起死回生，家中的生活可以恢復原有的水準，孩子可以繼續上貴族幼稚園，他要維持上流社會的生活。在臺灣做的是一等一的人，若非那事件，他不會移居他鄉，又豈容自己屈居二等？

哪知人算不如天算。第一筆押下的一億賭金全賠了，文宗不甘，再下第二筆賭金，望能扳回劣勢，贏回賭本，這種心態是所有賭客難逃一錯再錯無法自拔的宿命。第二筆賭金非但沒有贏，連賭本都一起泡湯了。文宗不信賭運這麼差，就把第三筆的賭金做最後的一注。贏了，他可以重建他的王國，若輸了呢？文宗不敢想像，他一向對自己的判斷深具信心，然而前兩次與眾不同反向操作的賭押方式，讓他輸怕了，這回他對自己的信心產生動搖了，人在生死的關頭，對自己以往的自信，反而產生懷疑，文宗舉棋不定不知選哪匹馬。最後捨棄原本自己看好的五號馬，而簽選大眾心目中的三號馬。老天像在和他過不去，三號馬賽中跌了一跤，五號馬一馬當先，拔得頭籌。完了，一切都完了，文宗失神的望著看板，他不相信自己的眼睛，怎麼就這樣輸了，他呆坐在看臺上，直到人群全散光了，他還在想，為什麼賭運這麼差？為什麼這麼倒楣，事業上他一向呼風喚雨無往不利的，為什麼連賭三次他全輸了，輸得這麼徹底，連扳回的機會都沒有了，文宗在看臺上坐了一夜。

文生是在接到文宗的信後，才知道他已走投無路，身上連孩子的奶粉錢都湊不出來，文宗在信上一再交代，別讓三個女兒知道，保留他做父親的最後尊嚴。

琬真走累了，在岸邊坐下來，天色漸黑，夕陽已沈墜在西方的河口。她慢慢走回去。一抬頭，一輪明月已升起，中秋節對一個沒有家的人而言，有何意義？慧瑛寫信告訴她，已在高雄出口加工區找到工作，收入足夠讓生活安定下來，她不要看人臉色過日子，從阿嬤過世後到現在，她嘗盡人間冷暖，這當中的幾年生活，對她來說是飄泊的，唯有回到小時候成長的地方，才叫她踏實心安。末了慧瑛在信上寫道：「放心，妳老姊會好好照顧自己，白天上班、晚上補習，我還想考大學呢。說不定咱姊妹明年戰場上見。」慧瑛總是這麼自負不認輸。想到這兒琬真嘴角浮起一絲笑。

一踏入庭院，琬真就被眼前的陣勢嚇了一跳，一群年輕人男男女女十來個坐在院子裡的草坪上有說有笑，原來是二堂姊的高中同學會。二堂姊現在唸中部的某個三專二年級。看見琬真出現，大夥兒突然停止了喧鬧，十來雙眼睛齊盯向她，把琬真看得整張臉紅到耳根子，她趕緊離開進屋去。背後，傳來一陣陣的驚呼！

「哇！妳家有這麼漂亮的妹妹，也不介紹一下！」

「我也要！」

「我先說的，你排第二！」

「好了！好了！別鬧了！那是我堂妹，叫琬真……」遠遠的，琬真聽到二堂姊從庭院傳來的聲音，她把房門關上，打開書本，明年她絕對不會讓自己失望，也唯有考上一個好學校，她才可能半工半讀，她不要再向碧緣伸手要錢，她不要再看碧緣不情不願的臉色，也唯有自食其力，她才可以像慧瑛一樣脫離這裡。

第二天傍晚，琬真提著布包到站牌等車，準備回學校。剛買完車票，她聽到背後有人喚她：「琬真！」她轉過頭，一張似曾相識，不知在哪兒見過的面孔正對著她笑。

「以前週六，我們常在同一輛車上回來，有沒有印象？可惜兩年前我到北部唸書後就再也沒有這個機會！」

經他一提，琬真才想起還在唸初中時，每次週六回來已近八點，站牌離回家的路程還有一大段，路上兩旁的房子稀落，越行路燈越暗，最後漆黑一片，琬真後來發現同車總有一個男孩與她同站下車，行走的方向也與她相同，不禁感到安慰無比，像尋得救兵一樣，每回都緊跟在他背後。只是這人走路很快，老讓她追得氣喘吁吁。他家在巷尾，到了他家門口，離家也就不遠了。而這人現在竟出現在她眼前，她真該對他說出當時心中的感激。

「想起來了，你就是我緊跟在屁股後面的人！謝謝你！如果當初沒有你在前，我走那段路還真害怕呢！」

「是嗎？早知道妳害怕，當初我就走慢點等妳！」這人促狎的望著她笑。「我叫瑞耕，直到昨晚才知道妳的名字。」

原來這人是昨日那群人當中的一名。琬真看他手中握有一張往臺中的車票，就想找藉口坐下班車擺脫他，卻想不出一個什麼理由，這時車來了。

「我要去臺中辦事！」瑞耕說。

就這樣瑞耕和琬真一同上車坐在一起。一路上瑞耕說個不停，琬真因是初識的男生坐在一旁，顯得拘謹不大自在，除了必要的答話，也就很少開口。

到了臺中，瑞耕要求送琬真回學校，把琬真嚇得連說：「不用了！不用了！我一個人走，已經習慣了，你不要送了！」琬真怕他跟去，被校門口的門房看見。

瑞耕被拒絕，只好訕訕然的往回程的車站走去，琬真看了想叫住他，提醒他不是要去辦事嗎？怎麼就要回去了？正想開口，公車來了，琬真也就跳上去了。

從此以後，瑞耕每逢假期便回小鎮，琬真並不常回來，見不到她，瑞耕悵然若失。

下學期是琬真拚全力衝刺的階段，她幾乎忘記了瑞耕這個人，生活中的全部只有一個目標，考上大學。

辛苦總是沒有白費的，她考上了北部一所公立大學中文系。慧瑛依然落榜，她倒看得開，寫信來仍高興的道：

「今後老姊的希望都在妳身上，我只好死心塌地的賺錢去了，沒錢時就來找我吧……」

當琬真正陶醉在考取的快樂中時。這個家遭逢有史以來最大的打擊。這一年，一九七四年，石油危機，國際油價由每桶原本的兩美元漲到十美元，事先一點漲價的跡象都無，文生所囤備的原油不多，此刻必須以高五倍的價錢才能買到油，黑市更不止於此價。文生怪碧緣平常把錢看得緊，沒有長遠的眼光，這下可踢到鐵板了。

碧緣回敬文生，馬後炮放得響，她只管出帳，何時進油？進多少桶？可是文生自己的責任，怎麼一倒楣就歸罪於她？兩夫妻就為此吵起來，家裡氣壓甚低，彷彿稍有不慎，戰火又會燃起。相較之下，琬真考上大學這事兒就顯得微不足道了。

油價攀升後，民生用品調漲的幅度就跟著節節上升。原本一碗兩塊錢的陽春麵，一下間漲到了五塊錢，每天醒來開門七件事，樣樣都需要錢，樣樣都漲價了。一家七口連店裡的雇工，每天要吃要喝，碧緣忽然覺得日子緊縮到了極點。

同行間傳有關店，起初是一家，接著兩家、三家，最後實在捱不下去了，文生只好拿地契去銀行貸款，暫且紓解危機。家裡的每一分每一毫，碧緣都做了最有效率的分配。家中四個孩子連琬真一共五個都還在唸書，暑假一開始碧緣就為了下學期的學費在發愁。

銀行裡的存款不夠買原油，文生把每天賣得的現金都積起，全家跟著縮衣節食。考完聯考的第二天，琬真本打算到南部找慧瑛，想了很久卻說不出口，隔天換了工作服，自己就到機房投入機油加工的行列。幾個大孩子把原裝的機油分裝入塑膠瓶中，改裝後的機油可賣高價。琬真把原裝機油舀出，然後慢慢倒入瓶口窄小的塑膠瓶裡，因此兩手沾滿了機油，半天工作下來，連手肘手臂、臉頰、頭髮也都沾了黏稠的油污。

瑞耕來家裡幾次，名義上是找二堂姊，其實是來看琬真，後來發現琬真都待在機房趕工，索性他也到機房來，藉口人手多，可以多幫忙，就留下來了。幾個年輕人也就一邊工作一邊說說笑笑。一天下來，加工後的機油瓶數，增加了不少。

碧緣看不過他們男男女女混在一起，就罵二女兒：

「查埔查某混在一起，不三不四，都給妳帶壞！」

二堂姊回她：

「人家來給我們做白工，妳也有話說？」

碧緣想想也是，也就不再說什麼。

琬真只擔心著自己的學費，及一學期的生活費，那管得瑞耕來做什麼？她給慧瑛寫了信，說明自己的擔憂。不久，信來了，卻是昌明寄的：

琬真：

首先恭喜妳考上了大學。妳給慧瑛的信我看到了，請勿為學費生活費煩惱。阿伯若真有困難，到時候，自當請大舅幫忙，至於妳往後的生活費，阿兄也擔得起了。阿兄已畢業，再過幾天就要向預官報到，以後每個月也有不少的薪餉，妳的開銷，自有阿兄負擔。往後只要好好的唸書即可，勿為錢憂！預官集訓，前期三個月。三個月後，阿兄當北上與妳一敘兄妹情。三年未見，不知黃毛丫頭是否脫胎換骨了？拭目以待！

祝妳

變成美麗的天鵝　　阿兄

琬真看了信，感動得雙眼濕濡濡。這是從小就寵她照顧她愛護她的阿兄。即將開學，琬真要北上註冊，碧緣還是在最後關頭把錢塞在她手中：

「這筆錢來得可不容易，妳也看到了，往後當省則省，莫怪阿姆平時苛，實在是一大家子張口都要吃，以後妳嫁人當家就知道這苦。唉！妳們三姊妹就屬妳還算懂事！」不知這話裡藏著什麼，琬真聽了，默默接下錢，提起行囊走出了門。

北上一個月，昌明果然把生活費寄到，琬真把這筆錢壓在箱底，阿兄的心意，她會好好珍惜，豈可亂用！

一切安頓好之後，就到學長組成的家教班登記，她希望兼兩三個家教，這樣生活就無慮了。接受登記的學長看她仍然一頭清湯掛麵就知道是新生，打趣道：

「新鮮人的生活還沒有過，就急著打工，未免太不會享受人生了！」

琬真笑而不答，她自知沒有閒情可以浪費，她的人生豈是來樂逸的？從今以後，她要負責自己的生活，她不要再向碧緣伸手要錢，這次危機他們一家若能閃過，已是萬幸。琬真這次目睹了碧緣當家的艱苦，也就不再計較幾年來碧緣給她的臉色，畢竟這幾年碧緣給了她一個假日時可回的家。

琬真找到了兩個家教，一個教小學四年級的學生，一個是教國中一年級英文，這兩個家教剛剛好應付她最起碼的生活開支。

第二個月昌明的錢又如期的寄到，信中言明再過兩個星期北上來探望她。想到不久可見到昌明，琬真心中無限高興，昌明就像慧瑄慧瑛一樣的照顧她，雖然她沒有長兄，但是從小她就把昌明看成自己的親兄般的尊敬、親愛。

學校附近有家自助餐廳叫「候寓」，為了省錢，琬真每餐都點豆腐、豆芽菜、偶爾慰勞自己才請老闆煎個葱花蛋。日子久，店裡上上下下都認得這個高挑秀氣的小姐，老闆知道她省錢，有時會自動煎個葱花蛋請她，還關心的說：

「看妳氣色不好，吃營養點，別太省了！」

琬真尷尬的道謝，不知要說什麼。

週日瑞耕來看她，他站在女生宿舍外等，室友聽說門外有個男生是找琬真的，就紛紛湊到窗口：

「哇！不錯嘛！滿帥的，琬真，看不出妳有男朋友！」

「對這叫真人不露相！」

「別胡說了，那是我鄰居，替我帶東西來啦！」琬真只好瞎扯，她不喜歡瑞耕來找她，不喜歡自己是旁人議論的對象。沒想到一個暑假過後，瑞耕就愈發認真起來。和瑞耕吃頓飯，琬真就急急把他送走，她實在沒有時間陪他。

昌明所約的日子到了，琬真從前一天起就盤算著如何招待昌明，她要請他上小館子，證明她會賺錢，證明她長大了，不需要他擔心。等了一整天，沒昌明的消息。八點了，琬真只好一個人到「候寓」去，老闆把菜都收了，櫃檯上空盪盪。店裡只有一個男生坐在角落。琬真坐定，叫了碗陽春麵，有一根沒一根的吃著。心中想的都是為什麼昌明沒有來？他一向是最守信用的，會不會臨時部隊有新命令？或許明天才能來？她心不在焉吃著那碗麵，從頭到尾沒有發現，坐在對面角落的那個男生，自始至終在欣賞著她吃麵的姿態。這個男孩叫天闕，他不知道有人吃麵是一根一根的吃，他沒見過人吃麵的姿態可以這麼優雅。他認識她，全二年級的男生都認識她，都在討論她。

琬真渾然不覺有人注視著她。吃完麵回宿舍，她心中忽然有個不祥的預兆，昌明會不會出事了？整夜琬真輾轉難眠。第二天沒課，她哪兒也不去，心神不寧守在宿舍裡，生怕昌明來訪找不到人。一天未食直到晚上，琬真沖碗泡麵草草吃了，正想出門給大舅打通電話詢問，忽然有人來喊：

「琬真，電話！」

琬真飛也似的奔去，會是昌明打來的嗎？

「喂？」

「琬真，我是二姊，妳要打起精神聽一件壞消息，昌明他……」

「怎麼啦？快說！」琬真的一顆心幾乎跳出來了。

「前天出部隊，野地戰鬥出了意外，昌明的槍走火，射中了自己……他……他就這樣去了……」

琬真只覺得腦袋一陣轟轟作響，虛弱的倚在牆上。

「琬真！琬真……」電話那頭傳來慧瑛焦急的叫聲。

屋外正在下雨，一股冷風吹進穿堂，蕩蕩悠悠。琬真不知道自己怎麼走回寢室的，躺在床上，眼前全是昌明，昌明買彩色彈珠給她，昌明騎腳踏車帶她兜風，她燙傷，昌明死命抱住她奔向醫院，昌明給她擦藥，昌明替她擦淚，昌明教她騎車，昌明……還有那壓在箱底昌明寄給她的生活費。

「阿兄！」琬真猛一聲嚎哭，覺得世界在眼前消失。

阿兄，你怎麼可以爽約？從來你都不叫琬真失望的，我們像親兄妹一樣，你疼琬真的情還無以為報。今日怎麼就丟下琬真獨自離去？琬真一直在等你，不信你不來，今日、明日、後日……終有一天你會像往常一樣突然出現。你不是要來看琬真讀的學校，住的地方？你不是要琬真帶你逛臺北嗎？琬真還要送你一卷你最喜歡的「歌劇魅影」錄音帶，阿兄，你要記得來喲……

琬真魂魄幽幽，冥冥杳杳，好像都隨著昌明走了。自小至大，從來沒有一個人像昌明一樣呵護她、照顧她。

就這樣琬真在床上躺了三天。睡夢中，她看見昌明來看她，笑說：

「我可沒有失約！」

琬真醒來，只覺心肝疼，五內痛。失去昌明，琬真心中豈止悽惶二字可形容。時值深秋，早來的冷風一陣緊似一陣，傍晚，昏慘慘落日就掛在窗外樹頭，琬真凝視遠方，總覺昌明在那處向她揮手。

阿兄，你若有靈聖，就來向琬真道近況，迢迢路不知你去的是哪裡？安身在何處？阿兄，你一定得再來會我，跟我細說情況，教琬真心安……

冬天未來，可是不知怎的那些寒鴉越聚越多，都飛向老樹頭，傷情對景，琬真肝腸寸斷！

參加過昌明的喪禮回來，琬真手上抱著大舅媽交給她的四本厚厚的日記本——這是昌明的遺物，裡面寫的全是對琬真的思慕與疼惜。

琬真挑燈夜讀，一本本的看，一行行的看，直到最後一頁，日期是十一月二十五日，昌明出事的前一天，最後一行「……一年年新秋暮秋，一年年新愁舊愁。哎！琬真，妳什麼時候才長大？什麼時候才知我的情愁？」

闔上日記本，琬真把它緊抱在胸前。

「阿兄！阿兄！」她心中頻頻的呼喚。萬種酸楚都化成兩行淚涔涔流下。

琬真回到小鎮，才知慧琯出事了。慧琯一去一年多，這當中除了幾通電話，琬真不知她過得好不好？有一兩次，從臺北打電話給慧琯，她欲言又止，琬真深知慧琯的個性，她一定遭遇了很多事。

年初二，慧琯沒有回來，文生要琬真去埔里接她。琬真一到慧琯婆家，那一家人冷冷的待她，等了好半天，姊夫才出來，懶懶的說慧琯不住在家。琬真大驚，他們夫妻不住一起？

「你把我大姊怎麼了？」琬真氣極敗壞的問。

「妳去問她吧！看了她，妳就知道她怎麼了？」慧琯的丈夫面無表情。

一股寒氣由琬真腳底升起，她隨著慧琯丈夫，從大街來到郊外一棟半山腰的土厝前。土厝四周雜草叢生，土圯半傾，孤零零立在荒野中。這是慧琯住的地方？！一年多來慧琯到底發生了什麼事？琬真不敢相信的望著慧琯的丈夫。

「你讓我姊姊住這種地方？她是你太太，你兒子的娘，你還有良心嗎？」琬真憤怒，一改平日的謙柔，瞪著眼前這個冷漠的男人。

「別那麼兇，又不是我逼她住這兒的，是她自找的，不但和我母親不和，又一天到晚對我疑神疑鬼。告訴妳！妳姊已經不正常啦！不得不送她到這兒！」慧琯丈夫不進屋，站在殘破的柴扉前冷冷的說，看得琬真心寒。

「你說的是人話？她為你休學，為你放棄學業，為你生子，你說這種話？我姊若瘋了，我唯你是問！」琬真對眼前這人厭惡到了極點。

琬真推開門，昏暗的燈光下，一個披頭散髮的瘦小女人坐在在通鋪上，灰黯消瘦的雙頰，凹陷的雙眼，若不仔細辨認，琬真差點認不出是慧琯。慧琯看著他們進屋，好一會兒才認出琬真：

「琬真！琬真！叫他們放我出去，我要去看小寶，只要小寶給我，我答應離婚，我不妨礙他和那女人在一起，只要小寶，我要去餵他吃飯，我要帶他去玩，我……」慧琯激動的跳下通鋪，語無倫次。琬真看到慧琯的模樣，簡直心痛到了極點，這哪像是她的大姊，一向精明，天不怕地不怕的慧琯！這一年多來她到底受了什麼樣的刺激？他們一家到底是怎麼待她？尤其是她的丈夫？

「你看，她就是這樣，我媽還敢留她在家嗎？」慧琯丈夫半個身子探進低矮的簷內。

「你滾！我自己的大姊我會照顧，回去跟你媽說，我姊這一輩子不會再回去讓你一家欺凌了，小寶也不要了！離婚的事，我會請我阿伯和你們談，你趕快走，不要再讓我姊看到！」琬真不知哪來的勇氣，當下替慧琯決定了她的命運，她的一生。

琬真只有一個念頭，趕快帶慧琯離開這個鬼地方。

回到小鎮，文生一看慧琯被折磨得不成人形，心中甚是不忍。碧緣則是淡淡的說了兩句：

「做人媳婦，哪比做小姐，凡事得順從忍耐，伊總是性子烈，不甘忍耐，今天才會如此！」

琬真不理會碧緣的閒言閒語，她只知道現在慧琯有難，應該助她，她不能扔下她不管。聽碧緣的口氣，長期接納慧琯是不可能的，琬真寒假一過又得回學校，慧琯怎麼辦？琬真心裡著急。

自從回小鎮後，慧瑄就很少開口，不大出房門，坐在屋裡的小書桌前，一坐大半天。

琬真整個寒假，就陪著慧瑄，寸步不離，怕她想不開。這天琬真到街上買東西，才離開一會兒回來，就發現慧瑄不見了。大夥立刻出動尋找。琬真焦急萬分，慧瑄會去哪兒呢？她腦海裡閃過一個地方，河邊。她快步跑向那河，沿著蘆葦一路找去，蘆葦白茫茫，深不見極處。看不到慧瑄的蹤影，內心正七上八下，忽見對岸有人慢慢走向河中心，那是慧瑄。

琬真不敢叫她，回頭拚命往橋頭跑，過了橋又跑向對岸，她心中不住的祈禱：「阿嬤，妳要保佑慧瑄，叫她不要胡思亂想，她是妳最疼的人，妳要保佑她一輩子平安無事！」琬真邊跑邊祈求。

眼看快追到慧瑄，琬真顧不得腳下的的路，冷不妨踢到一截粗橫木，就整個人往下栽，只聽得右腳輕微的「啪」一聲，琬真痛得大叫。也許慘叫聲太大了，把那正往河心走去，一心一意想尋死的慧瑄叫醒了。慧瑄一看琬真整個人撲在草地上，立刻抽身往河岸跑。

「琬真，琬真，妳跌疼了哪裡？」

「我就算跌斷了一條腿，能撿回妳的一條命，也是值得的！」琬真愴然一笑。

「琬真，對不起，對不起！是我害了妳！」慧琯抱住琬真，豆大的眼淚不斷湧出。面對琬真，她忽然想起過往歲月中屬於她們三姊妹的辛酸與甜蜜，也唯有琬真了解她此刻內心的沈重，這幾年來自己反而忽略了琬真，讓這個小妹一直在替她擔心，慧琯內心慚愧無比。

她暗自下定決心，要好好的活下去，為了自己，也為了她們姊妹，她們當中再也不能有人出差錯，誰都承受不起的，此刻她終於清醒了，她要忘記這個婚姻給她的凌辱，她要忘記丈夫的背叛，她要放棄小寶。她要重新過她的人生，她渴望回到南部，只有那兒離阿嬤最近，那兒有她最熟悉的人情。

琬真的腿扭傷了，在床上躺了幾天，瑞耕見不到她，內心有些著急，他走到河邊，夕陽美景依舊，然而身旁少了琬真漫步，那河岸那水流看來就蕭條寂寞多了。他順手折了一把芒花，路過琬真家，見二堂弟在看店就託他送給琬真。琬真見了那把芒花知道有人關心，心中流過一絲暖意。

幾天後，琬真和慧琯在彰化火車站分手，一個往北，一個往南。琬真將一把鈔票塞在慧琯手裡道：

「這是阿兄過世前寄給我的一點錢，妳帶在身邊吧！」

慧琯看了那錢，心中無限感慨。

「琬真，這是昌明給妳的心意，妳還是留著好！」

「他給我的情永遠在我心中，用不掉，也不會消失。倒是這錢，本來就要用的，如果阿兄知道是用來助妳，他會很高興！」琬真知道昌明一向最慷慨，最善解人意。

慧琯默默的把錢收下，她知道她所收的不只琬真一個人的心意，而是兩份的情。

火車在月臺上來來去去，有的背道而駛，有的並行，有的擦身而過。琬真忽然覺得人生就像一列列的車，聚散交會，各憑因緣，雖是姊妹，然而人生路就此出發，不知最終會駛向何處？不知何時才能再會？

短短一年內，琬真歷經昌明的死，慧琯的婚變，生命的無常所帶給她的震撼，讓一顆年輕的心久久悸顫不已。她開始寫詩寫散文，把自己的感情透過文字抒發出來，系刊上陸陸續續出現了琬真的名字，琬真原是藉字解憂，卻越寫越順手，所有的感情，都化作字字句句，「林琬真」三字文名遠播，是她始料不及。

另一項鼓舞琬真寫作的原因是稿費，稿費對琬真的生活不無小補，原來文字也可賣錢，這對原本只因興趣而寫的她，多了一項實質的回饋，琬真不只投校刊，她的觸角開始往外伸向報紙副刊。副刊主編來函鼓勵，要琬真繼續努力，這對琬真而言不啻是一項強心劑，她寫更勤了，一篇篇的文稿在副刊上不斷出現。琬真想，如果稿費成了正常的收入，那麼往後的學費就用不著向碧緣伸手了。如果寫稿可以讓她自食其力，不仰仗他人，對琬真而言是最大的鼓勵。

她不知道有人正一篇篇的欣賞著，瘋狂般的收集她所寫的每篇文稿，校刊、副刊，只要是林琬真的名字全剪貼下來集成冊，這人就是天關。

琬真的教室在二一五，她習慣坐在靠窗的一個角落，期中考過後第一堂課，一大早到教室，她發現座位早有人坐過，桌上放了兩本法律系的筆記本，上面龍飛鳳舞的寫著三個大字「馬天關」。琬真覺得這名字眼熟似乎在那兒見過。

正想時，一個高頭大馬，臉方方的男生匆匆朝她走來，拿起桌上的筆記本，低聲說了句：「對不起！」琬真還來不及細看，那人已走了。琬真心想：真是健忘的人，讀書讀丟了冊本。其實天闕哪是健忘？他是故意把本子放在琬真常坐的座位上，引起她的注意罷了。

打從見了琬真的第一眼，天闕便不能阻止自己想再見她的衝動，他注意琬真的行蹤，凡是琬真會去的地方，他都清清楚楚，無奈琬真並不知道有他的存在。天闕每次只能遠遠的望著琬真，看著她心中就有一股甜蜜，他把琬真的名字刻在鋼筆上，只要一拿起筆，就感覺琬真在他面前一般，燈下，他握著這隻筆寫字，最後卻發現整張紙上，寫的全是琬真的名字。

在男生宿舍裡，經常聽三、四年級的學長在談琬真，他們寫信給琬真、約琬真，琬真無任何反應，越是如此，他們談起琬真時更是神祕，彷彿有不可侵犯般的聖潔。大家對琬真的認識僅從文章裡得知。同學間盛傳琬真節儉孤僻獨來獨往，但是沒有人知道，琬真必須省一分一毫才能生活，沒有人知道琬真沒有時間交際，她必須以稿代工賺取學費，為了寫作，她已辭去家教。

這一天琬真寫著寫著趴在桌上睡著了，這是篇小說，她打算寄去參賽，若能得獎，下學期的學費就有了著落。睡夢中，那篇小說落選了註冊無望，琬真抱著小說直掉淚，第一次感覺到文字的無用與緩不濟急。醒來淚痕猶在，琬真當下就決定暑假去工廠打工，一來讓自己的腦袋休息休息，二來畢竟勞力的付出，是一種最單純又不傷神的工作，只要流汗只要工作就有現成的收入。

暑假琬真從報上找到板橋一家製造塑膠成品的出口加工廠，這家加工廠專門製造電話底盤、電話殼及底盤螺絲釘。老闆是個矮胖的中年男子，涎著臉打量琬真。阿諛諂媚道：

「本工廠對女學生特別優待，不但工作輕鬆，工資也比別家高，我可是惜才愛才的人！」說著乾笑兩聲。

琬真想，我只是來做工，實實在在的付出勞力，無須自抬身價，也沒有優越感，倒是工資比別家高這句話，琬真聽進去了。老闆熱心的帶她四處參觀，工廠是鐵皮屋蓋成的，機械的聲音震耳欲聾，五十名男女員工擠在這燠熱的鐵皮屋下揮汗如雨，做著一成不變的工作。老闆把她帶到生產螺絲釘的機器前。說明這臺機器每分鐘生產二十五粒螺絲釘，也就是說琬真必須立刻分秒必爭在機器一開一闔之間順利將螺絲釘取下裝進有一百五十個凹洞的盤子裡，每半小時可裝五個盤子，一箱可裝四十個盤子，也就是四個小時才能裝好一箱，每裝好一箱可得十五元的工資，一天下來可賺三十元，那麼一個月無休就可得九百元了，若連續做兩個月，不就有一千八百元？學費也不用求人了，琬真越想越高興，立刻答應隔天就來上工。

第二天一早琬真轉了兩趟公車，趕在八點前到達這家工廠，領班帶她到機器前坐定，機器就開始運作，隆隆的機械操作聲，打在琬真的腦門嗡嗡作響，聽久了，神經反倒麻痺，她什麼事也不想，只一心盯著機器，怕手腳慢了，機器可不等人。螺絲釘壞了，可領不到工資。

半天做下來，琬真頭疼手瘦，原來工人的錢是辛苦錢，若不是今日親自體驗，豈是她平時舞文弄墨，盡得浪漫情懷可想見的？

這一天下工後，琬真走在板橋的郊區，才發現這條路這一帶全是小型的家庭工廠。這時是晚炊時刻，幾個孩子捧著飯碗在工廠的店面間互相追逐，跑進跑出。不時有幾個婦女出現在店面前吆喝孩子。她們的吆喝聲大都被附近此起彼落的隆隆機械聲掩蓋了。琬真只能從她們的表情和唇形略猜一二、不外乎是：「死囡仔！還不快回來做功課，照顧小弟妹！」之類的話。

這一年是民國六十六年，全省各地遍布類似的家庭工廠及小型出口加工廠，它們是臺灣經濟發展的主要功臣，各地需要大量的作業員。和琬真同一家工廠的幾個同齡女孩，莫不是從鄉下地方來的，她們知道琬真是大學生無不投以羨慕的眼光，讀書對她們而言無疑只是一種夢想。中午休息時間，她們就圍著琬真問東問西，最令她們好奇的是大學生的生活。

「那妳一定常參加過舞會嘍？」其中一名圓臉的女孩問。

琬真搖搖頭。

「妳一定常去參加郊遊？」

琬真再次微笑搖頭。

「妳應該有男朋友？」

「沒有！」

「怎麼可能，我常聽人說，大學生生活多彩多姿，不是舞會就是去看電影，要不就是郊遊，最重要是交男朋友！」圓臉女孩再度神往的說。

「妳們說的這些，我都沒有份，因為我如妳們一樣需要賺錢！」琬真誠實的回答！

「哦！那多無趣呀！」圓臉女孩發現琬真不是她所崇拜的偶像，就不再說話了。

這些女孩，幾個人擠在一間，有的住在工廠附近的簡陋小屋裡，有的住在工廠的鐵皮屋宿舍，她們出外工作都為了幫助家計，賺得的錢就往家裡寄，平時也沒有什麼閒錢可娛樂，幾個女孩聚在一起唯一的樂趣就是道人長短論人是非。

當她們對琬真的好奇漸漸消失後，取而代之的是關心她的工資。

「妳的工資怎麼比我們高？老闆對妳還真特別？」

「我看老闆對妳挺有意思的！以前都不來我們這兒巡視，自從妳來了，他天天就報到，難怪妳工資比我們高！」

「再怎麼說，人家是大學生，工資當然比我們貴嘛！」

她們你一言我一語，琬真懶得搭理。

兩個月時間很快就過去了，到了琬真第二次領薪的時候。她到會計小姐那兒領錢，會計告訴她，她的薪水袋在老闆那兒，琬真只好到老闆的辦公室，那矮胖的男人看到琬真進門，笑得眼睛瞇成一條直線，也不知是見到琬真或是電話正說得高興。只聽他說：

「沒問題！你要的這批貨就是日夜趕工也會準時交貨，這些工人只要錢，叫他們不睡都可以，好啦！就這麼說定了！」老闆笑得雙下巴頻頻振顫！

老闆掛好電話仍盯著眼走向琬真，說話一改平日的大嗓門文謅謅道：

「林小姐，今晚有空嗎？請妳吃頓飯，謝謝妳對本廠的效勞！」

琬真一聽「效勞」二字，差點笑出聲來，最後還是忍住了。

「謝謝！我沒空，學校還有很多事！我是來領薪水的。」琬真禮貌的拒絕了。

「還沒有開學，哪有什麼事？妳的薪水晚上一定給妳，只要妳來！」老闆露出一口金牙，睨著她看。

「老闆，我說沒空就是沒空，這是我該領的薪資，請你不要為難我！」琬真板起臉，瞪著雙眼。

「看妳平常挺柔順，怎麼說變臉就變臉！大學生有什麼了不起！想教訓我？還早呢？飯不用吃！錢仍是晚上再來拿！」老闆惱羞成怒，揮手要琬真出去。

「老闆！我看你年紀都和我爸爸差不多，才尊重你！假如你女兒在外吃頭路也一樣被人欺負，你心中有什麼感想？叫大家來評評理！」琬真心想：要刁難我？偏不讓你得逞！於是故意扯開嗓門。

這老闆本以為拿薪資為藉口，晚上可佔到琬真的便宜，沒想到琬真非但不上當還扯下他的臉皮，叫他恨得牙癢癢的。一抬頭卻發現屋外玻璃窗外擠滿了看熱鬧的男女工人。為了息事寧人，維持老闆的尊嚴，他心不甘情不願的從口袋掏出琬真的薪水袋。

「哎！我若不是愛才，也不會留妳在我工廠做事，怎說我欺負妳？真不識好歹！」嘴裡說著，還是把薪水袋交出來，一臉負氣丟在桌上。

琬真拿了錢，二話不說轉頭就出了房門。

「讚！讚！替阮出一口氣！」

琬真一出房門，外面圍了一群工人，豎起大拇指對她說。群眾當中，她看見了同部門的幾個女孩，她們眼裡閃過一絲難以置信和嫉妒的眼光。

開學後，琬真接下了中文系主編的工作，工廠打工的日子，讓她在接觸課本以外體驗了另一種的人生，而有了一份感恩惜福的心情。也因如此，接連數天，她寫了一篇名為「賺食人」的小說參加救國團舉辦的大專小說年度競賽，敘述社會底層就是由這些遠離家鄉外出打拚的賺食人疊架起來的。琬真小說中的賺食人包括了工人、小販、女傭、店員，她以敬重悲憫的胸懷敘述了這些人生命中的悲歡離合。

琬真把這篇小說寄出後，回到宿舍覺得頭重腳輕，也許太累了，她需要好好睡一覺。這一睡，半夜醒來胸悶呼吸困難，頭痛欲裂，琬真頻頻的呻吟聲吵醒了室友。「琬真，怎麼啦？」

「我全身像著火似的難過，尤其胸部！」

室友一摸琬真的額頭，說：

「哎呀！好燙啊！妳發燒了！」

這一驚動，把幾個女孩都吵醒了。

「快！送她去醫院！」有人嚷著。

「去請舍監來！」

大家七嘴八舌。舍監來了，看了琬真的情況，立刻打電話叫了救護車。這下全宿舍都知道琬真進了醫院。

第二天琬真住院的消息傳開了。天關得知，向同學借了部摩托車直奔醫院，到了醫院才想到不知琬真住的是哪間病房，就算知道，他能貿然闖進嗎？她完全不知有他的存在，她完全不知道他是誰。而他對她竟然這麼熟悉，他甚至想像她躺在病床上的心靈煎熬，他雖然不能分擔她肉體上的痛苦，但是他完全了解她的靈魂她的心思，他在她的文章中讀過了。

琬真在病床上躺了三天。天關天天在醫院外徘徊，他想見她，那怕她完全不認識他。

第四天，琬真回到學校，才踏出宿舍，就聽到：

「總編輯！我要投稿！」

琬真本能的接過信封，從來沒有人這樣投稿的，稿件向來直接投進系刊信箱的。心想這人分明蓄意，不知在搞什麼名堂？待抬頭一看，覺得眼熟，不知在哪見過？這人比琬真高一個頭，氣宇昂然站在她面前，也正兩眼炯炯的望著她。琬真心頭一震。是他，那個讀書讀丟了冊本的人，馬天關。

她低下頭，轉身就走，一顆心怦怦的跳著。天關木然的望著她秀麗的背影漸行漸遠。盼了那麼多天，總算見到她一面，她清瘦多了，多想開口表達自己的關心，可恨這張嘴巴前前後後就只說了一句這麼無關痛癢的話！天關有一股想追上前的衝動，他想再與她說第二句話。

琬真快步走出天關的視線，確定背後無人，才在轉角處停下來，拆開信封袋，一張色彩柔美的信紙展現在她眼前，捧著信細讀，驀然間琬真臉頰微烘，紅霞上飛。天關在信中傾訴的盡是一年多來的對她的思慕情痴，看得琬真是驚是羞是喜。一封信讀完，她整個人有點虛脫，索性坐在階梯上，靈魂彷彿掉了一半似的，怔怔的望著遠方，實則眼前什麼都看不見，只有天關炯炯的雙眼。

幾天後琬真接到學校課外活動組的通知，要她去參加一個大專校際領袖營。那天到了會場，她才發現天關亦在裡面。

當天的營火晚會有一首主題曲：

藍藍的天空，

銀河裡，

有艘小白船，
船上有棵桂花樹，
白兔在遊玩，
槳兒槳兒看不見，
船上也沒帆，
漂呀漂呀！
漂向哪一方……

琬真抬頭望向夜空，天上果然有一艘左右兩端向上弦翹的銀色小白船，碎鑽般的星星點綴著整個夜空，彷若銀匣重開，光華流竄，淡水的夜是這麼的美！金色的營火照亮了每張年輕的臉孔，跳躍的營火鼓動著每一顆年輕的心。輔導員站在營前宣布，每組推舉一名代表參加今晚的主題曲競賽。大家一陣嘩然，琬真被她這一組推進會場中央，代表參賽，她羞澀侷促，不安的站在營火前，在火光的照映下，雙頰紅酡，甚是明艷秀麗。

輪到她時，四周靜謐，只聽得營火嗶嗶剝剝的響著。此時，團空懸掛的銀色小白船正在頭上，照得琬真的一顆心，靈靈剔透，她吸一口氣讓自己鎮定，接著柔柔的唱出：

「藍藍的天空，銀河裡，有艘小白船，船上有棵桂花樹，白兔在遊玩。槳兒槳兒看不見，船上也沒帆，漂呀！漂呀！漂向哪一方……」

是呀！此刻琬真的一顆心也像那銀亮的小白船般的出航了，漂呀漂，不知漂向哪一方？

底下的天關此時正催眠似的痴望著琬真，她輕柔嫩脆的嗓音，叫他感動得想掉淚。

琬真！妳就是我的小白船，今生我永遠是妳停靠的港灣！我對妳的心，只有天上的明月知情。天關在心中默念。

琬真唱罷，四周掌聲不斷。

接下來幾天的研習會，琬真等著天關來找她說話。但是天關不時被他那一組的女孩給包圍了，她們圍著他，聽他彈吉他唱歌。第四天晚上惜別晚會結束後，琬真繞著主辦地校園，想著隔天就要離開這兒，竟有些依依不捨。校園的每個角落裡充斥著年輕的歡笑聲，有的幾個人在一起高談闊論，有的在殷殷話別，有的在彈琴唱歌。琬真走回營地住宿的地方，遠遠就聽見一首西洋民歌，Try to remember（追憶往日）：

Try to remember the kind of September
（還記得那年的九月嗎？）
When life was slow and oh, so mellow
（還記得那分舒緩而歡欣的生活情趣嗎？）
Try to remember the kind of September
（還記得那年九月嗎？）
When grass was green and grain was yellow
還記得那一片碧草如茵麥穗飄香嗎？
Try to remember the kind of September

（還記得那年的九月嗎？）
When you were a tender and callow fellow
（那時你是個年輕稚嫩的小伙子）
Try to remember the kind of September
（還記得那年的九月嗎？）
Try to remember and if you remember then follow
（讓這美好的感覺持續吧）
……

雄渾的男聲，纏綿裊繞，充滿情感，待走近才發現唱者是天闕，他就坐在她住宿的大門外階梯上，又是被一群女生包圍著。琬真進退兩難，猶豫了一下，回頭往看海的平臺走去！

遠處是墨黑的觀音山，淡水河在沿岸燈光的輝映下有如一條金龍。對此美景，她有些悵然！明天就要回去了，天闕從頭到尾沒有找她說過一句話。琬真恨自己已憑一封信就那麼輕易相信人家，她離開看臺，循著小徑走進花園，花園裡有座水池，水聲嘩啦啦的響，擋住了校園那頭的一陣陣傳來的喧鬧聲，也擋住了天關遠遠的歌聲。琬真在池邊坐了好一會，越想越氣，不禁喃喃道：「明天回去定把那封信撕個碎爛！」

「哇，好可怕！把什麼撕個碎爛？」

琬真回頭一看，原來是天關，倏地她羞紅了臉。

「怎麼剛才看到我就走？害得我找妳好一陣子了，原來躲在這兒！」天關定定的望著她。

正待回答，忽聽校園那端不停傳來：「一、二、三、馬天關！一、二、三、馬天關！」

琬真看了他一眼，生氣的低下頭，把剛要說出口的話，給吞進去了。

「那群同學還在等我！明天下午結束後，我在大門口等妳，一起回去！記得！不見不散！」他邊說邊跑開。

琬真心中湧起一絲甜蜜，這就是幸福嗎？她有些不敢相信。

第二天傍晚，步出大門，果然看見天關在那兒等她，他們一起搭火車回臺北。

車窗外，一輪火紅的夕陽，燃燒似的綻放出最後的能量，琬真目眩的望著它。直覺地，這夕陽是在為她生命中的第一個約會做見證，彷彿是為琬真蒐集了二十年的美麗，在這個時刻盡情釋放。琬真永遠無法忘記，那天掛在車窗外地平線上的那輪橘陽，以及那天照映在天關眼裡深處的小夕陽。

研習會回來後，琬真才知道，天關原來是以學生會主席的身分去受訓的，經由室友口中，琬真也才知道「馬天關」是學校的名人，她對他的認識竟然這麼少。

這天，琬真下課從教室走出來，就聽到一陣噼哩啪啦的鞭炮聲。

「琬真！恭喜！妳的小說『賺食人』得了今年大專小說創作獎，我剛在學校大門口的布告欄看到的！」一個同宿舍的女孩，老遠的隔著花圃興奮的對她呼叫。

琬真三步併作兩步的跑向校門口，果然看到整個布告欄上貼著一張紅紙：賀中文系林琬真同學之大作「賺食人」一文奪得今年大專小說創作獎。琬真呆立在布告欄前，一遍又一遍的看著，她真不敢相信自己的眼睛。

「恭喜妳了！該不該請客？」天闕不知何時悄悄來到她背後，站得這麼貼近，近得她直可感受到他呼出的熱氣。

「又不是什麼大不了，請什麼客嘛！」琬真收斂起興奮之情，淡淡的回答。

「當然是了不得，我崇拜的作家，果然不同凡響！這可證明我的眼光。反正這一頓我是敲定啦，今晚妳得請我吃飯！」天闕認真的望著她，讓她一點拒絕的餘地都沒有。

琬真只好請他吃飯，選了一家學校附近的西餐廳。

這一晚在燭光下，天闕訴說著他的家庭，他的童年。

「民國三十八年，我父親帶著家眷和二十條的金條逃離家鄉，輾轉逃到了臺灣。在大陸老家，光是院落就有四進。我父親是馬家的獨子，聽說他逃難時，後面緊跟著共軍窮追不捨！所以一提到共產黨他就喪膽！他最大的心願是將來全家都到美國定居。」

說到父親，天闕有些無奈。

「從我小的時候，他就一再的灌輸我出國留學的想法，他要我先去探路再全家移民！老實說，他的期待給我滿大的壓力，平常我父母生意忙，我還有個奶奶，她很溺愛我，小時候不肯去上學，她就好言相勸，給我穿衣餵飯。她啊！從小就是我的守護神，奶奶看到妳一定會喜歡的，這叫愛屋及烏！」天關淘淘不絕的說著。

琬真聽了好羨慕，天關真是有福的人，不但父母健在，還有奶奶可靠！

「哪一天，我帶妳去給她看，她會很高興的，順便也認識我的家人！」

天關家在西門町鬧區，是家很大的綢布莊。

琬真靜靜的聽天關談他的父母，他的家人。他所談的家庭生活是琬真從小渴望的。

吃過飯，琬真去結帳，侍者告訴她，她的男伴付過了，琬真不曾看見天關離開座位，他何時付的帳？琬真很納悶，卻不便再問。這一餐，琬真對天關有了更進一步的認識。

出了西餐廳，月亮當空月色正明，天關想起了幾個月前的那個營火晚會，及站在晚會中央的那個女孩，此刻緊靠在自己身邊，他不禁拉起琬真的手輕輕的哼著：

「藍藍的天空，銀河裡，有艘小白船……」

「船上有棵桂花樹，白兔在遊玩……」琬真跟著唱，一遍又一遍，他們就沿著小路向河堤走去。此時兩人的心都像兩艘小白船，同時漂向一個令人興奮、悸動的遠方。

「琬真！」天關停下腳步，雙手搭在琬真肩上，兩人面對面靠得好近，近得彼此可感受到對方的氣息。

「琬真……我愛妳……」天關低下頭，熾熱的雙唇在黑夜中搜索琬真那驚惶且微顫的唇。

「琬真……」他把她緊緊的摟在懷中。

「這輩子我不會輕易放掉妳，我會給妳這一生中我所有的熱情與溫暖，我保證。」兩年來對琬真的朝思暮想，終於在此時得到了補償！

自此，琬真開始一點一滴去認識天關，她用心的去感受天關，再度的領受了類似昌明當年給她的照顧與愛護，所不同的是這次湧自她內心底層的是一份有別於兄妹之情，有別於昌明給她的感覺。那是一種觸動心靈很美妙的，很甜蜜的感覺。

每天醒來，天闕的身影就浮現在琬真的腦海裡，琬真戀愛了！一想到天闕，她的眼底柔得可以出水。

學期快結束時，琬真收到慧瑛的信：

琬真：

我要結婚了，相信妳一定很驚訝！一個曾經拒絕婚姻不相信婚姻的人，竟然還是抵擋不了傳統對女人的呼喚，心甘情願為另一個男人披嫁紗。離開伯父家轉眼已四年了。四年來，我由作業員升到採購課課長，其間我流淚流汗，放棄了我的大學夢，放棄了對愛情的浪漫憧憬。我自認不是讀書的料，只好腳踏實地的工作，現在我手下有六名大學剛畢業的新手，帶領這批大學畢業生，實在始料未及。可見未必人人都得擠進那道大學的窄門。

從一無所有，到現在即將擁有一個家庭，我自認很幸運，能得老天眷顧。一年前認識了妳未來的二姊夫，從對他毫無印象到被他感動，這一年來的點點滴滴是我有生以來最快樂的日子，不瞞妳說，妳的二姊夫在外表上是跛腳的殘障人士，但是他內心的善良真摯與樂觀，非我這個四肢健全的人所能比的，我確信他可以給我一個溫暖的家，我願意陪他走一輩子顛簸不平的路……

看到這裡，琬真眼睛模糊了，原來在慧瑛憤世嫉俗，天不怕地不怕的個性裡，潛藏著一分如她一樣的期盼，以及對家的渴望。

琬真閉上眼睛向老天祈求，保佑慧瑛幸福，千萬別走上慧琯的路。

寒假琬真回到小鎮，文生碧緣得知慧瑛要結婚的消息，雖然對四年前慧瑛的任性仍耿耿於懷。畢竟結婚是人生的大事，夫婦倆還是決定一齊南下去參加慧瑛的婚禮。碧緣隨身只有一只文宗託人帶來要給慧瑛的戒指，此外慧瑛再也沒有其他的嫁妝了，與大堂姊的婚禮相較，簡直是天壤之別。慧瑛本就不期待任何嫁妝，她心裡早有數，當年慧琯不也是兩手空空嫁出門的嗎？好在慧瑛婆家因能娶到慧瑛這個四肢健全的媳婦而高興，甚至感激慧瑛願意嫁給他們半殘的兒子，至於有無嫁妝，也不敢奢求了！這次南下最令琬真高興的倒非慧瑛結婚，而是見到了慧琯重新有了感情的寄託。慧琯的男友從事製圖器加工，從慧琯燦美的臉龐，琬真確信幾年前那段不愉快的婚姻所造成的陰影已從慧琯的心中消失了。目前的慧琯對人生充滿了信心，在慧瑛的婚禮中，她滿場招呼客人，像個快樂的小女人。

從南部回小鎮的第二天，瑞耕就找上門了。碧緣是相當保守古板的人，當下就板起臉對琬真說：

「有慧琯的例子在看，女孩子家，婚前守身如玉是最重要的，可別像慧琯那麼傻！丟了名節，敗了門風！」

聽得琬真的臉一陣紅似一陣。她想起河堤月色的那一晚，天關這人豈能讓阿姆知道？

「瑞耕只是鄰居，又是二堂姊以前的同學，阿姆別想太多！」琬真心虛怕被識破，立刻拿瑞耕擋在前頭。

瑞耕嘴甜，一來就是阿桑長阿桑短，還有一提袋他家池塘的活魚，碧緣接過了活魚也就不再說什麼，只暗示琬真別把瑞耕留在店裡太久，免得路人或客人看了說閒話，畢竟家裡連琬真在內還有三個閨女。

這天晚飯剛過，電話鈴聲響了，碧緣接了電話，皺著眉頭，寒著一張臉，回頭喚道：

「琬真，妳的電話！」

琬真接了電話，「喂」了一聲，電話那頭傳來低沈的聲音：

「是我，琬真！」

「啊！怎麼是你？」琬真把臉轉向牆壁，壓低聲音，眼尾快速的掃向碧緣，碧緣就坐在隔她三張椅子的地方，兩眼雖瞪著電視螢幕，但是琬真知道她正尖起耳朵注意著。

「不要再打電話來！不方便！」說完琬真匆匆的掛上電話，兩頰緋紅，作賊似的溜回房。

第二天第三天果然再也沒有電話來，琬真心中的一塊石頭終於放下。第四天二堂姊在屋外叫著：

「琬真，限時信！是男生寄來的吧？」二堂姊好奇的問。

「沒有啦！是同學，可能告訴我系刊的事！」琬真一看信封就知道是天闕寫來的。

「那麼緊張幹嘛？我又不是阿姆！」二堂姊逗她。

琬真還是一本正經小心謹慎的否認了。她回到房間，迫不及待的拆開信！

琬真：幾天不見，真的好想念妳，不知妳現在正做什麼？嗯！我真傻！此刻妳一定在看我的信，也在想著我，是不是？……

哦！天關……琬真的心充滿了幸福甜蜜，像小時候捏在手中的一顆糖果，全然擁有的小小快樂。

冬天雨季特別長，整個寒假琬真都在機油加工房幫忙，很少出門，只有午後三、四點出現在店門前，多半為了等天關一天一封的限時信。瑞耕每天都來，在機油房一待就是四、五個小時。這天二堂姊半嗔半怒道：「你是我家長工啊？每天來？」

瑞耕聽了也不理會，只是盯著琬真笑。

二堂姊狠狠瞪了瑞耕一眼，賭氣的走出機油房。琬真心中一愣，想來二堂姊和阿姆都是為了保護她。

二堂姊一走，機油房只剩琬真和瑞耕，看琬真滿臉滿手的機油，卻仍難掩她的秀麗，瑞耕感到怦然心動。他知道在這個小鎮要約琬真出門的確是難上加難，首先碧緣的那關就難過，如今只能以幫忙裝油做藉口，雖然碧緣不是很歡迎，卻也沒有拒絕。看看自己從頭到腳一身的油污，氣得他母親每天都罵道：「你看看自己像不像工人？我倒是白養了兒子，整天替人家做白工！」

只要能天天看見琬真，就算跌進機油裡，瑞耕也心甘情願。

4

年前一個大消息傳來，文宗要回國了。琬真不相信那睽違十五年的父親要回來，她以為這輩子再也見不到他了。

文宗這回能回國是因為他變成道道地地的日本人了，護照全名是柳田正堂。柳田是日本太太的姓，十年來文宗堅時自己的姓氏自己的國籍，然而迫於形勢，最終還是選擇一個新的身分，變成日本人。

文宗回國等於是家族大團圓，前來接機的，除了文生和琬真，慧琯帶了未婚夫，慧瑛帶了新婚夫婿。當年父親過境松山機場的場面，仍是琬真童年最深的印象，如今給父親接機的地點已非松山機場，而是新建的桃園中正機場，接機的人馬組合也不同了，舊人走了新人加入，生命中的人來來去去，不也是一種常態？琬真突然有所領悟。

飛機降落了，琬真一行人興奮的等在出口，文宗出關的剎那，琬真三姊妹一湧而上，緊緊的抱住他們的父親，這回琬真再也沒有多餘的羞澀，父親缺席太久了，有生之年，她要好好把握與父親相處的每一刻。

文宗還是那麼風度翩翩，只是半白的頭髮已明顯的寫出了生活的沈重與風霜。這次回國表面上是探親，事實上是探尋轉業的機會。文宗在賭輸了他的那片珠寶王國後，就悄悄的做再創業的打算。這次他帶回的是日本太太手上僅有的一點存款，然而文宗仍不改往日講究排場的習性，以致於慧琯、慧瑛誤以為父親在事業上仍是叱吒風雲，只有琬真明白，她在接機的前一晚才由文生口中得知父親的現況。

在飯店安頓後，文生叫了一桌子菜為文宗洗塵，席中文宗不斷舉杯，感謝兄嫂幾年來替他照顧三個女兒。

碧緣聽了不疾不徐接口道：

「阿叔仔！不是我說的，你這三個寶貝女兒可不是好款待的！我……」

她的話還未說完，左腳就被文生狠狠的踩了下去。這下疼得碧緣差點跳起來，什麼都顧不得：

「哎喲！你踩什麼踩，自己的弟弟又不是外人，總得讓他知道，往後人家還以為我這個做阿姆的虧待姪女！」

「阿嫂，我怎會這樣想，妳不要多心，小弟未盡管教責任，三個女兒若有冒犯妳的地方，都是我的不對，在此向妳賠罪！」文宗陪著笑臉說。

坐在琬真左右邊的慧琯慧瑛本想開口，被琬真的手肘左右一撞，兩人都繃著臉不作聲。

原打算這一晚要回小鎮住一夜的慧琯、慧瑛，聽碧緣一頓告狀，兩人決定當夜搭車回南部去，反正文宗過兩天南下，再聚不遲。這晚只有琬真陪文宗。在飯店的起居室，兩人對坐一會兒。

「女兒，爸爸破產了！」文宗黯然的說。

「我知道！」琬真低下頭，避開文宗愴然的眼神。

「好久以來，我一直在想，要如何彌補妳們姊妹，可是我現在一無所有，爸爸什麼也不能給了，我好慚愧！」文宗深深的嘆口氣。

「爸爸，你快別這麼說，就算你口袋一毛不剩，我們也不在意，自懂事後我一直盼望你回來，不管你變成什麼樣，富有或窮困！」琬真眼裡泛著盈盈的淚光。

這番話讓文宗更感愧疚。

「琬真，妳不怨爸爸？」文宗艱難的說。

「都過去了，如今可以喊爸爸，我真的很開心！」琬真想起艱困的成長歲月，

「我不會再躲你了！爸爸！」

文宗充滿歉疚的望著眼前的女兒，他想起那個曾經拒絕他而躲在米缸旁瑟瑟哭泣的小女孩，她真的長大了。

這一夜父女倆聊得很晚，有生以來讓琬真覺得，有一個爸爸真好！

像往年一樣，春節年初三，琬真到臺中參加高中的同學會；到了臺中車站，迎面與一個婦人撞個滿懷。琬真仔細一打量，驚得差點失聲大叫：

「巧姨！是我，我是琬真！」

「琬真？哎喲！我都認不出來嘍，變得這麼漂亮，真是女大十八變，妳若未叫我，我真不知是妳！」巧紅倒退兩步，仔仔細細的盯著琬真，高興的說。

歲月不饒人，巧紅變胖了，十足是個中年婦人的模樣，當年富家少奶奶的嬌嬈俏麗不見了，取而代之的是滿臉的疲憊。她身上穿著一套灰色的上班制服，上面繡著「千島」兩個字。

「巧姨，妳好嗎？還有琬艾呢？」琬真小心翼翼的問，一別八年，她真的很想念琬艾，不知琬艾過得如何？

「沒什麼好不好，我現在在這家製鞋廠上班。」巧紅當年的氣焰，已不復存在，站在琬真面前的只是一名在現實中討生活的婦人。巧紅指著衣服上的「千島」兩個字，繼續的說：「琬艾國二了，和她弟弟住在鄉下阿嬤家！」

「琬艾有弟弟？巧姨再婚啦？」琬真驚訝的問。

「結婚倒沒有，只習慣了對方，住在一起八年了，結不結婚反正也無所謂了。」巧紅平淡的說，好像在敍述別人的故事一樣。

琬真不理解，想起八年前，巧紅為了一個現在看來只如舊物般習慣的男人而拋棄她們姊妹，也拋棄婚姻，當年翻天覆地掙來的愛情，現在說來只剩一份庸俗的平淡。她也想起當年到學校找她問丈夫下落的那個可憐婦人，不禁懷疑女人的命運都是相同的？愛情不過是幻影？生活的最後大抵流於一般的市井瑣碎？可偏偏女人都受不了情愛的誘惑，紛紛跳入這個陷阱。一開場鉈鉈鐺鐺響，轟轟烈烈為愛流轉五方，最後卻旋風般愛去人空，草草收場。琬真雖不曾經歷，然而透過古典鴛鴦小說乃至現代情愛電影，愛情給人的感覺是既沈醉又帶點不確定的飄忽；如燦燦燈花，到頭來只留紗窗紅影一片。

想到愛情的最後下場是如此，那麼她和天關的愛是否也難逃一俗？哦！不，她絕不充許他們的愛變成殘酷的俗情！想起天關，也就想起另一個男人——父親。

「巧姨！我爸爸回來了！」

琬真小心的看巧紅一眼。

「真的？這麼說，我是真的看見他了？」巧紅的一雙眼睛忽然活了起來，一張臉因興奮而有了光影。

對巧紅而言，那擦身而過的一幕她永遠無法忘懷。那天她搭的是從臺北南下的火車。火車在一個小小的車站停下等待會車，這時一輛北上的列車駛來，在此交會，巧紅不經意的向那一列車望去，就在這一刻她看到一個人的側面，近在呎尺，就隔著一層玻璃窗而已，巧紅心跳加速，緊望著那人不能眨眼，是文宗，自始至終她不會忘記他的樣子，他怎麼可能回國？難道看錯人？看到的只是個相像的人？就在緊張得不能自持的同時，車子移動了，一來一往背道而馳，眨眼間就錯過了。

沒想到文宗真的回來了。

也許被琬真看到了心裡，巧紅頹然的低下頭：

「哎！時間過得真快。妳都長這麼大了，有空多聯絡，我常想到妳們！」

「會的！很高興見到妳，請轉告琬艾，我們很想念她！」

琬真留下學校宿舍的電話號碼，就匆匆趕著參加同學會去了。這一天，琬真心神不寧，天底下那麼多人，怎就今天碰到巧紅，命運有時真會開玩笑，不知裡面藏著什麼？

天關畢業了，琬真刻意妝扮，穿了文宗回國時採買的純白絲質無袖洋裝和白色高跟鞋去參加典禮。典禮上，還有天闕的奶奶、父母、弟弟妹妹，一家人簇擁著天闕，琬真倒覺得自己是多餘的。

這是第一次，琬真見到天闕的家人。正如天闕所言，奶奶高興的打量琬真，拉著她的手問東問西。反倒天闕的父母，冷漠的神情，銳利的眼光叫琬真不知如何是好。

晚上家族慶祝，琬真推說頭疼不能去。

「妳遲早是我家的人，怎好缺席？趁早大家多相處彼此多了解，將來好當我家的媳婦！」天闕樂觀的說。

「天闕！我可不可以不要去？我真的怕你媽的那對眼睛！」琬真近似哀求的望著天闕。

「傻女孩，我媽高興都來不及，妳不要亂想，她又不會吃了妳！奶奶還偷偷的稱讚妳呢！我們一家都會喜歡妳！」天闕頗自信的道。

「我真的累了，我想回去了！」

「琬真！妳是我這輩子認定的女孩，妳會成為我的妻子，那麼，首先妳就要熟悉我的家人，這個餐會無論如何妳都得去！就算我求妳！」天關熱烈的望著她軟硬兼施！

琬真凝視天關，眼前這人是自己這輩子最愛的男人，果真今後要和他走一輩子長長的路，那麼現在這個小小的要求有什麼理由拒絕？

「好吧！」她妥協。

「妳看！我就知道妳最善解人意！」天關高興的把她抱起來！

「快別這樣！叫人看了多難為情！」

「我故意讓爸媽看，這是我未來的老婆！」天關得意的說。

「少臭美了，誰是你老婆嘛！」琬真白了天關一眼，心裡甜蜜蜜。

「妳敢說以後不是我老婆？我現在就大叫，讓全世界都知道林琬真是我老婆！」天關逗她。

「真幼稚！」琬真笑了。

天關因琬真答應參加晚上的家宴而心花怒放，他完全忽略了琬真此時內心的懼怕與憂慮。

晚間席設在粵菜館，來客還有天關的姑姑、叔叔，連琬真在內共十二個人坐滿一桌。

天關的叔叔姑姑對琬真相當好奇，席間不斷問長問短，類似身家調查。琬真不想隱瞞，有問必答。自始至終天關的父母態度冷淡。

「天關，好眼光噢！」叔叔最後笑著向天關使了個眼色。

突然，天關的母親寒著臉，森森然說：「大家都還小嘛！林小姐只不過是天關的同學，以後找男朋友的機會還多得很！」

琬真和天關正舉杯向叔叔敬酒，聽到這話，臉上的笑意忽地凍結，接下來的幾道菜，琬真食不知味，勉強吃了幾口，再也待不下，便推說身體不舒服要先離開。

「我送妳回去！琬真！」天關著急的跟著站起來。

「天關！你的家教哪兒去啦？叔叔姑姑都還在，怎能離席？」天關母親不悅道。

「同學嘛！就送到門口。」天關的父親終於開口了，聲音嚴威。

琬真禮貌的告別天關一家，內心深處正激越翻騰，一股委屈排山倒海而來，雖如此，她仍沈穩的步出飯店，不讓自己滴下半滴眼淚。

「琬真，不要介意，爸媽他們為人一向如此，大概是老闆當慣了，說話的姿態總是有點高，不是只對妳一人這樣。」天闕由後追過來安慰道。

路燈下，琬真紅著眼眶，強忍著淚水。天闕見了，方才覺得事態嚴重，急作解釋：

「他們沒有其他的意思！別這樣！琬真，我向妳保證……」

「別說了，這點人情世故我還看得懂！」琬真阻止天闕再說下去：「從小到大，我一直生活在別人的臉色裡，我曾發誓，長大後絕不再仰人鼻息。看得出，你父母嫌我，天闕！很抱歉，我想我們不適合在一起！」

琬真說完話，攔住一部計程車鑽進去，丟下一旁著急敲著車窗的天闕。車開走了，快速消失在黑夜的霓紅燈中。

車內的琬真全身癱瘓，她凝視著車窗外迷濛的夜色，一顆心彷若被擰碎般的疼痛，淚終於滴滴的滾下來！失親無家一直是她從小至今最大的憾事，也是她無力改變的事實。一路走來備受欺凌，每個階段她都強顏歡笑，故作勇敢，路就這樣走過來了？方才的一幕，早就該預期的。

在下車前，琬真拭乾眼淚，決意不帶半點淚痕出現在人群。

第二天，天關就追到宿舍來了，琬真避不見面，接下來的幾天，每天電話不斷，琬真打定主意不接。心想天關過幾天就要入伍了，彼此將有更大的空間來思考兩人未來的問題，表面上琬真作息如常，忙著準備大考，忙著上家教班。然則內心卻有著極大的煎熬，每通電話都叫她魂不守舍。她是愛天關的，她不願失去他。但是只要一閉起眼睛，天關父母凌厲的雙眼就會浮現。

天關那頭，正和父母吵得不可開交，自從父母知道琬真的身世後，就極力反對。

「有道是：娶妻娶德。她從小無父無母，無人管教，這種人家的女孩，娶進門大抵都不受教！不適合我們家門風！」天關的母親說。

「媽，照妳這麼說，孤兒院出來的人都不是好人？孤兒中也不會有有成就的人？」

「你沒聽過娶媳婦挑女婿乃至於找夥伴都要視背景，少父少母的子女性格上都有缺點！」天關的父親拉下臉，在旁幫腔。

「爸爸，這是什麼歪理！照你推理，父母健在的女子都是聖人？這太離譜了吧？

琬真乖巧、善良，都是與生俱來的，跟她有沒有父母也無關係，更何況她懂得上進，只因為從小沒有父母照顧，你們反對的理由太牽強了！」天闕抑住憤怒。

「你看看，有了這個女孩就忘了爹娘，還沒把她娶回來就吵成這樣了，將來若當真娶進門，那還得了！」天闕的母親氣得顫聲道。

「媽，請妳講講理好不好？琬真除了沒有一個正常的家庭外，哪一點不好？妳還沒有認識了解她就先拒絕她，這樣公平嗎？」

「你倒教訓起我來？我沒有義務要給她公平，我在乎的是我兒子的未來前途，你得給我出國去，馬家媳婦要門當戶對！」天闕的母親聲色俱厲。

「我知道，你們就是勢利，嫌琬真家不富有，面子掛不住！」天闕咆嘯。

「反了！反了！你看看你這個兒子怎麼頂撞他娘！」天闕的母親氣得轉向丈夫求援。

「閉嘴！越說越不像話！你眼裡還有父母嗎？從今天起不准再和那女孩來往，當完兵就立刻給我出國，你最好乾乾淨淨，不要給我拖泥帶水，你知道我的脾氣！」天闕的父親怒目道。

天關一聲不響，轉頭往外走，他恨父母的勢利，恨自己竟然天真的以為父母會愛屋及烏。而讓他最痛苦的是，他最親的人竟傷害了他最愛的人。

天關入伍那天，全家都來火車站送行，車站大廳擠滿了前來送行的人群。尤其是這些預官的女友，所表現出的難分難捨的場面，叫天關看了神情落寞。他的眼睛在人群中四處追尋，希望看到熟悉的身影——琬真，妳會來嗎？天知道我有多想妳，不要這樣就不理我了，給我力量，給我時間，我會衝破這些障礙的。琬真，讓我看看妳，就算一眼也好……

天關的母親對兒子滔滔不絕，一下要他注意身體，一下要他寫信回來。天關無心聆聽，一雙眼睛忙碌的四下張望。這時廣播響起：

「第二十三梯次預官役男請立刻到第一月台集合！」

天關一直望向車站的入口，潮水般的人群來了又去，他雙眼焦灼、期待……琬真，妳會來嗎？

廣播再次響起，天關的母親催他：

「該走了，人家都進去了啦！」

天關艱難的提起行李，隨著魚貫的隊伍移動腳步，他頻頻回首，望向人群，眼看希望就要破滅，天關的心沈到谷底。隊伍橫向轉入月台的剎那，他仍不死心的回頭望最後一眼。就在這時他看見了一個白色高挑纖弱的身影，夾在人群中晃動，是她，她終於來了。雖然隔得那麼遠，在看到她的一瞬間，天關的整個心都揪了起來。那個白色的身影，對他緩緩的舉起手來。他確定她看見了他。

琬真站在原地，再也沒有越前一步，她看著天關隨隊伍進入月台，看著天關集合，看著他踏上火車進入車箱，看著火車緩緩的開動駛出月台，離開她的視線……這才如夢初醒。

別了天關！她匆匆步出火車站。

瑞耕退伍後，考上一所新竹公立大學的生化研究所，他現在有更多的時間來臺北看琬真。琬真快畢業了，除了上課，家教班外，還忙著趕畢業大考。天關調到金門去，時有信來，琬真不大回，偶爾提筆也僅止於問候，她伯寫得太多洩露了萬般隱藏的情苦意切。

清明節放了幾天假，瑞耕來找琬真看電影，琬真因稍早接到天關的信，信中詳細的敍述前線生活的艱辛，看得琬真心緒低落，對於瑞耕的邀請也就意興闌珊。她勉強出門，擠上公車，好不容易來到了中華路的天橋，忽然說：

「我胃疼得要命，受不了了，我們回去吧！」琬真皺著眉頭痛苦的說。

「這麼嚴重？要不要先去看醫生？」瑞耕關切的問。

「不用了，我回宿舍，吃個胃藥就行了！」琬真捧著肚子。

「多掃興啊！本來今天看完電影，還想請妳吃飯的！」瑞耕無限惋惜的說。

「對不起！我無福消受，改天吧！」

「不是剛出門前還好好的嗎？怎麼說痛就痛？我還是陪妳去看醫生的好！」瑞耕不死心的說。

「你就不要麻煩了！讓我回去躺一下，說不定就好啦！」琬真有些不耐。

「好吧！我就送妳回去！妳呀！真是叫人捉摸不定！」瑞耕無奈的說。

一路上，兩人各懷心事，誰都沒有開口。琬真那裡是胃痛，僅是氣悶而已。只因天關正在金門受苦，而自己竟然還有心情去看電影而深深自責，連帶嫌惡起瑞耕。而瑞耕這回本在興頭上，他想利用這次見面的機會，向琬真表達自己的感情。五年了，五年來他對琬真的感情只有增沒有減，他對那個馬天關耳有所聞，但是不能讓他把琬真搶走了。為了琬真，他辜負了她的二堂姊，辜負了和他從小長大的青梅竹馬，他知道對方正恨著他，也對琬真正醞釀著一股敵意，這一點絕不能讓琬真知道。

端午過後，不到一個月。琬真就畢業了，天關當兵也快一年。這當中他回來兩次，每次都興匆匆來，敗興而回。琬真不肯和他見面。對琬真來說，世間任何事都無法掌握，唯靠自己。不和天關見面是為免加深彼此的眷戀。明知在一起是得不到祝福，取不到諒解，那又何苦增加彼此來日的難分難捨，不如趁早了斷，時間會治療一切的傷痛。有一天，天關會忘了她。這是琬真在經過了多少失眠的夜後，所做出的最後痛苦決定。

巧紅趁著北上出公差之便，到學校來看琬真，她帶來了琬艾的照片，照片中的女孩亭亭玉立，依稀可辨小時候的可愛巧秀。

「琬艾長得越來越像妳了！可惜個性一點也不像妳！」

「像我有什麼好？人善被人欺，巧姨沒聽過？」琬真話一出口，發現巧紅神色尷尬，想起小時候巧紅的不善待，連忙解釋：

「我是說在這個社會，果決理智的性格總不會吃虧，像我就太軟弱了，我倒欣賞有個性的人！」

「太有個性會讓自己痛苦，周邊的人也痛苦。前一陣子，我和她提起妳爸爸，卻惹來她的一頓脾氣，她說她沒有爸爸，叫我不要在她面前提起！」巧紅一臉無奈。

「巧姨！妳們過的好嗎？想不想和爸爸見一面？」琬真躊躇了一會兒問。

「妳是說，見妳爸爸一面？妳願意安排我和妳爸爸見一面？」巧紅不敢置信的望著琬真。

「為什麼不願意？我不希望琬艾遺憾一輩子！那不是任何東西可以彌補的。」琬真苦笑。

「琬真，妳真是好心人！說出來不怕妳見笑，事實上，這趟找妳，正希望妳能安排琬艾見見妳爸爸，也許妳爸爸已忘了他還有這麼個女兒！」巧紅的眼眶紅了。

「巧姨！妳放心！爸爸這次回來可能待久些，我會安排的！」琬真安慰巧紅。

巧紅千謝萬謝的離開了，琬真望著巧紅的背影，想著琬艾——無緣的妹妹，想著人世間難以理解的糾葛，及無可抗拒的命運。

文宗再次回國，這次有琬真做他全職的祕書，讓他感到輕鬆不少。琬真陪他到處談生意，文宗這次帶回飼料酵母菌的技術，能刺激豬種的良好發育，他四處找老朋友投資，一開始大家興致勃勃，然而最後卻因文宗佔乾股，而使投資企畫告吹，原來大家對沒有資金的人是沒有信心的。文宗眼看辛苦得來的技術，卻因拿不出錢而白白喪失了東山再起的機會，不禁愁眉不展，懊惱萬分。琬真看在眼裡，除了乾著急外，十分不忍，曾幾何時風光的父親，如今卻連區區的十萬元都拿不出來。琬真恨不得自己立刻變出一筆錢解決父親的困境，然而她手邊除了上家教收到的兩千元外，再也沒有能力了。

為了成立新公司，文宗賃居在臺中，樓上是住家，樓下是辦公室。這天琬真趁父親午睡，就逛到市場替他買了鮮蚵，準備給他做喜歡的豆鼓蚵。路上又去看了幾件衣服，打算父親這邊事了，她就北上求職，或許不久的將來也可分擔父親的部分責任。回到沈暗老舊的辦公室時已近黃昏。一進門看見文宗孤零零的坐在偌大的辦公桌前，西裝筆挺，頭髮梳得一絲不苟，叼著菸，沈浸在一縷縷紛亂的煙絲中，渾然不覺人來。他彷彿坐錯時空，仍活在一個曾經金碧輝煌的世界，做著屬於他的王朝夢。夕陽透過窗櫺，照著文宗兩鬢的白髮，他看起來是那麼孤獨，也蒼老多了。琬真心中一緊，淚差點掉下來。

「爸爸！」琬真輕輕喚他！

「哦！回來啦！」文宗回過神，方才睡醒，整棟屋空盪盪，剎那間一股莫名的悽惶襲來；遠望窗外，長日將盡，沈鬱的天空就像他的心情。

「爸，你在想什麼？」

「很多，過去、現在還有未來！」

「如果我有巧姨的消息，你願意見她嗎？」琬真小心翼翼的問，此時的父親需要人照顧。

「怎會想到她？」文宗不置可否。

琬真就把一年前巧遇巧紅以及近日巧紅託她的事一併說了。

文宗靜靜的聽著，像個神情嚴肅的教官，在聆聽一件學生違規事件般，除了眉頭微皺外，無任何表情。

「妳答應她了？」文宗吸口菸，望向遠處。

「沒有！那要看爸爸的意思。」

文宗不搭腔，沈默許久，方說：

「妳去安排吧！」

「謝謝爸爸！我替琬艾謝謝您！」琬真跳到文宗背後，忘情的抱住了他的肩頭。

巧紅走進中山公園旁一家叫「舊情綿綿」的咖啡館，她早來了十分鐘，選了一張靠窗的桌子坐下。中山公園四周高樓林立，她想起十六年前這兒一家獨一無二的叫「意難忘」咖啡館。方才一路尋來，再也找不著那家店了，她曾在那兒消磨過無數的寂寞芳華，心中萬般愁悵只因一個男人；此時舊地重臨，幾分鐘後卻即將會見那曾叫她心碎的男人，真是造化弄人，巧紅的思緒紛亂無比。她突然想起什麼似的，快速打開皮包，拿出粉盒，對鏡細細的補了一層粉。做夢也沒想到，還會再見文宗，自從琬真打電話約她後，每個晚上她都失眠，現在坐在這兒，心中七上八下五味雜陳，也只因這個男人。世事變幻無常，巧紅都認了，只要能再見文宗一面，就是這輩子心中最大的願望。

想到這兒，一對父女已站在她跟前了。巧紅抬起頭來，就那麼一眼，她的腦袋有幾秒鐘的空白，隨即眼淚就漱漱的掉下來。突然，她咬牙切齒，怒目寒光，像瘋了似的吼道：

「你怎麼可以丟下我不管？你怎可以躲起來？你怎麼這麼沒良心？如果不是你這樣，我也不會落得如此，都是你，都是你，誤了我的一生……」

巧紅說著，摀住臉抽抽噎噎。文宗先是一愣，緊接著過去環住她的肩頭，像是一對失散多年的老夫妻。巧紅搥打著文宗結實微凸的腹腰，一聲聲的哭喊：「都是你，都是你……」

琬真驚訝的站在那兒，手足無措，她以為重逢的一幕至少是禮貌矜持的，再不就是帶有幾分哀怨的浪漫氣氛，那兒想到會是這樣赤裸毫無遮掩的場景！她悄悄的走了。

巧紅也被自己突如其來的舉動嚇了一跳，怎麼會這樣失常，毫無顧忌！自己的失意與孤寂難道都因眼前這個男人？然而他也不再年輕了，看到顯現老態的文宗，巧紅忽有青春不再，人生苦短的哀痛，這聲聲的哭喊，是為自己還是文宗？

文宗和巧紅重逢後，琬真自覺了一件心事，才無牽無掛的提著行李北上覓職。她在敦化北路找到了一家創意廣告公司的撰文工作。她很高興，從此真正的自食其力。

同時琬真在附近敦化南路的社區也租到了層小樓房，房東是個山東籍的老榮民，第一次見到琬真，扶著眼鏡上上下下的打量她，接著拉開嗓門說：

「俺這小屋簡簡陋陋，小姐妳可細緻得很，住得慣嗎？」

琬真喜歡這小樓房，是因為進出方便，有一個樓梯在戶外，不必經過房東屋內。

「只要房租合理，我很喜歡！」

「好好，我就是要租給看起來單純的姑娘，俺可不喜歡亂七八糟的女孩，就這麼說定了，租給妳！」

琬真聽了好興奮。

這樓房雖小五臟俱全，那是房東在一樓頂加蓋的違建，水塔就在窗後，每天轟轟的響。還好琬真白天不在，就央請房東盡量在這段時間抽水，給她一個寧靜的夜晚。

琬真任職的這家廣告公司所接的案子不少，大都是房地產廣告案。老闆在接了案後，就帶她去參觀附近的大環境，回頭琬真得為這廣告文案吹噓美化一番。明明屋前是一條臭水溝，建設公司就要琬真把它寫成一條柳樹成蔭的小河，明明屋後是垃圾山，建設公司要求得描述成一個綠色的公園。寫了幾件文案後，一看到廣告出現在報上，琬真就心虛的無地自容，覺得這是一個詐騙的集團，而自己就是那罪魁禍首。她向老闆抗議，不寫不實的文案。老闆似笑非笑，陰陰的望著她：

「小姐，我們是廣告服務業，不是法院監察機構。我們靠的就是顧客的廣告案生存，如果人家的產品好到不必推銷，就不用找上我們啦！這社會並非黑就是黑，白就是白，我們要做生意，黑白就不能分得太清楚！妳懂嗎？」

琬真悻悻然回到住處，想到中文系四年苦讀，如今竟淪落到販賣浮華不實的廣告為生。不禁悲從中來，埋在枕頭裡，無限忿恨的哭起來。

這時電話響起，琬真清清喉嚨：

「喂！哪位？」

「是我！瑞耕！怎麼啦？聲音怪怪的！」瑞耕急切的問。

「沒什麼，可能感冒吧！」琬真不想讓瑞耕知道她哭過。

「我馬上來看妳！要不要去看醫生？」

「不要！不要！我好好的睡一覺就好，拜託你別來！」琬真急著阻止。

「妳就是這樣，不擔心自己！每次都這麼說，不行，我馬上來！」說完，瑞耕就掛了電話。

琬真因工作而心煩不已，現在加上瑞耕要來，更讓她懊惱得不知如何是好！她能告訴瑞耕，自己心有所屬？她能告訴瑞耕，自己只當他是普通的朋友？這幾年來瑞耕對她的殷勤與關切，她不是無動於衷，只是她的一顆心已經給了別人，再也收不回來了。

果然，瑞耕半個小時就到了。他看到琬真紅腫的雙眼，更加急切：

「怎麼哭啦？受了什麼委屈？告訴我。」

琬真只好把最近的矛盾心情，與在辦公室的對話說給瑞耕聽。

瑞耕聽了，認認真真的看了她好一會兒，才說：

「人生有很多事，無論光明或黑暗妳都必須學習，妳看到的負面的東西越多，才能促使妳更加成熟！」

琬真怔怔的望著瑞耕，彷彿觸動了心中的某根絃。幾年來，從未好好了解瑞耕，她若有所思。

瑞耕看她不說話，執起她的手，猶豫了一下，艱澀的說：

「琬真，我……我好想給妳一個家。馬上我就碩士畢業了，服兵役後，我找工作，如果妳不想去上班，不要勉強，我是說……我們結婚吧！我會給妳一個安定的家！」

對這突如其來的一切，琬真驚得瞪大了眼睛，說不出話來。她沒有想到瑞耕竟然就這樣的求婚了，也沒有問她喜不喜歡他！一切都來得太快了，叫她無法應付，她從來都沒有想過要和瑞耕結婚。想到這兒，她忍不住笑出來：

「我從沒想過嫁給你，你怎麼有膽量求婚？如果我拒絕了呢？」

「妳有權利拒絕，只是在妳未嫁出去前，我也有權利繼續追！」

聽到這兒，琬真忍不住開懷大笑，一天的鬱結就這樣化開了。

上班下班，日子飛逝。巧紅來電說，琬艾這個週末從鄉下回來，問琬真是否有空，到中部一聚。想到要見琬艾，琬真好興奮，週六中午下了班，就直奔火車站。一路上，她想著要對琬艾說的話。上回安排巧紅與父親會面，巧紅說琬艾一聽到父親的出現，大大的鬧了頓脾氣。今天見了面可得好好開導她，畢竟父親的離開是有他的苦衷。可是該怎麼說呢？火車轟隆轟隆，她想著想著，眼皮漸沈重起來，她夢見自己回到了中華路的老家，揹著書包坐在樓梯口等巧紅回來，忽見巧紅氣急敗壞，拿了角子零錢向她擲來，零錢嘩啦的滾了一地，她彎下腰忙不迭的滿地撿拾，怎麼撿都撿不完，急得她大聲的哭了起來……她讓自己的聲音給驚醒了，轉頭尷尬的望向身旁的中年婦人，那婦人正好奇的望著她。這時車子進臺中站了，琬真匆匆的下了車。

為什麼還做這樣的夢？其實兩年前在這同一車站目睹了巧紅的憔悴後，琬真就已不再計較巧紅她曾經在她心上烙下的傷痕。日子是要往前過的，尤其想到當時年輕的巧紅只不過比現在的自己大不了幾歲時，琬真倒有點同情她了。

攔下一部車，琬真迫不及待的想看看琬艾。車子在郊外的一排公寓前停下。琬真付了車資伸手按了門鈴。

來開門的是琬艾，和照片裡一模一樣的一個大女孩。琬真緊緊的把她摟在胸前，琬艾語帶咽哽，興奮的喊著：

「三姊，三姊！」

進入客廳，看見巧紅繃著一張臉坐在沙發上，一看見琬真，立刻拉著她氣呼呼的說：

「琬真，妳說說看？天底下有女兒不認父親的道理嗎？琬艾居然不認妳爸爸！這種女兒真是白養了！」

「不，他沒有養過我，他什麼時候擔負過責任？沒有責任就沒有權利！他有什麼資格讓我喊他爸爸？」琬艾理直氣壯的頂巧紅。

「琬艾，我跟妳說了多少次了，他畢竟是妳爸爸，妳不喊他，喊誰？今天會變成這樣，我也有錯！我願意和妳爸爸重新再來過……」

「妳願意重新再來過？那麼小立怎麼辦？小立的爸爸怎麼辦？媽，妳錯過一次，難道還要再錯第二次？！妳完全不顧小立和他爸爸，妳要再一次親手拆散一個家？

我自己沒有爸爸倒罷了，妳不能再叫小立和我一樣，妳不要再造成另外兩個人的不幸。」

「琬艾，我都是為了妳，妳怎麼說這樣的話？！」巧紅淚光閃閃，厲聲道。

「為了我，不是的，妳是為了自己，妳舊情難忘，妳已經厭煩了小立的爸爸，妳想把他趕出去！」琬艾反唇相譏，接著道：「妳有沒有想過，小立從此沒有父親？就像我一樣，妳知道沒有父親的心酸嗎？妳只想到自己的愛憎！媽，我求妳，不要讓小立沒有爸爸！對這個家，他沒有功勞，也有苦勞！」琬艾流著淚說著，咚的一聲，在巧紅面前跪了下來。

琬真看到這幕，只覺得心頭一酸。

巧紅紅著眼眶怔怔的望著前方：

「琬艾，在妳眼中，我是這麼自私的母親嗎？」巧紅悽惶的搖搖頭，繼續道：「我只求妳去認妳爸爸。只要看他一眼，妳也會和我一樣不忍心的！」她的聲音嗚咽起來：「他畢竟不是從前的他了！」

琬艾望著她母親好一會兒，忽然把整張臉埋在巧紅的膝上，抱著巧紅的腿，肩頭不住的抖顫，抽抽噎噎起來……

時值初秋，琬真走在紅磚道上，秋陽暖暖，落葉在眼前飛舞，這樣一個金輝斜灑的午後，對琬真來說，俯仰都是詩句，一隻枝頭上的鳥兒，就是一句會飛的詩。

算算日子，天關應該退伍回來了。兩年了，天關幾次來找，都讓她躲掉了，明知沒有結果何必相見？然而，她在心裡深處仍念著他，她忍不住從皮夾中掏出天關年前從外島寄給她的照片。天關著軍服理平頭，曬得黝黑，露出一口白牙，對著她笑，照片背後寫著：

心心：

人別後，月圓時，

信遲遲，心心念念，

念念

說盡無憑，只是相思。

琬真把照片貼在胸口，心中湧起一絲甜蜜，然而這股甜蜜隨即一閃而逝，被天關的父母兩雙凌厲的雙眼給取代了。她知道這兩對眼神對她的輕視、排斥、拒絕，這輩子她是不可能和天關在一起了。她的心隱隱作痛。

回到住處，電話響起：

「是我，天關，琬真，讓我看看妳！」琬真拿起了電話，那頭傳來低沈的懇求聲。

「……」

琬真愣了幾秒，真的是他。她緩緩的說：

「天關，我說過多少次了，我們不適合，你不覺得嗎？至少我不是你父母心目中的理想媳婦！」琬真淡淡的回答。

「不，兩年來，妳一直在我心中，現在不變，將來也不會變，我愛妳！琬真！我不在乎爸爸媽媽的想法。」天關的聲音在電話那頭幾近哀求。

「天關，我們是兩條平行線，在你父母的眼裡，我是卑微、不合格的，我們永遠無法交集的。」琬真黯然道。

「只要妳愛我，我愛妳，沒有什麼可以阻礙我們！讓我見妳一面，琬真，就算我求妳！」

「又何必呢？過去的就讓他過去，兩年了，我們不是也都過得好好的嗎？」

天關沈默了好一會，才道：

「如果我告訴妳，我因想妳而過得不好，妳相信嗎？」

琬真的心像被電擊中般，然而僅僅幾秒鐘，理智又恢復了：

「別傻了，愛情可以另外再追尋，親情可是無法替換的！」

「妳聽好，琬真，後天我就要離開臺灣到美國去了，如果妳再不讓我見妳，恐怕幾年內再也見不到妳了。我有一樣很重要的東西要交給妳，琬真！讓我見一面！」

琬真的心快速往下沈，他就要去美國了，這回他要真正的離開她了，離開他們共同居住過的城市。她應該早料到有朝一日他會離去，他父母不是一再催他出國嗎？她深深吸一口氣，平靜的說：

「那就在此祝你一路順風，再見！」琬真掛了電話，整個人就陷在沙發上，無力起身。

這一晚，她翻來覆去睡不著，她就真的這樣讓天關離開她，走出她的生命？為什麼她不敢爭取這個愛情？是受了慧琯當年婚姻的影響？是被慧琯當年的婆家嚇著了？她不知道。整夜，天關的影子都在眼前徘徊晃動。

第二天上班，她覺得頭重腳輕，精神有些恍惚。本來老闆要帶她去看新案的現場，看她這樣，就勸她早點回家休息。

她沿著紅磚道，走回住處，爬上樓梯，待要開門進屋的剎那，忽然背後伸出一隻粗壯的胳臂，環住了她的腰，就把她推進門，她駭得叫不出聲來，耳邊傳來熟悉的低沈聲音：

「別怕，是我！」

天關，是天關，琬真轉過身，迎頭罩面是天關一張充滿陽剛的臉，那狂熱的雙眼正定定的望著她，不由分說，一雙熾熱的唇就蓋了下來，接著把她緊緊的摟在懷中，喃喃的說：

「妳太殘忍了，太殘忍了，怎麼可以這樣對待我……」

琬真極力掙脫天闕的雙臂：

「天闕，你聽我說……」

天闕把她的腰攬得更緊了：

「妳不用說，我再也不讓妳逃掉，琬真，妳知道我這兩年的日子怎麼過的嗎？它都寫在我的日記裡，林琬真三個字就是我一天的全部，我想妳，想得好苦！」

天闕的吻，漫天蓋地的落下來。

「琬真，我要妳，要妳……」

琬真感到一陣暈眩，極力掙扎：

「不要！天闕，不要這樣……」

天闕不說話，只以他的熱力來向琬真證明：他愛她！

他的吻像雨點般，落在琬真的眉、琬真的眼、琬真的鼻、琬真的頸、琬真的肩……

琬真的心融化了，兩年來的抗拒、偽裝，都在這一瞬間瓦解了。

琬真翻閱天關留下的兩本日記，每一天每一頁只寫下三個字「林琬真」。天關說得沒錯，過去的兩年中，雖然他的肉體整天在操練、備戰，然而他的精神自始至終讓琬真給佔據了。

被愛的幸福像一張網，密密實實的把琬真網住了。想起天關的熱情，琬真羞澀的望著自己的身體，她已經把自己交給天關了，不知往後的人生將是怎樣的一種局面？天關會永遠愛她惜她嗎？往後該如何承受天關父母的嚴厲眼光？今後她不可能完完全全僅做自己，她的生命裡實實在在多了一個天關。想到這裡，一種無法抗拒的宿命，一種由不得自己的失落感悄然而生，在愛的甜蜜中，一絲不確定的阢隉不安，隱然在發酵。

她沒有去送他，為了避免生離帶來的難以承受的痛，她把自己關在小屋裡，想像此刻的他坐在那銀色的龐大機身裡，也許正在給她寫信，也許正在念著她。她甚至可以想像當他的手在紙上寫下「琬真」兩個字時，嘴角浮現的溫柔笑意，就像他輕輕的在耳邊喚她時一樣柔情。

「琬真！噢！我的琬真，我向妳保證，妳是我這輩子唯一的女人，乖乖的等我。等我把父母接到美國，等我把他們安頓好，等我一拿到學位，我立刻回到妳身邊，我永遠是妳的天闕！」

天闕臨去前的濃情蜜意，仍迴盪在四周。

琬真的心有些歡喜，有些傷感。

這一年的冬天來得特別快，下過幾陣雨後，緊接著來的寒意直叫人打哆嗦。天闕走後，琬真的生活中不再有興奮與期待，一下間彷彿整個世界都抽離了，她的心空盪盪的，好像都叫天闕提走了；就像掉進了愁圈套，魂兒叫情絲緊縛了般，恓恓惶惶。

現在琬真才明瞭，當一個女人身心完完全全的奉獻給一個男人時，她已經失去了自己，情困魂囚，真是「要丟開心兒越撩，不丟開心兒越焦」。

月來，琬真食慾不振，通身困乏，她暗自苦笑，只當這一回真成了情痴。天關到達美國後，立刻就掛電話報平安。此後接二連三收到了他的幾封信。

這是天關的第一封信：

琬真：

我的心失落了，失落在那個妳我共同呼吸的城市裡，只因為那兒有妳。

當我的雙腳踏上這塊陌生的土地時，是離妳最遠也是最近的時刻。我的心中浮起了一幅美好的畫面，有朝一日在此相偎，共同仰望面前的這座金門大橋。來到加州後，我的世界開闊了起來，原先所受的時間、空間的細綁，都叫這座紅色的大橋給拓展延伸。這座宏偉的大橋給了我一種從未有過的力量——那堅固的鋼骨橋身象徵著我們的愛情。請相信我，面對未來我絕不會軟弱，請給我力量。

琬真，有一天我們會通過法律上的確定過程，到那一天，我將請「金門大橋」為媒，在此與妳結為夫妻。這裡是一個起點，一個希望的起點，天為憑地為證。等我，琬真！

祝
快樂

愛你的天關

當琬真得知自己懷孕時，腦中一片轟然，慧瑄當年未婚有孕的窘境，有如倒帶般在她腦海裡快速重現，碧緣鄙視嘲諷的面容，此時像放大的默片般，直逼向她，她震驚懼怕得雙腿抖顫，如臨世界末日般，神情慘澹的步出醫院。

她該怎麼辦？打了個電話向公司請了病假，她不知該去哪裡？找誰商量？慧瑄？慧瑛？不行，她們一定會找到天關家，她可以想像天關父母的態度，找父親？不成，這麼一來連巧紅一定也知道，目前他們已住在一起了！她可不願把事情弄得人盡皆知！那麼，找誰去？一下間，全無主見，她虛飄飄，也不知如何走回了住處。她躺在床上，兩眼瞪著天花板，腦袋裡只有三個字「怎麼辦」。突然念頭一閃，一顆心跟著怦怦的跳，她起身坐在床沿，就這麼順勢一滾就可以掉到床下，說不定就可以解決她的麻煩了。就在這時，電話響起。

「是我！瑞耕！今天怎麼沒上班？病啦？」

「瑞耕？哦！我怎麼沒想到你！」琬真如獲救星般。聽在電話那頭的瑞耕耳裡，只當琬真很高興接到他的電話。難得琬真這麼熱情，一時叫他心花怒放，立刻接下去說：

「我立刻來看妳，想吃點什麼？給妳帶來！」

對啊！怎麼都沒想到瑞耕？琬真耳邊響起離開診所時，護士的交代：「如果想拿掉，可以找家人或男友一起來！」顯然，醫生護士對這類事情頗富經驗，已司空見慣。但是琬真聽得羞紅了臉，頭也回的立刻逃離那診所。

我不要當未婚媽媽，我也不能毀了天關的前程，絕對不能讓第三個人知道，琬真有了一個主意。

不一會兒，瑞耕果然拎了一袋當歸鴨麵線來了。

瑞耕一來，深情款款的注視著琬真。

「氣色怎麼這麼差？來！快把這碗當歸鴨吃了！」瑞耕熱心的招呼。

琬真默默的把麵吃完，一肚的愁腸正翻騰著，不知如何啟口？

她緩緩打開皮包，從裡面抽出一張檢驗報告，遞給瑞耕。

瑞耕低頭一看，臉色大變。

「琬真，怎麼這麼糊塗？怎麼這麼糊塗？開什麼玩笑？」

琬真低下頭，淚滴滴的滑落，看得瑞耕又憐又氣！急著說：「怎麼把自己的一生幸福都交出去了？是馬天關的？妳怎麼可以把自己交給一個遠行的人？琬真妳真傻！」說到這兒，瑞耕硬是把下面的一句話：「我可是一直守在妳身邊！為什麼妳看都不看我一眼？」給吞進肚裡了。

「瑞耕，求你陪我去拿掉它！」琬真終於鼓起勇氣。

「不行，我不能這樣做！」瑞耕拒絕！

「為什麼？你不願幫我？」琬真愁眉淚眼的望著他。

瑞耕雙手合抱，眉心皺成一團，好一會兒，才說：

「琬真，我不但要幫妳，我還要照顧妳。」他深深的望著她，「我們結婚吧！我會把這個孩子當成是我的孩子！」

「不！瑞耕！這樣對你很不公平，我不能答應！」琬真拚命的搖頭。

「我不覺得有什麼不公平，對我而言，是失而復得，琬真，有妳是我的福氣！」瑞耕說得誠懇。

「有一天你會後悔的，瑞耕！真的，你會後悔的！」琬真不願在這種情形下，答應瑞耕的求婚。

「琬真，我發誓，若後悔必遭……」瑞耕的話未說完，已讓琬真摀住嘴了。「我相信你就是了，請不要再說下去了！」

琬真從未想過結婚，更遑論結婚的對象是瑞耕，她拿不定主意，一顆心左右搖擺。她知道這事若不速戰速決，可就無顏見人。

瑞耕見她猶豫，接著道：

「妳忍心傷害一條無辜的小生命？琬真，讓我來照顧妳們，只要妳答應嫁給我，我一輩子都聽妳的！」

「其實，你用不著做那麼大的犧牲，你明知道我的感情！」琬真嘆息道。

「妳沒聽說，精誠所至，金石為開？有一天妳會愛上我的！」瑞耕故作幽默。

「你回去再好好的想一想，也許會改變主意，也讓我考慮考慮。」此刻的琬真心緒大亂，彷彿開錯車道的人，非但未找到出口，反而更偏離了目標，讓她有越行越遠的慌亂與懼怕。

一個月後，琬真和瑞耕結婚了。

當文宗聽到琬真宣布結婚的消息時，當場愣在原地，他想不出琬真突然要結婚的理由，她應該不是屬於早婚型的女孩，看她做事胸有成竹，有條不紊，曾心中暗自歡喜，多麼像年輕時的自己。這兩年來回臺灣發展，也多虧這個女兒一旁協助打點。現在琬真要結婚，文宗私心不捨，如果多留她幾年，對正在起步的飼料酵母菌工廠應該大有幫助。本來文宗想在年底把她叫回來幫忙，如今得知她要嫁人，竟有些錯愕，有些失望，繼之而來的是無窮的煩惱與憂心。此刻的他兩手空空，從日本帶回的僅有現款全都投入這家工廠了，他拿什麼給女兒當嫁妝？實際而言，他是第一次嫁女兒，前兩個女兒的婚禮無緣目睹無法親臨，感覺上總隔了一層，也沒有那麼大的壓力。這回不然，人在臺灣，親友眼睜睜看他拿什麼出來給琬真辦嫁妝，叫文宗心憂如焚，羞愧得不知如何是好！結婚前，他終於湊足了四萬元，讓琬真辦了文定禮，總共給瑞耕打了一條金鍊、一只戒指，買了一只錶，一雙皮鞋、兩條領帶、一條皮帶、一件襯衫兩塊冬夏西裝料……共備了十二項禮。到最後連給琬真一只戒指的錢也湊不出了。

為了自己的事叫老父憂愁，琬真看在眼裡，十分不忍。她對文宗說：

「爸爸，不要煩惱沒有嫁妝給我，把我養這麼大，我都還沒有好好孝順您，就嫁人，自己才覺得很對不起您呢！」

文宗聽了，神情慘澹：「女兒，我只擔心在鄉下地方，沒有辦嫁妝會讓妳抬不起頭來的！」

「只要瑞耕不嫌棄就好了！」琬真道。

「如果結婚只是你們倆的事倒好辦，別忘了妳還有公婆！」文宗擔憂不是沒有道理的。

婚禮結束，賓客都離開了，琬真累了一天，坐下來伸伸腿，耳邊卻不斷迴盪著白天來看熱鬧的三姑六婆的驚訝聲：

「怎樣，捺也無半項嫁妝？聽說女方老爸是日本回來的紳士，捺也無辦嫁妝？」

「是呀！聽說在日本銀樓一大間，是有錢人，怎也這麼吝嗇？」

「新娘是巷尾林桑的姪女，前幾年他們家老大嫁鎮長兒子時，嫁妝多豐富，這回嫁姪女卻大小心，什麼都沒有！」

「哎喲，比我們這些鄉下人嫁女兒還無扮！」

「就是這麼說嘛！老闆娘這次實在漏氣得塗塗的，我們下人娶媳婦也無這款樣！」

鄉下人說話一向無遮攔，隔牆傳來，句句刺在琬真心上。撫摸肚子，若不是裡面的小生命，這個婚不會結得這麼倉促，匆忙得讓自己沒有時間準備，沒賺夠嫁妝就嫁作人婦。

婚禮的第二天晚上，琬真和瑞耕歸寧回來，公公婆婆就在大廳上等他們了。

「我說這世人也沒有這麼漏氣過，看人嫁娶也有半世紀了，就這次自己的兒子娶媳婦最難看。」公公鐵青著臉說。

「妳難道不知道咱邦仔內的人最愛看熱鬧，看嫁妝？竟然讓我們這麼沒面子，妳爸爸一點顏面都不替你顧？」婆婆寒著臉對琬真道。

「我爸爸養我這麼大，他有困難卻不能幫助他，我已經很難過了，怎好再向他要嫁妝？」琬真低頭垂眉小聲說。

「妳是嫁到我們家的人，還坦護你外家厝，真不懂事！」婆婆睨視著她。

「我們家有我們家的家規，既然當了我家的媳婦，我就得告訴妳，除了孝順公婆、侍奉公婆外，還要愛護小叔小姑。尤其是小姑，將來得嫁出去，遲早是客人，做人兄嫂的就得多多疼惜她！」

琬真不作聲，一顆心直往下沈，這是她新婚的第二天，未來的日子還長呢！

瑞耕皺著眉頭不語，接連一個月來已經很累了，父母頻頻的干預與指責，使得新婚的興奮情緒直往下落，他開始懷疑匆促和琬真結婚的決定是不是對的。為了爭取時間，為了徵得父母的同意，瑞耕自做主張答應讓琬真婚後與他們二老同住。這才解決了父母對這樁匆促婚事的不快與阻止。他愛琬真，他知道如果失去了這個機會，琬真永遠不可能屬於他的。

依照承諾，琬真辭去了工作，搬回鄉下與兩老同住。婆婆給琬真一張一週工作表，每日除了固定的三餐、買菜、洗衣外，得依工作進度表，分段打掃清理不同層樓的四樓洋房。

琬真每天六點半準時起床，先下樓煮稀飯，再打掃一樓客廳，等八點公婆吃完早點到隔壁的工廠上班，琬真就開始一天的工作了。收拾好早餐，忙著洗衣曬衣後，她提著菜籃匆匆趕往市場，在規定的菜錢內採買完畢立刻回家，接著洗菜捻菜切菜準備午餐。等公婆回來吃過午飯，稍事休息，琬真就照著婆婆列的工作表，開始當日的清潔工作。每層八十坪，琬真逐樓一一打掃拖地，不斷來回穿梭在每層樓每個房間，直到四點多婆婆來電提醒她下樓洗米準備晚餐，這才結束工作。

婆婆雖然催她早做晚餐，但是她們總是拖到七點多才回來吃晚飯，等吃過飯洗刷完畢已九點了。就這樣日復一日，早餐、午餐、晚餐、拖地，琬真覺得自己漸漸失去了生氣，好像家裡擺設在牆角的一個失去光彩的家具。她漸漸失去了活力，失去了對生活的期待，好在日漸隆起的小腹，帶給她新的生命力，新的盼望，燃起她對未來的希望。

夜闌人靜，她看著自己的肚皮，掏出藏在箱底的信，信裡的誓約，言猶在耳，然而她覺得「金門大橋」離她越來越遠，遠得遙不可及，今生她不可能有金門大橋為媒了。天關，哦！我至愛的天關，我有不得已的苦衷，你會怪我嗎？

她沒有告訴天關任何事，也沒有給他任何的解釋。離開臺北時，她把天關寄來的最後一封信退了回去，並告訴房東，只要美國的來信，都請退回去。從此，她再也沒有天關的任何消息了。

琬真夫婦每兩個星期才能見一次面，這是公公規定的，理由是為省車費開支，每個月初瑞耕回鄉兩天，月中輪到琬真北上兩天，這當中不准私下會面。琬真盼望北上的日子，唯有這時才能脫離沈悶滯固的環境，呼吸到稍許新鮮的空氣，有幾次她不想回婆家了，瑞耕就好言相勸：

「不要惹他們生氣，再忍一、兩年，我們就搬出去。那時，他們再也管不到我們了，再苦也是這兩年，等孩子生下來，他們或許對妳就不再要求這麼多！」

一談到孩子，總叫琬真心虛，瑞耕果然一本初衷，把琬真肚裡的孩子當成自己的孩子，偶爾陪她去買些嬰兒用品，也都是興高采烈的。只是，琬真卻覺得像少了什麼似的，瑞耕從未像一般的準父親一樣，興奮的貼在她的肚皮上，聽裡面的動靜。他只是微笑的望著她的肚皮。琬真知道，未來他對這孩子雖然親切，但不是親近的。他與這孩子的關係，是因她而起的。想到這點，琬真神情黯淡。然而，她仍要感謝他，感激他為她守住這個祕密。

5

天闕眼看著自己寫去的信一封封的被退回來，他急得幾乎要發狂，若不是大考在即，他恨不得立刻飛回臺灣。琬真，妳怎麼啦？是發生意外？還是病了？妳不可能就此消失的，難道搬家了？不會的，妳該通知我的。還是笨郵差送錯了地方？不可能的，就算送錯一次，也不可能次次都錯，那麼，琬真，妳到底在哪裡？為什麼給妳的信一封一封的退了回來？琬真，妳不會故意不理我吧？沒有任何理由啊！窗外下著雪，天闕徹夜未眠。

夏天，琬真生了一個女兒，取名桑桑。

婆婆看了孩子一眼，冷冷的說：「我就知道會生查某囡仔，當初訂婚，妳家未依習俗給我們添燈，我就知道第一胎不會添丁，果然真神！」

琬真默默不語，只要瑞耕家人，不懷疑這孩子的出生，她就已經很安慰了，哪在乎婆婆嫌她生的是女兒。

也因為生的是女兒，所以未受到在月子中該有的照顧。伯父家雖在幾公尺外的橋頭，琬真卻不敢去求援，一來怕惹惱瑞耕母親，二來怕碧緣笑話。她仍每天打理三餐，只有打掃的工作交給一個從工廠調來的女工幫忙。還好小桑桑很乖，除了吃奶的時間，大致安安靜靜的躺在自己的小床上，琬真看著她粉嫩的可愛小臉蛋，就是再累也心甘情願了。

孩子滿月，瑞耕沒有回來，倒是來了電話要琬真在他生日時北上相聚，琬真悶了一個月，每天面對公婆陰沈的臉色，恨不得插翅飛出這個牢籠裡。出門的的前一天，她囁嚅對著正在看電視的婆婆說：

「媽，明天我帶桑桑到臺北看瑞耕！」

「這是通知我還是請示我？」婆婆兩眼直視著電視螢幕。

「後天是瑞耕生日，前兩天桑桑滿月，我想讓他們父女倆同一天慶祝！」

「囡仔慶祝啥？瑞耕生日可以回來呀！難道只有妳們母女兩去臺北才算團聚？」

婆婆斜靠沙發，兩腳平搭在桌上，繼續冷冷的說：「哎喲！我們倆老，身苦病疼，少有人知，後輩也不知道輕重，真不知養子做啥？」琬真聽在耳裡，只覺一陣陣刺心。走到婆婆背後：

「媽，要不要我給妳捶捶捏捏？」琬真小心翼翼說。

「那倒不需要，只要妳不告我這老太婆的狀，說我指使妳、虐待妳就好了！」

「媽，妳怎麼這樣說？我告什麼狀？媳婦做家事是本分嘛！」琬真苦笑的討好。

「妳若真這麼乖巧，就叫妳尪回來，妳也不要放著家內事跑到臺北玩！」婆婆霍地站起來。

「媽，」琬真艱難的道：「瑞耕有事不能回來，請您老人家高抬貴手，放我到臺北去兩天吧！」說到最後，琬真有些哽咽。

「既是執意去，還問我做啥？」婆婆頭也不回的走入房，「碰」的一聲，關上了門。

琬真在門外呆了幾秒，方才回神，默默走進廚房。第二天，琬真等公婆到工廠上班後，就收拾簡單行李，抱著孩子走出街尾，來到大街上等車，站牌在一家兼賣彰化客運票的雜貨店前。前陣子，雜貨店改建，新店面貼了粉紅的磁磚，在陳舊的老街上顯得有些突兀，一看到粉紅磁磚就叫人想起衛浴室，好似在一座古色古香的宅第中，置了顏色豔俗的塑膠衣櫥般，叫人錯愕，無法接受。小鎮近年來改變了不少，新的東西，新的生活秩序代替了老舊的步調，人們開始大量拋棄舊有的器皿，舊有的生活習慣，乃至於舊有的思想，呈現出一種過分倉促後的粗糙，正在小鎮的老街上蔓延。琬真想起十年前，昌明造訪，自己陪著他緩緩的走過老街的每一巷道，香舖、雕刻店、百年糕餅店，昌明給她的感覺正像這小鎮一樣的敦厚質樸。曾幾何時，老街的面貌漸改，昌明已遠……。在這站牌下，她等過無數次的車，載她離開小鎮，但是從來沒有一次像此刻一樣，讓她怵然一驚，尤感時光的流逝，正猶如怪獸，快速的吞蝕老街。想到這兒，琬真有一種說不出的落寞與孤寂。

到了彰化火車站，琬真買了北上的票，就坐在靠牆的椅子上等車，孩子在手中沈沈的睡著，那眉那鼻分明是她爹的再版。瑞耕在她生孩子時回來過，他高興的抱著孩子仔細端詳：

「真可愛，琬真，她的模樣有點像妳！」

在一旁的小姑天真道：

「大哥，我看是像你的成分多！」

「是嗎？」瑞耕不置可否，只淡淡的回答！接著他小心翼翼的抱著嬰兒，像一般的初為人父者，琬真心虛得不敢看他。

「乖乖睡，一眠大一寸！」他說著輕吻著嬰兒的小臉蛋。

琬真看到這一幕，一顆懸在心中的石頭才緩緩落下，同時打從心底的感激瑞耕。只要瑞耕愛這孩子，琬真願意一輩子守著他，守著屬於他們共同建立起來的家，她的心從此屬於這個家，屬於瑞耕。

到了臺北，瑞耕來接她們母女。脫離公婆的束縛，琬真又恢復到以往的活潑明燦，夫妻倆小別重逢，自然有無限的恩愛。琬真雖未婚有孕在先，卻全然不懂男女的關係，直到和瑞耕做了夫妻。瑞耕教她男女情事，從他身上，琬真才完全認識到雄性動物體內原始的爆發力。新婚之夜，琬真一臉震驚羞紅，這點讓瑞耕感到無限的得意。

回到住處，瑞耕刻意把孩子安排在隔壁房，沒有孩子的分心，沒有公婆的壓力，在瑞耕熱情的摟抱中，琬真自覺是一名幸福的妻子，完全的女人。

瑞耕好客，第二天生日適逢週日，便提議朋友來，順道為小桑桑慶月。一大早瑞耕還在睡，琬真就上附近的市場採買。回到公寓門口，遠遠的就聽到嬰兒的哭聲傳來，她提著沈重的菜籃三步併做兩步衝上二樓。進了門，孩子的哭聲震天價響，瑞耕睡在床上，被子蒙住頭。

琬真看了有氣，先抱起孩子，再一把掀開瑞耕的被。

「孩子哭成這樣，難道你就這麼不應不理？還真能睡？」琬真氣呼呼道。

「我好累，夜裡精力都給妳了，難道不疼惜？」瑞耕輕狎的捏了一下琬真的臉頰。

琬真不理他，自顧抱著孩子就要往客廳去，冷不防瑞耕伸出手臂一把環住她的腰。

「再陪我躺一下，來！」

「不行，孩子餓了！還有，別忘了中午有客人，我還要做飯呢！」

「孩子重要？還是我重要？」瑞耕涎著臉拉住她的手。

「都重要！這麼大的人還跟孩子爭寵！」琬真說著就要離去。

「不準走！」瑞耕搶下她手中的小桑桑，放到一旁，轉身把琬真壓在床上。剎那間，孩子又哇哇的哭了起來，他也不管小桑桑的哭聲，只埋頭在琬真胸前，喃喃地說：

「今天妳一走，又得兩個禮拜才見，讓我想死妳啦！」

琬真無心搭理，耳裡盡是小桑桑歇斯底里的哭聲，眼前的瑞耕，無視於小桑桑哭得脹紅的臉，只一味沈浸在自己的快樂中，她心中不禁有些悵然。

掙脫了瑞耕，琬真抱起小桑桑解開衣襟餵奶，孩子立刻的停止的哭聲，專心的吸吮。琬真低頭望著孩子，長髮拂面，柔柔的披在胸前。遮住了白皙的臉。瑞耕坐在床頭，痴痴的望向她，禁不住的讚嘆：

「琬真，妳真美！」

瑞耕的讚美，挑起了琬真柔情的一面，抬頭淺淺的向他一笑。

餵過孩子，她趕緊到廚房準備午餐。中午請了五對客人，都是瑞耕的朋友同學。她準備的菜色中有些是冷盤，有些是須熱炒的。她又洗又切，又煮又炒，算算也有十道菜，外加一個大蛋糕，該夠了！和瑞耕結婚後，才知道他好面子善交際，接研究案的收入，一半以上就花在招待朋友上。他常告訴琬真：

「妳沒聽人家說，有多少朋友，人生就有多大的舞臺？」

琬真也愛朋友，只是她無法像瑞耕一樣，就算不知下一餐在哪兒，這餐也得打腫臉充胖子。

下午送走了客人，琬真把屋子裡裡外外清理了一番，就收拾好行李，準備回中部。

臨走前，瑞耕環住她的肩：

「真捨不得讓妳回去！我想到了一個兩全其美的好法子，再等一、兩年服完兵役後，我申請到了美國學校獎學金，我們就一起出國。到時候爸媽不放人也不行了！」

「到時候，他們若不讓我去呢？」琬真擔心的問。

「我出國唸書沒人照顧不行，再說又沒有花他們半毛錢！有什麼理由不讓妳跟著我？」

「我們帶小桑桑一起？」琬真的雙眼亮了起來，期盼的望著瑞耕。

「當然帶著她去！她是我們的女兒！」瑞耕爽朗的笑應著。

「瑞耕！你真好！」琬真發自內心的感激，撲在瑞耕懷裡。

瑞耕送琬真母女去車站，坐六點半的火車。不久廣播傳來，中壢一帶火車出軌，所有班車均誤點兩個小時。琬真聽了心急，立刻打電話回小鎮向婆婆稟報最晚十二點回到家。婆婆聽了電話，什麼也沒表示，只是冷冷的「唔！」了一聲，就掛了電話。琬真有預感，黑夜的小鎮那頭正醞釀著一場暴風雨等待她。

一上車，琬真累得哈欠連連，一早起床後未曾再闔過眼。她懷中緊抱著小桑桑，偶爾一個瞌睡，及時驚醒，心頭籠罩著一分不安，越接近小鎮，就越感到沈重。

在彰化下了車，時間已近午夜，琬真包了部車直奔小鎮。小桑桑在懷中不安穩的哭啼幾聲，更加重琬真心頭的陰霾。

回到家門前，果然已十二點多了，大門左右的兩邊竹林在黑暗中嘎嘎響著，琬真按了直通公婆臥室的對講機，半響，毫無動靜。等了又等，她又按了兩聲，仍無回應，她放下行李後退幾步，望向二樓公婆的臥室，燈仍亮著。她回到大門邊，鼓起勇氣又按了一回，此時四下俱寂，這次她清清楚楚的聽到二樓公婆臥房傳來的門鈴聲，孩子在懷中老是嚶嚶幾聲的輕啼，漸漸的哇哇的哭聲愈來愈大，在空曠漆黑的街尾迴盪著。

大門仍舊緊閉，此時琬真的一顆，就像四下深沈的夜色，籠罩著難以承受的重。她不願在這時回伯父家，她不願讓碧緣看到她的窘境，當年慧琯的經驗是她的借鏡。

就在她不知如何是好之際，鄰居阿伯上大夜班的兒子，開著中油的一部油車經過，琬真猶豫了一下叫住他，坐上車，正巧這部車要開往臺中。琬真想到父親，此時父親一定會收留她，雖然也顧忌著巧紅，然而此時已顧不了那麼多了，總不能抱著孩子露宿街頭？

如此折騰，到了巧紅的住處，已是夜半三更，她一臉疲憊。開門的是文宗，看到琬真的模樣，心中一震，彷彿被人狠狠抽了一鞭。

「怎麼這麼晚抱著孩子還在外頭？」

久未見父親，他的白髮多了不少。琬真聽了，只隨口說：

「對不起，爸爸，我去看瑞耕回來晚了，公婆都睡了，只好跑來打擾你們！」

文宗怎麼不了解這個女兒，他替她接過孩子，摟著她的肩：

「爸爸隨時歡迎妳！」

琬真低下頭，眼眶紅了，很快的又恢復笑臉。

「不歡迎也不行，我可是賴著您！」

「要不要給妳公婆打個電話？免得他們擔心！」

「我看算了吧！人家都睡啦！」琬真回答。

「還是打去交代一下，免得到時候又有話說。」文宗這麼大歲數的人了，琬真的難處他還不知？只是不願增加女兒的難堪而已，畢竟巧紅也在場。

文宗果真撥了親家的電話：

「對不住，親家！半夜打電話吵醒您！琬真和孩子剛到我這兒。怕您和親家母擔心，所以電話向您報告，明天一早我就把她們送回去……」

「是，是，好的！對不住，對不住！再見！」

琬真看父親在電話這頭頻頻向人低聲下氣，突然覺得自己已很不孝，所有的委屈與辛酸一股腦的湧上心頭。

「爸，你用不著為了我這麼委屈，我會很難過！」琬真凹陷的雙眼，泛著淚光，望著文宗。

文宗深深的望著眼前的女兒，什麼時候，琬真變得這麼的憔悴消瘦？自己忙於雜事，近來很少關心過她。尤其她婚後，為了讓她安心當人家的媳婦，就更不去打擾她了。他的想法錯了嗎？

「琬真，只要妳過得幸福，爸爸就是去賠幾句好話，也是值得的！」

琬真不再說話，牽動的嘴角有些輕顫。

第二天，文宗買了水果禮盒，帶著琬真母女回婆家。

婆婆出來接待，勉強擠出的一絲笑，使得原本凝重的空氣，多加了一分尷尬。

「親家母，我這女兒從小不在身邊，無規矩，您請多包涵，多教導！」

「豈敢！她凡事無懼，比我有才情，比我有膽頭，哪像我以前做人媳婦，月娘還在中天就得起床打井水，淘米煮早飯，真認命！現在的媳婦不同了，時代是不一樣了嘛！」親家母一雙眼睛犀利的朝向文宗，偶爾眼尾寒光掃過琬真，叫她不寒而慄。

「是呀！時代不一樣了，古早駛牛車，現代人駛轎車。時代在進步，人的思想也要跟著進步。古早人苦毒媳婦，現代人痛疼媳婦，多虧親家母明理！」文宗呵呵的笑著說。

瑞耕母親的臉一陣紅一陣白，文宗也不多看，又寒喧了幾句便起身告辭。

這女人太盛氣凌人，文宗實在不吐不快，好好的一個女兒，嫁到他們家來，受盡欺凌還得賠笑臉。不回敬她幾句，實在心有不甘。若非她不顧情面，當面折損琬真，他也不會不計後果頂她。可是回程的路上，他就後悔了。不該逞一時之快，回頭卻讓琬真受罪了。文宗可以想像，琬真在這兒過的是什麼樣的日子。他心疼女兒，一路上盡是怪責自己的莽撞。

文宗走後，婆婆果然又派了一堆家務事給琬真，也唯有看到琬真彎著腰，吃力的在打掃拖地，才能給她一絲報復的快感。

午飯，空氣沈悶。飯罷公公翻抽屜找不到慣用的那把剪刀，便破口大罵：

「我不是說過，用完東西就放回原處？誰老是不守規矩！」

「我去找找看！」剪刀雖然不是琬真拿的，她還是誠惶誠恐的。分明是婆婆不知又對公公說了什麼。公公繼續罵：

「國有國法，家有家規，要做我家的媳婦就得遵守家規，什麼規矩都不懂，這兒又不是旅館，說走就走，愛幾時回來就幾時回來，成何體統！」

琬真柔聲道：

「我去臺北有跟媽說過了！」

「妳媽同意了嗎？就這樣偷偷摸摸走人。妳和妳爸攏一樣，說話都不老實，專門騙人！」

公公指的是琬真的父親曾答應給嫁妝一事。琬真當然心裡明白。「爸，你若對我有什麼不滿，就罵我好了，不要扯到我爸爸！」

「妳還好替妳爸爸辯解？像妳這種媳婦，真是敗了我家門。」公公忘不了琬真未帶嫁妝過來之恥，帶給他一家多大的羞辱。今後就是她再如何努力，也無法彌補這項缺憾。

公婆對琬真的嫌棄超乎她的想像，從他們的眼裡，琬真看到了輕視、嫌惡，她不知道自己到底做錯了什麼？只因她未帶一筆豐厚的妝嫁過來？

下過幾陣雨後，寒氣就愈來愈重了。小桑桑滿五個月了，兩隻大眼睛滴溜溜的會認人，尤其看到她祖父就會咧嘴笑，還發出咕嚕嚕的笑聲，逗得公公好開心，每走過她的嬰兒躺椅，就輕輕的捏把她的小臉蛋，婆婆也由衷的讚嘆：

「這孩子真可愛！只可惜是個女孩！」

小桑桑好像知道在這家中，女孩不甚受歡迎，因此特別乖巧，只要看見人走過，就咕嚕嚕的笑著，引人注意。琬真看在眼裡好心疼，就更加倍的愛她。也不知道是不是吃他們家的飯，孩子的長相某些地方漸漸的與瑞耕有些神似，這點頗能抓住老人家的心，因此嘴裡雖一再嫌小桑桑是女孩，心中倒也是疼愛的。

也因為女兒受到認同，讓琬真心甘情願為這個家賣力，她想老天爺總算待她不薄，讓她生了一個人見人愛的女兒。

十二月的海口小鎮，風勢凌厲，剛洗好的衣服掛在竹竿上，立刻隨風揚起，發出窸窣的聲響。風吹過樹枝，吹過工廠的鐵皮屋，咻咻的呼嘯著，琬真忍著刺骨的寒風，把最後一件衣服晾起，這時客廳的電話響起，她挽起洗衣盆小跑進屋。

「喂？哪一位？」

「請問琬真在嗎？我是她臺南的海雄舅！」

「啊！海雄舅，我是琬真！」

「琬真！妳姨婆走了！」

琬真「啊」一聲，半晌答不出話來。

她向公婆告了兩天假，匆匆抱著小桑桑到文宗那兒寄放。已四、五年未見到金足了。上一回見面，金足一張布滿老人斑的臉，因激動而有些潮紅。多年來，金足不良於行，最後一次見她，是提著喜餅去報喜訊。但見金足孤單的坐在大門口，望著路上的人來人往，她抓著琬真的手說：「這樣，日子好過些！」姨婆真的老了，琬真忍不住泫然。

火車轟隆轟隆的在嘉南平原上奔馳，想起六歲那年離開姨婆，在大街上嚎啕的一幕，至今令她心酸，她永遠忘不了金足後來用一種十分認命而決絕的愴然神情對她說：

「憨囡仔，人總要分開的，無了時啊！」

想到這兒，琬真的淚順著臉頰流下來。是的，人生到最後都是死別，無了時啊，小時候她常抱著金足的腿說：

「姨婆，我長大了要賺錢養妳，給妳吃好吃的東西，給妳住好大的房子！」

然而，她卻一天也未曾奉養過姨婆，她的承諾永遠無法兌現。

火車到了臺南，琬真叫了部計程車直接奔喪。車子才到達，琬真一看到白布菊花布置的靈堂，再也止不住眼淚，一跨出車門就看到怵目驚心的紅棺木，她飛奔過去，撲在棺木上，撫棺痛哭，耳邊不時響起金足的喟嘆：「無了時啊！命中不留的，總是要走！」

人生在世當真事事無了時？彷彿還是昨日，她趁姨婆趴在通鋪上整理棉被時，一骨碌騎在她背上，嘴裡吆喝著：「馬呀！起弄跳！」年邁的姨婆跳不起來，左右搖晃著背，她就從背上摔下來了，姨婆抖著巍顫顫的下巴，笑著說：「潑猴哦！」

琬真抱著棺木，一如當年死命的抱著金足的腿，她像孩子般的哭喊：「姨婆！琬真來看妳了！」

寒風吹過白色的布幔，掀起了供桌上的白布條，拍打著靈位上方的金足遺照，發出輕微的噗啪聲，恍惚間，琬真好似聽到了金足的輕嘆。

她的淚流乾了，只忡忡的望著棺木。若算她還有個童年，那就是金足給她的短短六年。在她記憶中，與金足生活的日子都是春日繁花。

年尾，家家戶戶都在準備過年，除夕的前一天的小年，一大早琬真就揹著孩子站在廚房，準備年菜，雖是冷天，卻被灶上的幾個爐火逼出了一身汗。公婆講究過年的習俗，年菜一定有烏魚子、鮑魚、雞鴨魚肉、髮菜羹、魚翅羹、香腸、年糕、蘿蔔糕、發糕、長年菜、雞湯滷筍。琬真先把買回來的兩隻雞一隻鵝下鍋煮熟撈起，以備拜拜時當做牲禮，接著把浮在雞湯上的雞油撈起，分別盛在兩個湯鍋裡，以便滷長年菜及筍乾。中午祭拜土地公，拜過後琬真才把午飯擺出來。吃過午飯琬真把買回來的大綑麵線拆開，分成好幾小束，每一束用紅紙條圈住，接著繼續準備午夜凌晨的拜天公。拜天公是一年一度盛大的祭拜，除了三牲、水果外，還有圈上紅紙頭的麵線。此外，也在糕類貼上紅紙。凡是祭拜的食物都貼上紅紙，滿滿的堆了一桌，只等時辰一到，抬到三樓的神廳外的陽臺上祭拜。

過年的繁文縟節叫人吃不消。整個下午琬真都待在廚房又洗又切又煮的準備。

午夜十二時一到，鞭炮聲此起彼落，琬真把一桌的祭品搬到三樓擺好，才去公婆臥房請他們出來拜天公。燃香前，公公放鞭炮向天公稟報，鞭炮聲震耳欲聾。濃厚的年節氣氛至此展開。一天下來，光是住家這邊得三處祭拜，連工廠的土地公和財神爺，前後加起來共五處。不說祭拜過程，只拿祭拜前的準備和收拾就讓琬真忙得兩腿發軟。

三樓陽臺外一片漆黑，冷風颼颼，偶爾幾輛汽車呼嘯而過，琬真又累又冷，幸好小桑桑一整天很乖，彷彿頗能體會母親的辛勞。瑞耕尚未回來。這半年來，他忙著唸英文忙著準備到美國留學事宜，幾乎沒有時間返鄉，也沒有時間關心到她們母女。公婆小叔小姑都來拜過天公了，琬真一個人坐在佛堂裡，等著燒金紙，按習俗香燒到只剩三分之一時，才能燒金紙。她望著焚燒起來的金紙，一顆心七上八下，不知瑞耕明日回來，如何向兩老開口，過了農曆年，將帶她們母女一起出國。

金紙愈燒愈旺，琬真的心也愈發焦急。

「天公伯，您知道我的處境，請保佑我儘快離開這個家。」

在這個家中，公婆無疑只是把她當成佣人般看待。琬真覺得自己像一部做家事的機器。

到了除夕的下午，廚房的爐火仍燒不停，琬真累得癱在飯廳的椅子上閉目，婆婆走過，冷冷道：

「我剛摸過神廳的供桌，上面層灰，叫妳擦，妳沒擦是吧？一件事要人說幾次？做人媳婦手腳總得伶俐些，工廠那頭的歐巴桑，交代一聲，什麼都用不著我再操心了！而妳，老是教不會！」

琬真不作聲，低頭站起來，走入廚房，鍋子呼嚕呼嚕的響著，掩蓋了婆婆在外繼續數落的聲音。

婆婆看她沒有反應，一肚子氣無從發洩。

瑞耕下午到家，琬真忙得沒時間和他說話。到了六點多，全家圍爐，團圓飯擺開。

由公公起頭舉箸開動：

「先食發糕，年年發財！」
「再食蘿蔔糕，節節高升！」
「三食長年菜，長命百歲！」
「四食魚，年年有餘！」
「五食雞，好起家！（臺語音）」
公公每唸一句，大家跟著他的口令下箸，這是瑞耕家多年來的習慣。
就在琬真要夾起一塊雞肉的當頭，婆婆忽然嘆了一口氣：
「哎！我們家的風水就是這麼差，別人榮伯家的媳婦過年前一星期就開始忙起，灶上灶腳兩頭跑，也不見喊累，只有咱家媳婦到了除夕下午還坐在椅上納涼，頭家啊！咱家風水該叫人來瞧瞧啦！」
全家沒人接腔，琬真手上的那塊雞肉，就懸在半空中放回也不是，就硬生生夾過來塞進嘴裡，嚼起來卻渾然不知味，到最後眼眶的淚硬是和口中的肉給吞下去了。
婆婆把下午一肚子發不完的氣全發了出來，再看看琬真的表情，不禁有一絲絲的快意。

這一餐，琬真食不知味。團圓飯吃過，撤下桌，琬真躲進廚房洗碗，水龍頭才一打開，淚就潸潸而下。

全家都在客廳談天，笑聲頻頻傳來，琬真自覺是一個外人，永遠也融不進這個家的外人。

大年初一，瑞耕很慎重的把計畫告訴他母親。他母親臉色大變，霍的一聲站起來，指著他夫妻倆便罵：「沒的這款代誌，我允許你們飛出去了？你要唸書，自個兒去，妻女都給我留在這兒不准走，要走？等五年後再說吧！」

「我有獎學金，一家三口生活沒問題的！」

「出國唸書，自顧都不暇了，那有時間照顧伊母女，若不拖累你才怪，阿母是替你著想！」

「不會的，媽，有琬真在照顧，我才能更專心！」

「你就會替她找理由，我說不行就不行！」

「媽，琬真已跟您住兩年了，您的能幹，她學得也差不多了，該讓兒子受惠嘛！」瑞耕討好的說。

「誰說要搬出去住？誰敢踏出這家門一步，就不要給我再回來！」瑞耕他父親不知什麼時候從樓上下來，厲聲接口說。

琬真的一顆心直直落，顯然公婆還不打算放人。

「媽，我們夫妻和小桑桑都需要一個正常的家庭生活，尤其小桑桑漸漸大了，更需瑞耕！」

「騙肖仔！從未聽說囡仔需要男人照顧，那個囡仔不是女人一手帶大的，妳就想拿囡仔霸住妳那丈夫！」

瑞耕他母親想到，琬真要是真離開這裡，所有的家事誰來承擔？難不成讓她老太婆來做？不行！不可讓她走。

「媽，我已經決定了，她們母女今年五月和我一起走！」

「你們敢不聽勸一起走，就不要再回來，阮做乞丐，你們也不必來找！」

瑞耕他爸說得狠。他怕媳婦走了，兒子就不大回來了。

這個年大家過得沒心沒緒，尤其公婆再也沒有笑臉，琬真唯有努力做家事，來表白自己對這個家的心跡與認分。

到了五月，琬真還是沒有和瑞耕一起走。一來瑞耕到美國得先解決入學及住宿問題，琬真寧可等瑞耕一切就緒後再說，二來也因旅費一時無法籌足而放棄。

琬真知道文宗的處境，因此自始至終不曾向他開口，只得打電話向慧瑛求援，慧瑛立刻標了個會給她寄四萬塊來。琬真拿到這筆錢，連同自己少許的積蓄訂了兩張機票，剩餘的錢就換了幾百美金。

有了機票，琬真才看到了出國的曙光。

六月，鳳凰花開得燦爛，琬真也因即將脫離婆家，而有了類似畢業的心情，其中有興奮有期待。從此不再有公婆的約束與壓力，只有她和瑞耕所組成的小家庭，再也沒有人來阻止他們夫妻的相聚了。

公婆眼看留不住琬真，雖心中有怒，也不再惡言相向，終日卻只板著一張臉，冷眼以對。愈近離去的日子，琬真愈是興奮，愈裝作無事，不敢喜形於色。瑞耕母親一想到自己這一把歲數了，美國在哪裡，生成什麼樣都還沒見過，媳婦卻比自己捷足先登，不禁產生了養兒卻便宜了媳婦之恨。唯有對小桑桑，她流露出了一股離情依依。

離去的前一晚，婆婆終於自動解除三個月來的寒霜，開口對琬真說：

「兒子交給妳了，成龍成蛇都看妳！」

琬真聽了這話，知道自己責任重大。另一方面也因這句話算是默許，心中的石頭方才落了下來，婆婆肯對她說這句話，表示接受了他們的離去，也因此琬真頓覺身心都輕鬆了起來。雖然身上的錢不多，也並不那麼在意了。更不敢奢望瑞耕父母給她盤纏。

瑞耕父親在瑞耕出國時，勉為其難的交給他一千美元，算已盡父子情分。瑞耕母親一想到這筆錢琬真可能沾光，就感到不是滋味。輪到琬真出國，兩老絕口不提錢事。

上飛機當天，文宗巧紅送琬真母女至機場。他們兩人儼如一對老夫老妻，這三年來文宗對巧紅日漸倚賴，不僅是精神上的倚重，經濟上也靠巧紅的幫忙。現實的因素，讓他無暇照顧到日本的妻兒，琬真也不知道當初再撮合他們兩人是對還是錯？人生到最後好像也非一句對或錯可以評斷。瞬息萬變的世事與錯縱複雜的情感交織成現實的人生，等驚覺時，卻已形勢比人強，徒增無謂的感傷罷了。在某種程度上，琬真自覺對不起父親在日本的那個家。

一路上，文宗沈默不語，現今的處境令他無法盡一個做父親的責任。他知道琬真這時候極需要的是錢，除了錢以外，任何的口頭關懷，幫助不了迫切解決的現實問題。而他自己最欠缺的也是錢，因此除了沈默外，他不知道自己還能說什麼。即使是一句關懷，說出口也徒增內心的痛苦與無奈罷了。

他想著自己意氣風發的年代，中華路戲院老闆的歲月，東京銀座大珠寶商的時期，錢對當時的他而言，只不過錦上添花罷了，他從不知錢可以左右人生的喜怒哀樂，甚至可以決定幸福。一生視金錢如糞土的他，步入老境始為錢愁，豈是當初所料？

臨上飛機，文宗仔細的端詳女兒，一路上想說的話，到喉頭全給哽住了，好不容易才迸出一句：

「賓州天寒地凍，早晚多加衣裳！」

琬真忍著的一肚子離情，因文宗一句話給勾了出來，她撲進文宗懷裡，哽咽的說：

「爸爸也要保重，不要再抽菸了！」

一抬頭，看見文宗布滿大小深淺紋路的眼角，正閃著淚光。

她不忍再看，抱起小桑桑，頭也不回的走向驗關。再回頭，發現隔著玻璃牆，遠遠的在向她招手的父親，變得好小好小，完全不是她小時候印象中高大俊偉的父親。琬真怔了一會兒，才隨著人潮走入候機室。

飛機起飛了，小桑桑很乖，坐在自己的位置上，不是睡覺便是玩手上的玩具。登上飛往美國的班機。琬真在飛機上如何也睡不著，看著小桑桑那沈睡中可愛的臉蛋，她忍不住俯下身輕吻那小小高挺的鼻尖。還有那彷彿從另一個模子裡複製出來的一彎小小的眉。這兩道彎彎的眉像露出海面上的兩小座山尖，沒有人知道隱藏在她心海底層的山有多深多大！「天闕，你還好嗎？我就要帶著我們的女兒，離開這個我們共同生活過的土地，飛去你所在的地方。」

琬真心海有浪層在翻滾。飛機穿透雲層，飛向有天闕的所在。天闕在西岸，她要飛東岸，她和天闕是兩個不同世界的人，有關他們的故事，全被遺留在琬真腳下的那個島上。

飛機向著光的來處飛去，琬真的一顆心也跟著明亮起來，那兒有瑞耕在等待她們母女，那兒有瑞耕為她們建立的一個家。想到這兒琬真終於疲倦至極，沈沈睡去。

經過漫長的旅程，在舊金山轉機後，琬真母女終於抵達紐澤西國際機場。瑞耕開車來接機，小桑桑一看到瑞耕，親膩的直喊：「爸爸！爸爸！」並伸出兩隻小手要瑞耕抱，瑞耕抱起她，在額頭親了一下，隨即放下，轉身把琬真緊緊摟在懷中。

他帶琬真母女出了機場，把行李放進兩星期前買來的小金龜車上，琬真一眼看到後座左方安置的一個嬰兒安全椅，心中升起了一股暖流，瑞耕畢竟還是疼小桑桑的。

車子一出機場，琬真立刻被一片綠意盎然的山坡地所吸引。好像還在做夢似的，沿途偶有紅瓦白牆的小屋錯落在田野間，一切都像她在月曆風景畫中所看到的一樣，令她興奮得目不暇給。

路上，瑞耕告訴她學校的情形及和教授會面的經過，語氣聽得出瑞耕的得意。

「真的？恭喜你了，我就知道你的能力，我對你有信心。」琬真給瑞耕一個燦笑，許久沒有這麼開心過了。

不知道從什麼時候起，瑞耕的一舉一動，瑞耕的成敗，開始影響她的心情。

「我們的新家有一個廳一個房還有廚房、衛浴室，不過房租不便宜，二百美金！」瑞耕說。

「幹嘛租那麼貴？別忘了你那筆獎學金才五百五十美金！」琬真皺著眉頭。

「為了妳們母女呀！否則我隨便住都可以！」瑞耕的語氣有些不悅。

「我出來也不是享福的，將就些有得住就好了，只要房租便宜最重要。」

「我這都為妳們想，妳反倒不感激！」瑞耕臉色一沈。

琬真不說話，剛下飛機時的興奮正慢慢的消失。

瑞耕見她沈默，就不想再破壞原有的美好氣氛，話鋒一轉：

「今天好好的休息，明後天帶妳到附近看看！讓妳認識附近的超市。」

琬真還是沈默，兩人從未真正過自己的生活，面對現實的柴米油鹽，她反而有一種不好的預感，瑞耕一向手闊。

「妳身上帶了多少錢？」

「只有三百美金。」

「才三百？糟了！我們的房租二百等著交，汽車保險費一百五也等著付，還差五十！」

琬真聽了，差點跳起來：

「什麼？你身上一毛錢都沒有了？你是等我來送錢的嗎？既然我們沒有錢，你為什麼這麼早就買一部車？買車要養車，你知不知道？」

琬真的話彷彿連珠炮，一發不可收拾。

「我是為了妳們母女，接送方便，否則我買車做什麼？」瑞耕也提高嗓音。

「為了我們母女？什麼都是為了我們母女。謝謝你的好意，把錢花得一毛不剩，日子怎麼過？這是為了我們母女？」

琬真激動得一張臉脹紅了。

「對妳好，妳不知好！又還沒把妳們餓著，月底就快過完了，過兩天就月初了，獎學金馬上進戶頭，妳擔什麼心？」瑞耕吼了起來。

琬真看瑞耕那種花一天算一天的用錢觀念，想到瑞耕這兩三年來獨自在臺北，有多少錢花多少的公子哥兒生活，原來是這樣不懂打算，無怪乎他雖接了不少研究案子，這些年，口袋裡什麼錢也無存。

小桑桑坐在後座，看到父母吵了起來，就哇哇的哭了，邊哭還邊說：

「桑桑怕怕！」

琬真聽了眼眶紅了起來，說：

「停車，我到後面和桑桑坐！」

瑞耕不理會，反而加緊油門，車子快速的飛了起來。

「我說停車，你到底聽到了沒有？」

「小姐，這不是妳家的馬路，說停就停，這是高速公路！」

「你就找休息站靠邊停吧！」琬真沒好氣的道。

車子快速向前急駛，路邊休息站一站又一站的過了，瑞耕仍不停車。孩子一路哭著，琬真氣極敗壞的說：

「你再不停車，我就跳車！」她說著扯下身上的安全帶。

瑞耕這才慢慢的將車減速，停到路邊，琬真盯著前方的擋風玻璃，一路上二十多小時的興奮與盼望正急速在冷卻中。她沒想到他們的新生活是這樣開始的，現實徒的伸出手，一巴掌打在她臉上。

她坐到後座，透過後視鏡，看到了瑞耕臉上的懊惱與疲憊，她有些疼惜，瑞耕開了近四小時車程來接她們，回程又得四小時，這一鬧全為了錢。琬真忽然有了貧賤夫妻百事哀的揪心。這才是一個開始而已，往後的生活怎麼過？

車子終於停在市區一排老舊整潔的公寓前，琬真把孩子抱下車，瑞耕提行李。他們的新居在三樓，木頭的樓梯踩上去，發出嘎嘎的聲響。

進了房門，是狹長的走道兼廚房，左邊是間半坪大的浴室，再過去是間不到三坪的臥室，地板上鋪著兩張簡單的單人床墊，走道盡頭是客廳兼做飯廳用的大房。

有一組兩人用的簡單餐桌椅，餐桌上鋪著紅白格子桌布，上面擺了一個銅製的燭檯，插了支粉紅蠟燭。再往裡是一組四人坐的陳舊沙發椅。靠大街的窗旁有個小書桌，這就是他們的家，位於賓州大學 Penn State 的小街上。

琬真環顧四周，麻雀雖小，五臟俱全，所有的家具，甚至廚房用具都是房東的。這裡沒有一樣東西是屬於自己的，但是琬真已很滿足了，身處異國有一處屬於他們遮風避雨之處已經不容易了，回頭想想，她不禁感謝瑞耕，也就接受了房租占獎學金五分之二的事實。她算一算今後的開支，房租二百，汽車保險費一百五，加起來固定的開銷就已經三百五了。五百五十美元的收入扣去以上開銷只剩二百美金，這是一個月全家的伙食費與零用金。她坐在床沿上發愣，今後如何以最少的錢讓一家溫飽？瑞耕看她坐在床沿上發呆，突心生不忍，覺得自己在路上對她是粗暴了些，便走過去撫著她的肩，琬真慢慢的把頭靠了過去。想到他是自己一輩子倚靠的男人，對途中的一幕也就不再計較了。

新生活開始了，瑞耕每天早出晚歸，琬真帶著兩歲的小桑桑到政府辦的，專為外國人設立的語文中心學英文，中心附有托兒所，照顧隨媽媽前來學習的幼兒。第一天上課，琬真帶著小桑桑一同來，再把她交給托兒所的保母。小桑桑看到好玩的玩具，兩隻眼睛立刻被吸引住了，琬真對她說：「乖乖在這兒玩，媽媽去讀書，等一下再帶妳回家。」

小桑桑點頭答應，還揮著小手，甜膩的喊：

「媽咪，再見！」

琬真這才如釋重負，安心的離去。她會選擇社區中心來讀，最大的考慮是這兒有免費托兒所，琬真打算等小桑桑滿三歲再送進幼稚園。

下了課，琬真去接小桑桑，她正玩得投入，和照顧她的保母正在比手畫腳，嘴裡說著一兩句簡單的英文單字，琬真看了不禁會心一笑。這孩子的個性就是這麼開朗，從小不認生，是個很好帶的孩子。

回家的路上，她帶小桑桑轉入附近一家超市。早上的交通費花去了一・五美元，口袋只剩三・五美元，家中的預算是一天不能超過五美元，否則到月底，日子就捉襟見肘了。一進入超市，小桑桑張著滴溜溜的雙眼，興奮的叫著：

「媽媽，糖糖、巧克力糖！」

琬真假裝未聽見，推著推車迅速的瀏覽貨架上的物品及標價，盤算著該買什麼物美價廉的食物。來到火腿香腸區，林林總總的火腿香腸，令人目不暇給，其中一種火腿正在減價，琬真買了二百公克，花了一美元，秤火腿的胖太太看到坐在推車內的小桑桑，就挑了兩片火腿跑出櫃臺遞給她，捏捏她的小臉蛋，直說：「好可愛，好可愛！」小桑桑咧嘴對著人笑，毫不客氣張口就把火腿放進嘴裡嚼，一張小嘴鼓得圓滾滾，看得胖太太笑呵呵，又拿了一截香腸給她。小桑桑因為有吃的，也就忘了先前要吃的糖和巧克力了。

琬真走到肉類區，牛肉一公斤四美元，豬肉一公斤三美元，看了看，她轉到冷凍庫旁，雞雜碎一包五十美分，她挑了兩包，來到蔬果區，拿了一袋青椒，十五美分，一袋圓麵包五十美分，一瓶牛奶六十美分，算一算，口袋裡剩下的錢連買盒雞蛋都不夠。走到櫃臺結帳，櫃臺前擺滿了小餅乾，小糖果，小桑桑目不轉睛的瞪著，琬真看了就拿起一小條標價二十美分的巧克力給她。

走出超市，琬真的口袋只剩兩個小銅板。

回家後，琬真把切片的火腿小心翼翼的包好放進冰箱，打開兩包雞雜碎解凍，拿出三顆青椒洗好切丁，炒了一大盤青椒雞雜碎，這是晚餐唯一的菜。琬真挑出有肉的雞翅給小桑桑啃，又倒了一杯牛奶給她，小桑桑吃得滿臉飯粒，一嘴油膩。日子在簡約中度過，琬真看到了未來的新希望，只要瑞耕用功，小桑桑健康活潑。

飛機臨臺北上空，天關俯視窗外一片閃爍的燈海，這座輝煌的美麗城市與他當初離去時沒有兩樣，這兒有琬真的一顰一笑。這兒有他與琬真訂情的夜，這個城市承載著他們共同的年少歲月，蘊孕著他們共同的理想，他們的愛。他壓抑住一顆狂跳的心，默默的的咀嚼著一分強烈的思念苦澀。

三年多了，琬真，妳過得好嗎？這三年來，他無時無刻不在想念琬真，這三年來為了完成父母移民的心願為了達成自己的美國夢，他不敢踏出美國本土半步，他努力的拿到了法學碩士，正在讀博士班，父母年初也如願以償的到了美國，一切都如他當初的計畫，只差他和琬真的誓盟。這幾年來，他無法理解，為什麼琬真沒有理由突然失蹤了，不再給他任何訊息。難道她仍在意他父母對她的看法，難道她仍像幾年前一樣的把自己藏了起來？琬真，一切的阻礙都沒有了，我們會離父母遠遠的，我會回來娶妳。妳不會是這麼殘忍避不見面的，妳是我的，妳是我這一輩子唯一的摯愛，我知道，妳的心是屬於我的。告訴我，為什麼躲我？為什麼？

天關痛苦的閉上了眼睛，這趟回來，他一定要弄清楚怎麼回事，琬真一定哪裡也沒有去，他要找到她，只要找得到她，他相信她會回到他身邊。

天關一下飛機，顧不得疲累，直奔琬真以前住的敦化南路的巷子，找了好久，沒有找到那棟小樓，一問之下才知已拆掉重蓋了一棟大廈，天關愣在大廈前，好像重重挨了一拳般。

天下著濛濛細雨，臺北這三年變了很多，尤其敦化南路正迅速的發展，一棟棟的大樓占據了馬路的兩旁，這些新完工的大樓空盪盪的，顯得有些冷清。天關走出巷子，沿著騎樓向仁愛路的圓環走去。耶誕節近了，偶爾從幾家商店傳出熟悉的耶誕歌曲，聽在天關耳裡備覺落寞，他想起第一次請琬真跳舞就在耶誕舞會上。如今這個城市少了琬真，讓他突然覺得像異鄉人般的孤單起來。沒有琬真的臺北，對他已無任何意義了。

第二天，天關搭往南下的火車，他要到琬真的小鎮老家去問個明白。他尋著學生時代琬真留給他的地址，找到了文生家。小型的私人加油站仍在，店面前後一片凌亂，呈現灰樸樸的景象，顯示這個行業正在迅速的沒落中。

琬真的堂弟在看店，天關表明身分說是琬真大學時期的同學，畢業後沒聯絡，今日路過，想到琬真住這兒，就繞過來看一下。

堂弟看天關一表人才，氣宇非凡，就更確定是琬真的同班同學，於是熱心的招呼他，並把琬真從國外寄來的照片拿給天關看。

「我堂姊三年前結婚了，幾個月前才和她先生到美國東岸去唸書。你看，這是他們全家福，這是他們的女兒，名叫桑桑！」

天關聽了，彷彿五雷轟頂，片刻說不出話來，五臟六腑像給撕裂了般，拿著照片的手竟不聽使喚的輕顫。

照片中的琬真，剪了短髮。抱著一個好可愛的小女孩，站在她身旁的是個他不認識的平凡男子，他一定是孩子的爸爸了。天關心中五味雜陳，有如波濤洶湧，為什麼？為什麼？琬真，妳為什麼要嫁給他？妳忘了我們的誓言？

強忍著一股放聲嚎啕的衝動，天關黯然神傷的離開小鎮。如果早在幾個月前回來，說不定還能碰上琬真，他要她親口告訴他，為什麼不等他，為什麼匆忙的嫁給了照片中的那個男人？天關不甘心，這三年來，他所努力的，所做的一切全是為了琬真。他不相信琬真就這麼嫁人了，他要琬真給他一個交代。跨上往北的火車，他整個人陷入座椅裡，連抬起眼皮的力氣都沒有了。這一切多麼的荒謬，他千里迢迢回來，只為看琬真為人妻為人母的一幀全家福？他連對琬真抗議的機會都沒有。此刻支撐著他繼續奮鬥的力氣也消失了，眼前的殘酷事實，就像高高在上的勝利者，正揶揄睥睨著他此生的真情。回到臺北，天關收拾行李，再到曾經遍布他們豪邁足跡的校園走一圈。來到活動中心的大樓前，當年他向琬真投出第一封情書「稿」的地方，想起琬真抬起頭來，驚訝又帶笑的溫柔臉龐，忽然覺得胸痛，此生還會再見到她嗎？再見了，我年輕的歲月；再見，我此生的至愛！

幾天後，天關離開了這個曾讓他魂牽夢繫的小島，他滿懷盼望的來，卻滿腔失望的走了，送陪的是中正機場寂寞孤獨的夜燈。

青椒炒雞雜碎吃了兩個月後，琬真再也受不了了，甚至看到青椒就倒胃口。瑞耕倒還好，中午在學生餐廳吃飯，菜色還算有變化。而琬真在家，中午也是這是道菜，晚餐也這道菜。看久了，彷彿人臉也跟著綠了。

這天，瑞耕有個大學時代的同學和他太太從B城來玩，琬真心想，總不能讓人家吃青椒炒雞雜碎，就跑到超市買了一隻冷凍雞回來，花了近二美元，這是他們到美國來第一次買的全雞。琬真很珍惜的把那隻雞抹上醬油、大蒜、麻油、白糖調成的作料，醃了近兩小時再整隻雞放進烤箱栲，接著把從臺灣帶來的黑木耳泡軟切絲炒薑絲紅辣椒做成一道菜，找出存貨，炒了盤新竹米粉，外加一道沙拉青菜，她自認已經很豐富了。

烤雞時，陣陣的香味傳來，小桑桑聞香而來，站在烤箱旁，不肯離開。琬真怕她燙傷，就把她關在房裡，只聽她不斷的拍打著房門，喊：

「好香！好香喲！桑桑要吃雞腿！」

別說孩子鼻子靈通，連琬真聞了也忍不住吞口水。

客人在晚飯前到達，琬真把整隻油亮的雞端了出來，一時吸引住眾人的目光，客人直讚美：

「哇！好香呵！是怎麼烤的？」坐在嬰兒椅上的桑桑兩眼望著雞腿，指著說：

「我要吃那個！」

琬真瞪了她一眼，客人夾起雞腿到小桑桑的塑膠盤裡，說：

「小孩當然吃雞腿嘍！」

琬真聽了忙招呼：

「請用，請用，沒別的菜招待，我們常吃烤雞，你們就不要客氣！多吃一點！」

說著就把剩下的一隻雞腿放進女客的碗裡。她頻頻勸菜，客人對這烤雞讚不絕口，也就老實不客氣的大口吃肉，大口喝酒。想來，瑞耕也吃膩了青椒炒雞雜碎，所以夾起盤中的烤雞，跟著客人一樣，一塊接一塊的嚼著，忘了自己是主人。琬真看在眼裡，也就吃得更少了。

客人住了三天後離去，琬真一算，三天來的各項費用共透支了十五美元，也就是說，到了月底有三天要喝西北風，又不能阻止瑞耕招待朋友，瑞耕愛面子又講義氣的個性，讓琬真越來越感受到做他妻子的難為。

每天的開銷已經省得不能再省了，眼看著日子就快過不下去了，琬真只好找瑞耕商量：

「我們還是再找個房租更便宜的地方住吧！或是賣掉車子，既省保險費又省油錢！」

「住在這兒好好的，幹嘛搬？又沒餓著妳們！還有，汽車不能賣，賣了一家進出多不方便！」

琬真聽了正色道：

「瑞耕，我們沒有錢，這是事實，總要解決！」

「好吧！我來想辦法，妳就別愁那麼多了。」

瑞耕說完就急著出門去了。

一天天的過去了，瑞耕絕口不再提到錢的事。一星期過了，琬真忍不住的問：

「你到底想到什麼辦法沒有？我們要吃飯哪！」

「錢、錢、錢，妳叫我去偷去搶？妳沒見到我那麼忙？」似乎一提到錢就叫瑞耕不耐。

「好吧！既然變不出錢，那麼就節流，找個更便宜的地方住！」

「要搬妳自己搬，妳以為房子這麼好找？」瑞耕說完，拿起他的書包就要出門。

「慢著，我們把事情解決了，再出門也不遲！」琬真說著，抓住他的書包。

「有事回來再說，現在沒時間再和妳磨了。」瑞耕用力一扯，琬真抓了個空，差點跌倒。

瑞耕大步往外走。

「怎會這樣？怎會這樣？」

琬真的淚在眼眶裡打轉，錢的壓力讓瑞耕急於逃離這個家，錢的壓力讓他心浮氣躁，貧賤真能吞蝕夫妻之間的情分？琬真的心情沈入了谷底。

她照常帶小桑桑去上課，課堂上老師誇她英文進步不少。她聽了也不覺興奮，生活的愁苦像一張黑網，遮蓋了無關緊要的小光彩。

晚上，瑞耕回來，臉上洋溢著笑，口氣出奇的溫柔：

「我找到了一個工廠守夜員的工作，伍成軍介紹我去的，他常去守夜，從晚上十點守到清晨六點，一個晚上三十美金！」

伍成軍和瑞耕拿的是同一個基金會的獎學金。

「真的？這麼多？」琬真的眼睛亮了起來，隨即黯然的說：「守夜很辛苦，整夜不能睡，隔天怎麼上課？」

「沒有關係，中間可以打瞌睡！妳不是要我想辦法嗎？不能節源，就只好開流！」瑞耕聳聳肩。

琬真聽了心中十分不捨，趨前抱住瑞耕：

「都是我們母女拖累你！」

「我可沒有這麼說，以後別再擔心錢的問題了！」瑞耕得意，形之於色。

琬真內心慚愧不已，早上一度還懷疑瑞耕對她的情感。

此後瑞耕每週去工廠兩次當守夜員，清晨六點多才拖著疲累的身子回家睡覺。

耶誕節前下了一場大雪，瑞耕接獲通知，耶誕夜得去守夜。到了那天，一家人早早吃了晚餐，琬真拿出一條裝滿小玩具小糖果的耶誕襪給小桑桑當耶誕禮物，孩子對耶誕節懵懵懂懂，只是看見可愛的耶誕襪，覺得既新奇又有趣。

他們先讓小桑桑睡了，琬真就開始準備熬夜的乾糧，她帶了一包話梅、兩包餅乾、礦泉水、巧克力，還有兩條睡袋，外加一條毛毯，她和瑞耕兩人陸續把這些東西搬到車上，打算帶小桑桑陪瑞耕到工廠過夜，她不忍心在耶誕夜讓瑞耕獨自一人守夜。屋外，雪不斷的下著，他們的紅色小金龜車上已厚厚一層積雪。夫妻兩人把車頂的雪撥掉後，才鑽進車內。天氣太冷了，引擎發了好一陣子才動。小金龜車在雪地上有些滑，瑞耕緊緊的握住方向盤上路。這時，馬路兩旁的住家傳來柔和的耶誕歌曲，以及酒杯互撞的細碎聲響，間雜著模糊的人聲笑語。路上只有這輛金龜車孤單的向著黑暗中不可知的未來駛去。車內，平安夜的曲子正流瀉，琬真內心有著詳和又幸福的感覺，人生路有瑞耕相伴，有瑞耕相扶相持，不再是她前半生辛苦走來的孤單寂寞路。

到了目的地，是一家食品加工廠。他們進入值班室換班，送走了前一名小夜班，兩人把女兒抱進去，接著將車內的東西都搬進值班室。一開始，琬真陪瑞耕在桌前唸書，瑞耕每隔一個鐘頭得離開值班室，到工廠巡視一番，每到一處就得打卡，以示巡過此地。工廠很大，一次巡完得打十二次卡才算一輪。琬真留守在值班室陪小桑桑，看著瑞耕的背影，工廠很黑，伸手不見五指，瑞耕經過的地方才亮，過了就自動熄滅，因此前後一片漆黑，她眼裡的光是跟著瑞耕前行的，琬真突然意識到，她的生命裡有瑞耕才有光，曾幾何時生活被瑞耕塞滿了？

實在太睏了，她抱著桑桑躺在睡袋裡，也實在太冷了，整個人就縮成一圈，像隻蝦般弓了起來。瑞耕巡廠回來看她睡著了，竟發起呆來，雪仍是無聲的下著，黑漆漆的室外厚厚的一層積雪。瑞耕望著偌大的工廠及雪地上留下得孤單鞋印，忽然領悟到唯有趕快拿到學位，才可以改變環境改善生活。他下定決心在最短的時間內完成學業，拿得博士學位。

等琬真醒來已近交班時候了，她一眼看見瑞耕趴在桌上的削瘦背影，心中十分的疼惜與不忍。她走過去替他蓋上毯子，瑞耕就醒來了。琬真望他折騰一夜未闔眼的臉及布滿血絲的雙眼、凹陷的雙頰，柔聲道：

「不要再當守夜員了，太辛苦了！我們想其他的辦法吧！我也可以找工作。」

「再說吧！」瑞耕一看桌上的鐘已六點了，就把帶來的東西收拾好。這時有人來接班了，兩夫妻才開車回家。

一路上，琬真默默無語，心中盤算著，無論如何都不讓瑞耕再上這種班了，即使一週一次也不行，太耗體力，太危險了。但是她能做什麼呢？打工本就不容易，更何況她帶個孩子。回程中，琬真心事重重。

第二天，琬真就把想找工作的事告訴幾個同學，很巧的是其中有一個在日本人設的專櫃賣珍珠，最近功課太重了，不能再去幫忙，答應把這份工作轉給琬真。這份工作每週只要去三個下午，每次有二十美元。算一算，一週六十美元，一個月下來就有兩三百美元了。

琬真欣喜若狂，這樣瑞耕就不用再去當守夜員了。

晚上瑞耕回來，琬真把這消息告訴瑞耕。

「小桑桑怎麼辦？」他問。

「她很乖，我把她帶在身邊！」

瑞耕找不出反對的理由，然而讓琬真出去工作，面子上很掛不住，可是又不便阻止，便說：

「叫妳好好上英文，才是最重要的，有福不會享，何必急著去打工？」

「我沒有說不去，早上仍是照常上課。再說賣珍珠與人有直接接觸，也是在練習英文呀！最重要的是，你用不著再去守夜。」琬真反駁。

「反正，用不著妳賺錢，我們的日子照樣可以過！」

「我知道，日子橫豎都可以過，只是可以過得較有品質！」

「隨妳，以後不要怪我讓妳工作！」

瑞耕說完就一頭鑽進書本裡，好像琬真的興奮絲毫與他無關。

琬真果真帶著小桑桑去珍珠專櫃上工。第一天，老闆看她帶著孩子來，神情有些不悅，怕孩子鬧，影響賣場，也怕琬真分心，照顧不了生意。經過琬真再三保證，老闆勉為其難的接受了，但是附帶聲明，若小桑桑鬧的話，就不可以再來。琬真連聲的說是，老闆才教她如何分辨真珠的色澤、品質，還有一些專有名詞，琬真聽得興味盎然，覺得賣珍珠其實不難，賣到一定的數量，還有獎金可領。想到瑞耕從此可以專心唸書，不必再為錢煩惱，琬真整個人都輕鬆了起來。老闆走後，琬真就正式披甲上陣。小桑桑坐在一旁的小沙發上，認真的玩她的玩具，路人發現專櫃多了個剪著娃娃頭的中國小女孩，都不約而同的停下腳步，指指點點：

「哇！好可愛的小女娃！」

小桑桑抬起頭，絲毫不認生，對著路人笑，一下間就招來不少圍觀的人。他們過來逗逗小桑桑後，也跟著瀏覽一下玻璃櫃內的各項珍珠飾品，琬真就趁機推銷。一個下午結束，竟然賣了五條項鍊。老闆來結帳時，驚訝不已，高興得合不攏嘴說：

「妳真能幹，妳朋友在時，一星期也賣不出五條項鍊！」

「不是我的關係，都是她！」琬真指著女兒。

這個日本老闆一轉頭，發現小桑桑對著他正甜甜的笑著，這個小女孩天真無邪的笑容及可愛的模樣，多吸引人，這才恍然大悟，無怪乎路人會停下腳步。於是他照東方人的習俗，當場包了十五美元的紅包給小桑桑，同時俏皮的說：

「以後得每次帶她來不可，我可不希望這麼可愛的小孩被關在家裡！」

對這樣的圓滿結果，琬真始料未及。回家的路上，她給小桑桑買了一個小「樂高」及一個洋娃娃，同時轉進一家烤雞店，點了一隻烤雞和幾條附芥末的香腸。琬真把香腸遞給小桑桑，她立刻接過手，大口大口的嚼著，軟軟的童音不時的說：

「好好吃！好好吃！」

琬真拉著她的小手，走出烤雞店，心中滿懷虧欠，平常除了必要的三餐，很少給孩子買吃的。一條小香腸就能讓小桑桑這麼開心。而自己何嘗不是，一隻烤雞就讓自己充滿了快樂，是生活中值得興奮的事太少？還是自己很容易就滿足？琬真不想去追究，她只希望瑞耕早點回家，一家人享用這隻烤雞，同時她要把前陣子人家送的紅酒打開，慶祝一番，瑞耕喜歡喝紅酒。

到家不久，瑞耕打電話回來了，琬真迫不及待的把這天的工作情形說給了瑞耕聽。

瑞耕聽了，在電話那頭只淡淡的說：

「孩子這麼小，就讓她拋頭露面，好嗎？」

「你怎麼這樣說？又不是拿孩子去替我們賺錢，只是恰巧她在場罷了！又不是什麼見不得人或丟臉的事！」

「隨便妳，反正是妳的孩子！晚上我待在研究室，不回來吃，不要等我了！」瑞耕無意間說出這話，自己也覺得不妥，趕緊掛了電話。

琬真望著桌上那隻還溫熱的烤雞，一顆心涼到了極點。尤其那句「反正是妳的孩子」，他不是答應過把小桑桑當親生的嗎？為什麼突然有了妳我。顯然的，瑞耕不和她站在同一線上，不僅因小桑桑，還有彼此的金錢觀。瑞耕不在乎錢，從小到大他未曾吃過苦，不知道錢的重要，他要什麼有什麼，從不匱乏，現在又有自己在為他算計，他更不必擔心。琬真是越來越了解他的個性。對著那隻烤雞，她食慾全消。

6

冬天雪下得深，瑞耕早出晚歸，完全沈浸在實驗室裡，鮮少過問琬真母女白天做什麼？琬真也頗能體諒他的辛苦，畢竟生化研究功課不輕，沒有全心的投入，學位難拿。她每天把小桑桑帶進帶出，遇有打工的日子，小桑桑也跟著出去受凍。三個月過去，這孩子漸漸的對打工的日子感到不耐煩了，不再像先前般乖乖的坐在小沙發上玩。偶爾她會自己下來，遇到琬真有客人時，她就自己到處跑，叫琬真提心吊膽，一方面招呼客人，一方面兩眼緊抓著她的影子不放。近日氣溫又下降了，雖然小桑桑穿得密不透風，她還是感冒了，又是發燒又是吐的，別說琬真去上工，連語文課也去不成了。考慮再三，她就把珍珠專櫃的工作給辭了。

瑞耕知道了，淡淡的說：「孩子跟著妳進進出出的跑，哪不生病？虧妳是她媽，我看了都心疼呢！」

琬真聽了心裡竟有些甜蜜，瑞耕還是關心孩子的。

為了省暖氣，琬真縮小了活動的範圍，讀書寫字照顧小桑桑以及吃飯全在客廳裡，因為客廳空間小，較省暖氣，一走出客廳，琬真得穿上大衣，小跑才行，因為冷到脊椎裡。夜裡，瑞耕一回來，立刻嚷著：

「家裡怎麼像冰庫？」

他二話不說，立刻打開所有的暖爐。琬真連忙衝出來阻止：

「別開了，都要睡了，不是浪費嗎？」

「家裡這麼冷，妳還真能耐？幹嘛這麼省？」瑞耕說。

「以後除了你的獎學金，我們也沒有其他收入了，不省點怎麼成？」

「妳就是這樣，省這麼一點錢能做什麼？船到橋頭自然直，說不定到時候又有什麼機會了！」

「橫豎都是你對！現在嫌我省錢，以後就是有機會來了，你也不高興我賺錢，叫我怎麼做？」琬真怨。

「我哪有不高興，還不是捨不得妳出去打工！」瑞耕辯駁。

這晚，琬真看著瑞耕進浴室洗澡，洗過澡立刻鑽進被窩裡睡了，好像忘了屋裡到處正開著暖氣。琬真看他睡了，才走出臥室將屋裡多餘的暖氣一一關了。回到臥室，她坐在床上給文宗寫了家書：

爸爸：您的來信，我收到了，請別替我們的生活擔憂。我和瑞耕都很幸運，先後找到很輕鬆的工作，偶爾打工並不影響學業和生活，請爸爸不要掛念。小桑桑已經三歲了，也長得健康活潑，過一陣子，打算送她進幼稚園，就可以開始我的讀書計畫了。

瑞耕是個好丈夫好爸爸，今天我們全家才從中部旅行回來呢！第一次吃到義大利的「披薩」，類似咱的餡餅，可是口味完全不同，可惜臺灣還沒有賣，否則爸爸也可以去嚐嚐，我記得爸爸一向喜歡嚐新的。

我的語文能力已進步了不少，可以應付各種生活上的需要了，美國是個值得一遊的地方，雖是新國家，但有美如仙境的自然景觀，是個比日本更遼闊的地方。歡迎爸爸和巧姨一同來玩。

祝

安康

女兒琬真敬上

披薩是義大利餐廳中最便宜的食物，反正文宗不清楚。為了讓文宗安心，琬真只好說全家去旅行及上餐館，好叫文宗不為她一家生活擔憂。寫好信，琬真想像父親收到這封信時，嘴角快慰的笑紋。

農曆春節前，琬真夫妻搬家了。這一座專門接收東方留學生的宿舍「紅樓」，閣樓頂的三間小房空出來了，瑞耕經同學介紹認識了這宿舍的管理人約瑟神文。宿舍座落在市中心，離大學只有五分鐘，屬於一座修道院所有，建於第二次大戰後。

紅樓雖說是宿舍，但卻是座深宅大院，宅前有座大花園，夏天花木扶疏，林木葱鬱。琬真第一次踏入紅樓大門時，正值深秋，樹上的葉子全落光了，遠看紅樓像一座老舊的城堡，三樓古窗前老樹昏鴉，張牙舞爪的枯枝伸向天空，那景致真像西區考克鏡頭下的一幕，看得琬真想打退堂鼓，瑞耕在一旁說：「妳不是希望住到房租便宜的地方嗎？這兒的房租一百八十美元，包括水電暖氣，夠便宜了吧？」

看在房租的份上，琬真踏進了紅樓，一樓有六個房間，長長的走廊盡頭往右是間會客廳，往左是公用廚房及通往二樓的樓梯間，踏上樓梯，木板嘎嘎作響，樓梯陰暗，壁上間隔幾步就掛有已故修道士的紀念照片，不知是否光線陰暗，琬真看到那些照片不由得毛骨悚然。上了三樓，豁然開朗，走道邊一排窗戶，明亮的陽光四處流動，有別於一、二樓陰森恐怖的氣氛。

那三間小小的房間就在頂樓，沒有衛浴，天花板微斜，前後差不多十坪。牆壁剝落，地毯腐舊，但是光線充足。

琬真當下就決定搬進來。

這次瑞耕到底還是配合了，搬家前他們一起帶著孩子來打掃清理粉刷，鋪換新地毯，瑞耕脫得只剩一件襯衫，他捲起袖子，捲起褲管，跨上梯子，認真的上下漆著牆。琬真看著他長到頸間的長髮，高瘦微駝的背影，忽然驚覺到，從什麼時候起，瑞耕也疲憊得不修邊幅了，是書讀得太累了？還是這個家拖累了他？她不由自主的走過去，抱住他的腰。

「瑞耕，謝謝你！」

瑞耕回頭，嗯了一下，說：

「趕快把它做完，我還得回實驗室呢！」

琬真心中充滿了幸福，眼前與她在一起為生活為前途奮鬥的男人，讓她有愛的感覺。這種愛是這麼的踏實，有責任有親情，與生命緊緊結合在一起。

搬進紅樓後，琬真才嘗到生活起居的不便，首先是做飯得帶著大包小包到一樓公用廚房，洗個澡得經過冰冷空曠幽暗的地下室，浴室就在地下室最裡間，廁所遠遠的在走道的盡頭，緊連著陰暗伸手不見五指的倉庫。

生活是需要適應的。過了一星期，下樓做飯時她不再缺東忘西了，小桑桑倒也成了這些房客的開心果，使琬真輕而易舉的與大家打成一片。這兒房客還有一對韓國夫婦，一對日本夫婦，兩個臺灣留學生，五個大陸中共在職進修的中級幹部。琬真很快的就習慣了大家在廚房時的熱鬧吆喝聲，化解了彼此在異國的思鄉之情。

琬真把小桑桑送進了幼稚園，自己也進了賓大選修一些課程。她有一分踏實的快樂，自從搬進紅樓，錢的壓力對她不再那麼大了。

四月，琬真發現自己懷孕了。

瑞耕自從知道琬真懷孕後，內心興奮不已，有了真實要做父親的喜悅，想到不久的將來有一個真正屬於他和琬真的孩子，就禁不住打從心裡要歡呼起來，卻又不能太喜形於色叫琬真看見。

琬真這回害喜得厲害，想念臺北圓環夜市的小吃，想那些海產。嘴饞時就找出食譜，猛嚥口水一番。瑞耕也不知從那兒獲得的訊息，孕婦多吃果菜汁有益胎兒健康，增加胎兒免疫力，因此他從超市買回一大袋又一大袋的蔬菜水果，榨成汁要琬真喝。琬真看到瑞耕放下手邊的研究工作，不厭其煩的沖洗削皮，耐心的把各種水果切塊榨汁，竟有些受寵若驚，長久以來，瑞耕不曾這麼關心過她，因為肚子裡的胎兒，讓琬真第一次感受到男人對於從自己體內延伸出來的新生命的熱切期盼，瑞耕的反應叫琬真有些傷感有些歡喜。相對於小桑桑的出生，瑞耕只是無奈的接受，而肚子裡的這個孩子，卻帶給瑞耕無限的希望，緊緊的牽繫著她和瑞耕的關係，透過這個胎兒，他們的生命相互交融有著不可分割的部分。

琬真的肚子漸漸隆起來了，上樓下樓讓她備感吃力。她必須每天送小桑桑去幼稚園後，再趕著匆匆去上課，中午下了課又趕著回來接小桑桑。兩學期的課上完了，給瑞耕獎學金的基金會不再有學費的補助，琬真若想繼續上學，得自掏腰包，所幸第二期結束前的考試，因成績不差取得下期的學費減半的獎助。雖說只繳一半的學費，卻也是一大筆數目，不是他們所能負擔的。自從不再打工後，生活費一直在透支當中，以往珍珠專櫃工作所存的錢已剩不多，尤其想到再過幾個月第二個孩子就出世，開銷勢必更大，琬真又開始擔心起來了。

這時瑞耕的學業也進入緊鑼密鼓當中，琬真不敢對他談錢。

許久沒有收到文宗的信，打越洋電話沒人接，琬真有些不安。這天收到了慧琯的限時信。慧琯平時不大寫信，琬真心中七上八下。

琬真：

一想到妳離鄉背景在那麼遠的地方，得自個兒為生活為前途打拚，我們就不忍心告訴妳家裡的實況，但是妳有知的權利，我和慧瑛認為隱瞞妳，等於剝奪了妳的權利。爸爸得了末期肺癌，這是兩個月前檢查的結果，一開始得知這樣的消息，我們都無法面對，現在他那麼痛苦的接受各種治療，我們只有一個心願，如何減輕他的痛苦。醫生說爸爸頂多只有半年的時間。琬真，我只要一想到半年後爸爸可能離開我們而去，我就心如刀割，為什麼我們與父母的情緣都是這麼薄淺。我們知道妳有孕在身，本不想通知妳，可是那樣對妳太不公平了。

再過兩個月妳就要生了，等生了孩子再回來吧！我們是這樣告訴爸爸的，他不知道自己的病情，一聽說妳生完孩子會回來就很高興，還要我們給妳寄嬰兒用品呢！

我們會好好照顧爸爸，請勿為他的病情煩憂，現在也只能盡人事聽天命！請保重自己！

祝

闔家安康

慧琯

一九八一年十二月十二日

琬真讀罷，有如青天霹靂，隨即眼淚像決堤的河水，無法控制，文宗坐在大辦公室後瘦削落寞的身影立刻在她眼前浮現，這不該是他的結局，他還有很多計畫要做，他還是壯年，他才五十七歲，他會不甘心的。不，她不能就這樣讓他走了，她還要向他討回一輩子欠她的情，她還打算將來回到他身邊，賴在他身邊，一點一滴向他索回她失去的童年，他一輩子也還不清的。不行，爸爸，你不可以這麼快就先逃離！琬真死命的抱住枕頭，任眼淚鼻涕一起滑落。

晚上瑞耕回來，琬真把信拿給瑞耕看。瑞耕看罷神色凝重道：

「我看妳這樣大的肚子也不適合長途跋涉，飛機可能也不讓妳搭，還是照大姊的說法，等生完後再回去吧！醫生不是說還有半年嗎？」

「萬一這幾個月爸爸病情惡化呢？」琬真心憂如焚。

「不會這麼快！妳現在挺著大肚子回去，萬一動了胎氣，有什麼閃失，爸媽又會怪妳的，就忍幾個月吧！不放心的話，可以打電話給妳爸爸，聽聽他聲音，就知元氣啦！」

瑞耕的話不無道理，琬真人中雖焦慮萬分，卻不得不耐下心來等待生產。

農曆年瑞耕提議請朋友一起來過年，難得瑞耕有興致，難得瑞耕願意暫離他的工作室，琬真雖無心無緒，卻不忍潑他冷水，便答應瑞耕邀請二十多個客人。

宴客當天一早，瑞耕陪琬真到大眾販賣超市買菜，那兒的售價比一般市內超市便宜了百分之二十。一進超市，瑞耕的眼睛都亮了起來，這也拿，那也搬，好像不用錢似的，看得琬真心中大喊不妙，不斷加以勸阻，瑞耕眼看自己挑的東西一一被琬真回絕，不禁大發雷霆，當場翻臉。

「是妳叫我和妳來買東西的，怎麼我買什麼，妳都有意見！妳要買的東西，我不干涉，但請不要一直盯著我買的東西！」

「你買這些東西都太貴了，我們付不起，來這兒買菜，得懂得挑物美價廉的，否則白來了！要請的人那麼多，我們得算計算計。」

琬真顧不了大庭廣眾下，瑞耕難看的臉色，二話不說把推車裡一瓶十五美元的白酒放回原處，換了一瓶四美元的紅酒，把一包八美元的羊排放回冷凍庫，換成一大包四美元的雞翅。瑞耕看見自己買的東西被琬真都放回架上，臉色難看，一張臉脹紅。

他立刻衝到櫃架拿回那瓶十五美元的白酒，琬真看了整張臉壓灰不再說話。結帳後總共花了約一百二十美元，琬真忍痛掏錢付帳。上了車後，她再也憋不住一肚子怒火：

「花了這麼多錢，我們這個月怎麼過？為什麼你一定要買那麼多貴東西，你明知道我們能力有限！」

「這麼小氣幹什麼？請人家來吃飯，開瓶好酒吃塊羊排又算什麼？」

「請客也要量力而為，人這麼多，要請這麼多好的東西，我們付不起！」

「那就不要請算了，什麼都省了不是更好？也不要和人來往，雞腸鳥肚就躲在家裡過一輩子好了！」瑞耕不甘示弱，用力踩油門，車子像箭般向前衝了出去。

坐在前座的琬真毫無心理準備，上身猛然向前衝，又給狠狠的彈了回來，額頭差點撞到擋風玻璃，她憋著一肚怒火，自己挺著大肚子，辛辛苦苦的採買，然後大包小包的提上車，回頭勢必又洗又切又煮的站一天，這一切無非是為了討他歡心。瑞耕非但不感激她，不體恤她平日儉約過日的艱辛，反而以器小量窄來謾罵她，一股前所未有的委屈與來美後的強烈孤寂感，排山倒海向她淹沒。

每個月扣除房租和汽車保險金後所剩的不到兩百美元，可以當多少用？要生活費、要吃要穿要零用。

瑞耕每個月只丟給她這些錢，她就得負責一家人每天有吃有喝，他以為她是有通天法術？瑞耕你為什麼不關心我的煩憂？不擔待我的苦惱？當初你不是想一肩承攬我所有的苦嗎？那個你，哪兒去了？

琬真默默的想著自己的未來，及一個在現實環境中錙銖必較的女人。她的浪漫她的抱負哪裡去了？學生時代那個睥睨現實，才情滿滿的琬真哪裡去了？她忍不住想放聲大哭。

回到紅樓，瑞耕把菜提到廚房，就急著回研究所，琬真帶著小桑桑在廚房開始忙碌起來。果真如她所料，站了一下午，東西還未準備齊全。到了四點多，來了一兩個單身女同學，看琬真挺個大肚子，在廚房轉得手忙腳亂，便問：

「妳家博士呢？哪裡去啦？怎麼沒有留下來幫忙？」

「研究室忙嘛！廚房的事他又不會做！」

「妳呀！就是太寵老公了，挺著肚子忙，還替他說話。要是我，結婚第一天起就得開始訓練，那能放他那麼悠哉！」

「每個人環境不一樣！我做習慣了！」琬真答。

晚餐琬真擺出了一大鍋雞翅、一盤滷蛋海帶，一大鍋紅燒蹄膀，兩隻烤鴨、蔥蒜豬排、兩條紅燒鯉魚，香菇豆腐、蔥爆牛肉、一大盤炒麵、外加兩樣青菜，總共十樣，佔滿了會客室的長桌。客人陸陸續續到了，看見琬真挺著肚子在廚房忙，都有些過意不去，就把小桑桑帶出廚房玩，琬真偶爾跑出廚房招呼客人，立刻又回去照顧爐上的排骨湯。

六點了，客人快到齊了，瑞耕手拿一瓶不知哪兒弄來的紅酒出現，神情愉悅轉至廚房：

「嘿！有什麼要幫忙嗎？」

「菜全上桌了，也沒什麼要做了。」

琬真癱在椅子上，累得腰都直不起來了，一雙浮腫的腿，此刻脹得厲害。

瑞耕聽了也不再堅持，回到會客室繼續做他風趣熱忱的男主人。

席間，瑞耕開了那瓶十五美元的白酒，舉杯祝來客新年萬事如意。琬真望著眼前的杯酒，想到為了它和瑞耕大吵一架就喝不下。

二十多人，吃吃喝喝，不消多久就把桌上的菜一掃而空，瑞耕開了六瓶酒，到最後只見有酒無菜，便隔桌高聲的嚷著：

「還有沒有菜？再去炒些什麼來？」

所有的菜全端出來了，琬真偷偷的留了一小盤，明天給孩子和自己。

便懶懶的回說：「沒有了，全端出來了！」

瑞耕什麼也不說，便到廚房，不一會兒手拿一盤菜，得意的晃了兩下。彷佛藏私，琬真的臉一陣紅，一陣白，又好像謊言被揭穿，尷尬得不知如何是好。

「夠了，夠了！太多了，大家都吃太飽。」客人紛紛道。

琬真忽然覺得白忙了一場，花了這麼多錢，忍著腰痠背痛的苦，忍著油煙令她作嘔的苦，以及這一天所有的心血，都讓瑞耕給全砸了。

她恨不得站起身來掉頭就走。

飯罷，瑞耕勤快的收拾碗筷，幾個男同學就開他玩笑：

「乘機表現一下，不賴嘛！」

「可別這麼說，洗碗是我的專利，不信問太座！」瑞耕答得豪爽。

琬真不加搭理，心中恨得牙癢癢的。

客人走後，琬真針對瑞耕在眾人面前不給她留顏面一事和瑞耕吵了起來。瑞耕不但毫無歉意，反而理直氣壯！

「我說的都是實話！」

琬真凜然一驚，瑞耕和她之間已看不見所謂的夫妻惺惺相惜了。他眼裡只有自己，他們的心已不再一起了，從什麼時候開始的？琬真不知道。

等瑞耕睡後，她下樓走到公用電話間，撥了一通電話回臺灣問文宗病況，適巧文宗近日從醫院回家過年，巧紅把電話轉到文宗房裡，文宗氣息微弱：

「喂！是琬真？」

琬真聽到文宗喚她，強忍著淚佯裝愉快道：

「爸爸，恭喜！新年快樂！身體好一點沒有？等孩子生了，我就回去看您！」

「妳也要好好照顧自己，不要太好強！累壞了身子……」

文宗說說停停，喘息得厲害，聲音越來越小，由電話那頭聽來，彷彿隨時會斷了氣般。琬真抓緊話筒，緊貼耳朵，她生怕再也聽不見文宗的聲音了。為了讓文宗寬心，琬真自己找話題，說如何宴請二十多人及小桑桑的趣事給文宗聽。

文宗靜靜的聽著，末了，他聲息殘喘問：

「琬真，爸爸記得妳曾說過，有個心願，可以告訴我嗎？」

琬真未料到文宗還記得她結婚前一晚對他說的話。一時不知如何接口，卻有一種不祥之感，彷彿文宗在了結一樁最後心事般叫人不安。

這晚琬真睡得非常不安穩，時時夢見文宗喘不過氣來，那斷斷續續的微弱喘息聲，一直在她耳邊不停的響著。

三月琬真生了，是個兒子，取名辰辰。這天大雪紛飛，低溫特報，零下十度，她生了整整一天一夜，幾乎昏死在產臺上，當她從產房被推出來時，只覺得從頭到腳的冷，冷得不斷打哆嗦，她抓住瑞耕的手，意識不清的說：

「我好冷，好冷！」

醫生見狀給她打了葡萄糖和強心劑，她才昏昏沈沈的睡去。夢中，公婆指著她不悅的說：「怎麼又是女孩？」接著，她聽見自己哭泣的聲音，越來越大。忽見瑞耕抱著孩子出現了，他頭也不回的往前走，任憑小桑桑在背後追他喊他，琬真好心疼，想去抱小桑桑，卻發覺自己全身無力，彷彿不斷的往下沈，這時她清楚的聽見文宗在喚她！

「琬真！琬真！乖女兒！」文宗站在她面前。

她想開口告訴文宗，她的心願是要靠在他的胸前，要好好聽聽他的心跳，賴在他懷中。這時「哇！」的一聲嬰兒尖銳的哭啼刺痛了她的耳膜，她才悠悠醒過來。辰辰哭得滿臉通紅。孩子，你為什麼哭得這麼悽慘，既知人世是一場苦，出世原來是為受苦，為何還來走這遭？這一天，琬真接到文宗離開人世的噩耗。

琬真唸書的計畫延到辰辰週歲才開始。這天，瑞耕提早回來，邊走邊吹口哨，神情得意，原來他先前交出的前半段論文，得到指導教師的讚賞，因此信心大增。吃飯時琬真趁機找他商量：

「瑞耕，我想回學校讀書！」

「好啊！妳去讀呀！」瑞耕想也不想的回說，沈醉在自己的成就中。

「但是我需要你幫忙！」琬真期待的望著他。

「我怎麼幫？又不能幫妳唸書！」

「我去上課的時候，你幫我照顧辰辰，我們的時間錯開。」她熱切的說，眼裡閃過一抹興奮。

「這……」瑞耕猶豫，面有難色。「我想到了，請個人來當幫忙，不就得了！」

瑞耕說完，臉上又有了笑容。

「我們沒有錢付保母費用！」琬真神色凝重。

「那……到時候再說吧！」瑞耕吃過飯，就急著離開回實驗室，他不願想這些惱人的問題。

琬真果真照著自己的目標，在大學裡選修了一門心理學。上課的第一天，她好說歹說請瑞耕留下來照顧辰辰。

「我只有兩堂課，下了課就直接回來，不會耽誤你的！」琬真拋下這句話就趕快離去，生怕瑞耕變卦。

重新當學生，琬真有興奮有害怕，她期待有一天能重回校園，短暫的抽離奶瓶尿布。她害怕自己的英文能力不足，害怕聽不懂教授的內容。兩堂課下來身心緊繃。

回家，瑞耕來應門。

「我看妳以後還是找人來照顧吧！」瑞耕冷冷說。

「別這樣，我們都說好了的嘛！」琬真乞求的望著他。

「我真的無能為力，實驗室工作還在等著我，想唸書妳得自己去找保母！」

瑞耕連中飯都不吃就走了，琬真望著他的背影，霎時滿懷的興奮與憧憬立刻化成幻影。生活都成問題了，她怎會有閒錢請保母？她終於明白瑞耕雖鼓勵她唸書，也只是嘴上說說而已，並不會有具體的行動來支持她的。

她每天一早先送桑桑到幼稚園，再推著幼兒車去上學。前幾堂課，辰辰還算乖巧，坐在小車裡，不哭也不鬧，琬真暗自竊喜，誰知到了第四次上課，他開始不安分，在小車裡坐不住，咿呀的哭鬧起來。怕影響別人，琬真只好收拾東西帶他出教室。此後琬真在家或上課都全憑辰辰的哭與笑了。日子在緊湊中飛逝，孩子有琬真全副精神的照料，瑞耕全無後顧之憂，他既享受單身貴族的自由，又享有家眷的方便，羨煞了此地多少留學生。

唸了一年心理學，琬真像根蠟燭，在學業和孩子間兩頭燒！實在撐不下去了，只好放棄，全心待在家裡照顧孩子。

冬天快過了，瑞耕獎學金的基金會來信通知瑞耕，下一季可自由任選幾個學術研討會參加。這冬天，瑞耕就參加過三個為期各一星期的研討會，一個在北，一個在中部，一個在西部。瑞耕生性活潑善交遊，出席各項研討會不但增廣他的視野，更是他拓展人際關係的好時機，他認識了各個地區的留學生，也結交了不少朋支。他不在家的日子，琬真更辛苦，連買菜都得帶著兩個孩子外出。

春天一開始，他接連安排了四個研討會，全銜接在一起，一個接一個，整整一個月不在家。橫豎琬真會把家中一切打理得很好，不用他擔憂，這點瑞耕很放心。琬真抗議，瑞耕強調這些活動對他研究發展的重要性。只要是與瑞耕學業有關的，琬真全盤接受。包括瑞耕的逍遙自在與自私。

初春又下了一場大雪。瑞耕離家的第三個禮拜，冰箱已空。琬真帶著桑桑，把辰辰放入幼兒車，母子三人外出購物。回程，雪很深，她吃力的推著辰辰，推車後的尼龍網裡裝滿了食物，車把上也掛了兩大袋的食品。桑桑抓著她的大衣，一步步的跟在後面，她不時的回頭說：「小心走，不要滑倒了！」下坡，路很滑，所有的重心都集中在前傾的車頭上，她戰戰兢兢，抓緊幼兒車，生怕一不留神，母子三人帶車往下滑去。五歲的桑桑在後亦步亦趨，不時的柔聲道：

「媽咪！慢慢走！桑桑會抓緊妳，不會跌倒！」

琬真聽了整顆心都揪在一起，這孩子從小就跟著自己與生活拚鬥，也只有她知道自己的苦，她是上帝送給她的小天使，看到她那兩道小小彎彎的眉，琬真就是有再多的委屈與不快也都消失了。沈在心底的那座山，忽然又冒了出來。琬真望向蒼茫的天際。氣溫很低，四下無人，雪飄在他們母女頭上、眉上、唇上，迅速的遮蓋了整片大地。兩人一大一小深深淺淺的足跡，拖沓在一望無際的雪地上，形成一條細細的長線。

夏天，紐約一帶的華人社團急徵一個會編務的主編，有人知道琬真學生時代編過刊物，就推薦她給當地華僑理事會。從此，琬真又有了一份新工作，這份工作可在家做，不影響她照顧家庭，對她而言再適合不過了。每個月所多的三百五十美元收入是項及時雨，解決了她向慧琯求援告貸的窘境。

八月，慧琯還是匯了一筆一千美元來，琬真因多了編務費可用，就想把這筆千元美元存起來，以備不時之需。瑞耕建議，以琬真的名字定存，為期一年。

出國四年了，琬真沒有買過衣服，沒有燙過頭髮，所有的錢都花在家用上。她學會了烤蛋糕、蛋捲，做泡芙，也學會做泡菜、包子及粽子。人到國外，突然變得能幹起來，連自己都感到佩服。

初秋，瑞耕大學系裡一位教授來賓大做學術演講，瑞耕很興奮，告訴琬真打算為林教授洗塵並舉行一個歡迎會。琬真立刻著手辦這件事，替他列出客人的名單，只要和林教授研究的學術有關的同學，琬真全請來了，還生怕場面不夠盛重，便問：

「要不要也請其他的人？」

「不行了，紅樓的會客室擠不下。妳不怕人多吃不消？」

瑞耕那裡知道，只要他願意留在家裡，讓琬真和孩子見到，就算再忙，琬真也忙得快樂又起勁，更何況是瑞耕的師長來訪，只要對瑞耕有利，再累琬真也心甘情願。當她自知沒有能力再回到學校的那一刻起，成就瑞耕，變成她生活中唯一的目標。

到了這一天，琬真把辰辰的推車帶在身邊，在廚房忙進忙出，一會兒端菜端湯，一會兒招呼客人。林師母看了就說瑞耕：

「瑞耕呀！你是怎麼追到這麼賢慧又漂亮的太太？將來學成了，可要好好對待人家！」

瑞耕聽了得意的一笑說：

「師母，我是被追的，哈哈！」

林師母誇張的睜大眼睛。

琬真抿嘴一笑，不答腔。

林教授是北方人，酷愛麵食，琬真準備了一桌的水餃、鍋貼、包子、韓國泡菜、滷雞翅，外加一大鍋的酸辣湯。飯罷，林師母來到廚房，看見琬真額頭冒著汗珠正奮力在刷洗大鍋，滿心不忍。她想，琬真若是她的女兒，自己該不知有多寶貝，便走過去，執起琬真的手十分誠懇的說：

「辛苦妳了，琬真，瑞耕不知那輩子修來的福娶到妳，回臺灣一定得來找我們！」

聽見誇獎，琬真有些不知所措，雖然沒有人教她如何做妻子做母親，但是只要是為瑞耕為孩子，她就很自然的知道，什麼是他們最需要的。

十二點了，客人散了，瑞耕送林教授夫婦離去，琬真一個人慢慢的收拾會客室，兩個早在長沙發上睡著的孩子，這時醒來了。只聽桑桑一本正經的對弟弟說：

「我說故事給你聽，乖乖坐好，不要吵媽媽！」

辰辰似懂非懂的望著姊姊，柔順的點頭。

「從前……從前，有一個女孩，叫小紅帽……。」

桑桑很認真的說故事，也不管辰辰是否聽得懂，她一會兒中文一會兒是英文，聽著聽著辰辰又打起哈欠來，眼皮開始不聽使喚的闔上來，桑桑見了，也不由自主打起哈欠。等琬真把廚房清理乾淨，碗筷收拾好，已十二點半了，她從廚房轉進會客室時，正聽見桑桑睡眼迷朦口齒不清的說：

「後來，後……來大野狼被……外婆……吃掉了……。」

琬真不禁噗哧一聲的笑出來，只見桑桑已躺在長沙發上睡著了。

瑞耕直到兩點才回來，琬真被吵醒，問他哪裡去了，瑞耕回說：

「送林教授回旅館，我又去啤酒館和幾個同學會合，意猶未盡嘛！」

琬真聽了，心中有氣：

「你不認為該幫一些忙嗎？全丟下讓我一個人善後，又要照顧孩子，折騰了一天，我真的很累！」

「就是因為怕妳累，不吵妳！所以我們才轉到外頭繼續聊，怎麼還怪我？」

瑞耕好像什麼都有道理，說不過他，琬真憋著一肚子氣在在床上翻來覆去。

一年很快又過了。琬真想起一年前定存的那筆錢，提醒瑞耕再去簽字續約。

這天辰辰發燒，又吐又拉，琬真正忙著給他換尿褲，瑞耕從外匆匆進屋，遞給她一張銀行英文的合約書，要她簽字。

「妳不是要續約嗎？只要在上面簽個字就成了。快點！我還得趕回研究室。」

也因辰辰的哭鬧聲，和瑞耕的催促聲，琬真心慌意亂，看也不看就在上面簽了字，瑞耕拿了，頭也不回的就往外走。

兩天後，琬真想看這筆錢的存根及利息，就向即將出門的瑞耕要。瑞耕說放在實驗室，就急急忙忙的離開。晚上瑞耕一進門，琬真又問他要看這筆定存，瑞耕支支吾吾。

琬真急了，說：

「這是我們家唯一的存款，你可不能弄丟了！好歹找出來我看一下才心安！」

瑞耕自知逃不掉了，這才涎皮賴臉的說：

「其實妳簽字的那天，我已全提出來了！」

琬真聽了，像一把鐵鎚重重的敲在腦門上。

「什麼？你全提出來？做什麼去了？錢呢？」

「我拿去訂了雜誌、買書、還有……換了一輛車。」既然琬真知道了，瑞耕乾脆全招了。

「全花完了？有剩嗎？」琬真覺得兩眼冒金星，彷彿要噴噴出火來！

「那點錢，怎夠花！車子還是換最便宜的！」瑞耕覺得很委屈似的，說完就躺到床上。

「起來，把話說清楚，你為什麼要騙我，你大可以光明正大跟我說，這種欺騙的行為讓人無法忍受！」

「我要買的書有多少妳知道嗎？都跟妳說了，妳會給嗎？怎麼拚學位？」瑞耕睨視著她。

「這兒的書貴，是每個人都知道，不一定每本要買，有的可以去圖書館借，大家不都是這樣過？照樣可以讀出學位，我就不信錢花得多，學位就拿得快！」

「妳又不讀書，懂什麼？」瑞耕說完就躲進被子裡，不再搭理。

這句話像利刃般直刺琬真的心坎，她像一塊在他腳底下的墊腳石，讓他穩穩的踩著，腳底下的她完全可以感受到他的鄙視。琬真的心像插了把刀，彷彿要拔除心上的那把利刃，她隨手拿起桌上的開信刀，算準不會傷到瑞耕，就往他所靠的那面大牆的天花板扔去，是怒氣，也是發洩。瑞耕看到高高飛來的開信刀，早就躲進被子裡蒙起頭來。

隨著開信刀飛出去，琬真的淚不聽使喚的滾下來，整個人呆立在門口，雙手不住的抖顫，自己到底在做什麼？怎麼會有這麼可怕的舉動？她瘋了？她望著瑞耕躲進而鼓起的被子，想著多年來他不是一直就這樣躲在自己的書堆裡？用書當藉口把自己和她隔絕，用書牆把自己保護得周周嚴嚴。書牆裡是他的世界，書牆外他所睥睨的現實世界，卻是她生活中的全部。原來在他眼裡，她是這麼的卑微不長進，這是她真心對待他所得到的回報嗎？她記得他對她說過的話：「琬真，讓我來替妳承擔一切。」然而，從什麼時候開始，他變了。不但變得會欺騙，甚至變得冷血了。琬真雙腿抖得厲害，生活是個大刑場，逼得每個人最終都得俯首自己不知何時犯下的罪行。

「殺人啦！妳要謀殺親夫？」瑞耕探出頭，見淚流滿面的琬真，以為她後悔方才的舉動，因此更理直氣壯的吼。見琬真不再說話，才安心的躺下，拋下一句：

「神經病！」便沈沈睡去。

這夜，琬真久久無法入眠，她心痛的不是那筆失去的一千美元，是不再是瑞耕的瑞耕。

接連兩天，琬真都以沈默來對抗瑞耕，瑞耕自知理虧，設法彌補。他動起當初結婚時琬真父親退回，至今仍存在父母那兒的那筆聘金。多年下來，利滾利，應是不少了。瑞耕打電話請父母把那筆資金寄過來補貼家用。聽到兒子要動用當初娶媳婦的資金，雖不情願，但這幾年小倆口並未向他們伸手，想想也就答應了。

瑞耕收到這筆錢，自作主張一分為二，交一半六千美元給琬真家用，留下一半自用。

自從琬真身上多了一筆可貼補的家用後，瑞耕就興起搬家的念頭，他勸琬真：

「孩子越來越大，需要較大的生活空間，總不能老把他們關在這小閣樓裡。」

琬真很重視孩子的生活，瑞耕的話正好說進她心裡。

「你就去找吧！別超過我們能力負擔就好。」

隔天瑞耕興匆匆的回來說：

「實驗室裡的一個職員家附近有棟花園房子要出租，我今天去過了，很漂亮，有前後院，房租算起來不貴！」

「要租多少錢？」琬真問。

「五百，算來便宜！」

「你說什麼？五百還算便宜？跟你的獎金差不多？」琬真差點跳起來。

「這樣的房子，附近都租六百，房東才要租五百，難道不算便宜？」

「對一般人而言也許便宜，對我們來說太貴了，租不起！」琬真回絕。

「別這樣嘛！去看一下，後院有棵蘋果樹妳會喜歡的！」瑞耕討好道。

「再漂亮也沒有用，我們租不起！」琬真嘆息。

「把那筆錢拿出來用嘛！不正派上用場？」

「那筆錢是以防萬一，哪天獎學金停了或沒有收入的時候用的，不是拿來享受付高額房租的！那六千美元能付多久的房租？一年？」琬真不以為然的說。

「我的論文也快結束啦！就算再住一年也差不多了！回臺灣前讓孩子對美國有個美好的回憶，不是很好嘛！」瑞耕不斷的慫恿，他走到琬真背後，環住她的腰，柔聲的說：「妳在美國住了這麼多年，也沒住過好房子，就享受一下嘛！錢回臺灣再賺就有！」

長久以來瑞耕對她沒有這麼輕言細語了，一種幸福的感覺重新回到琬真心頭。

或許瑞耕盤算沒錯，一年後他們就要回國了。回了國，錢慢慢可以再賺，但是美好的生活經驗是無法再回頭去追尋的，若花錢可以買到瑞耕的高興及一家人的快樂，琬真願意拿這筆錢去交換。

「好吧！你喜歡，我們就搬家！」琬真點頭。

瑞耕聽了，歡喜得雙手各抱起一個孩子，在他們臉頰上重重的親了一下：

「桑桑辰辰要住花園房子了，爸爸媽媽可以在庭院裡喝咖啡了！」

桑桑感染了瑞耕快樂的氣氛，就拍手叫：

「好棒呵！好棒呵！」

琬真望著他們父女，心中的旱地流出了久違的甘霖。

搬家的那日正值一年的最後一天，到處都在歡度新年元旦。瑞耕借來一輛旅行車，琬真攤開白被單把所有的衣物放在上面，抓起被單對角用力打個結，就讓瑞耕扛進車箱中，再收拾幾個碗盤雜物，就起程了。在紅樓住了三年多，雖常嫌它簡陋不方便，一旦要離開卻十分不捨，琬真在閣樓四處轉轉，平常必須彎腰才不至於頂到的天花板，此時看來十分的親切。不知道這兒的下一個主人是誰？會把這兒布置成什麼樣？會像她一樣愛惜這兒的一切嗎？琬真輕輕的撫摸過這裡的每一樣家具。這些家具在她的巧思下，都呈現獨特的風味，就連割痕纍纍、漆色剝落的鑲玻璃衣櫥，在她用大片蕾絲釘在玻璃內面後，也立刻呈現一個嶄新而典雅的面貌。她依依不捨的環顧室內的每一個角落才下樓。送別的有這裡的約瑟神父和幾個中國房客。

琬真來到新家，這是一排兩層白色建築當中的一棟，前後各有一個寬大的院子，一進門是個玄關，靠牆是座木造樓梯。玄關右側是間大廚房，裡面空空，連個水龍頭流理臺都沒有，走出廚房是間大客廳，客廳面臨大片落地窗。後院有棵蘋果樹，樹上留有幾顆乾癟的果實，幾隻覓食的冬鳥正吱吱喳喳的爭食。步上二樓，白色的地氈使樓上的三間房，看起來明亮潔淨，琬真對這一切滿意極了。只是想到以學生身分理應克勤克儉，卻住進這種高級的華宅，不禁心生不安，覺得自己太奢侈了。

他們把車上的雜物搬入屋內堆在角落後，忽覺得這屋子對他們而言太大了，他們沒有家具，四壁空空。瑞耕急著去找水電工裝水龍頭，不到半小時又折回了，說大家都在歡度新年，只能等到假期過後才能裝。琬真只好去浴室接水洗米，丟一些蔬菜肉絲在裡面，放進大同電鍋去煮。收音機裡傳來沸騰的人聲笑語，及應景的音樂，兩個孩子興奮得跑前跑後，好奇的四處張望，光是木造樓梯就上上下下不知爬了幾回，琬真看到這一幕也跟著開心起來，就不再記掛著超出負擔的高額房租了。

幾天後瑞耕找來一套木造餐桌椅，沙發和書櫃。也許瑞耕是對的，錢本來就是要花的，錢沒有了可以再賺，但是這個家若留不住瑞耕，生活若不愉快，再多的錢又有什麼意義？

轉眼他們在此已住了十個月，琬真手上的那筆六千美元已所剩無幾，眼看瑞耕的論文尚未結束，她開始焦急起來。這天中午她正在餵辰辰吃飯，瑞耕行色匆匆進門，劈頭便道：

「有沒有八百元，剛才我換了一部車！」

「為什麼又換車？本來那輛不是還好好的？」

「現在沒時間跟妳說，外頭車主正等著拿錢！」瑞耕急切道。

「你為什麼不問問我到底有沒有錢？」琬真不悅。

「別說這麼多，手上沒錢的話，我現在可以載妳去銀行領！」瑞耕不理會琬真的不悅，只一味要她去領錢。

望向門外果然有人等在那兒。琬真心中雖然有千百個不快，卻不便和他吵，只好拿出存摺和他到銀行提錢。瑞耕拿了錢，以載車主回市區為由，立刻逃之夭夭，生怕琬真又跟他吵。

琬真氣得一顆心咚咚的跳，回到家只覺得胸口痛。她好不容易存有的一千美元，現在只剩兩百。她不知道歸瑞耕管的那半筆資金，他花到哪裡去了，難道用光了嗎？他完全不顧她口袋裡是否有錢，他吃定她在外人面前不會給他難堪；他太了解她，知道她無論如何戶頭裡不會沒有存款。他這點吃定她的有恃無恐，讓琬真恨得牙癢癢。

晚上，瑞耕過了十二點還不回來，琬真知道他有意避她，越是這樣，她心中越是忿憤難平，她辛辛苦苦存的錢，他輕輕鬆鬆就花掉了。今天一定要和他說清楚，花錢的觀念，用錢的態度，看來她勢必和他有一番釐清。

等到十二點半，瑞耕才回家。一進門一身酒氣。琬真問他哪裡去了，他回說和朋友去喝啤酒。

「你明知我在等你！」琬真沒好氣的說。

「等我做什麼？和我吵架？」瑞耕不甘示弱。

「既然知道下午帶人回來拿錢，會和我吵架，為什麼明知故犯？」

「我又不是小孩，買輛車還要妳同意？」

「你自己有錢愛怎麼花隨你，可是你花到家用了！」

「家用還不是我給的，妳神氣什麼？又不是妳娘家帶來的！」

這人真是不講理到了極點，尤其最後一句正好勾起琬真心中隱隱的痛。

「我娘家是沒有給我什麼東西，卻讓我帶著勤儉持家的誡訓嫁到你家，我節省下的每一分每一毫都讓你不當一回事全把它花掉。別的不說，上回被你騙去的一千元加上那半份聘金的六千元，你都花到哪兒去了？你說？」夜深人靜，琬真的聲音聽來格外尖銳。

「跟妳說買書去了，妳聽不懂？」瑞耕吼著，就要躲進另一間房。

琬真一個箭步擋在門前：「今天你都給我說清楚，否則我們誰也用不著睡！」

「妳囉嗦什麼？瘋子？」瑞耕伸手一推重重關上門房，琬真被摔到牆角，發出一聲巨響，只覺得眼冒金星，痛得爬不起來。忽然見到兩個小人影站在她眼前，兩張小臉瞪著大眼驚嚇的望著她。

「媽咪！媽咪！不要吵架！」桑桑的哭聲把琬真拉回了現實，她才猛然想起這是半夜，吵鬧聲驚醒了孩子。

琬真猶感頭昏眼花，本能的把兩個孩子攬進懷裡：

「別怕！別怕！媽咪不小心摔倒了！」琬真跌跌撞撞站起來，給兩個孩子擦過臉，再把她們送上床躺下。這晚，她一夜未眠，頭隱隱作痛。

接連幾天，瑞耕都很晚回來，琬真也避提錢事，眼看著那筆房租基金已剩最後五百，琬真不禁急得像熱鍋上的螞蟻。以目前的收入計算，獎學金加上她編會刊的編務費，約九百元，扣除房租汽車保險費還剩一百七十五元，一家四口如何度過？苦思幾夜，她的心彷彿壓著沈重的石頭，舒展不開。巧的是兩三天後，一個華僑打電話問她是否願意教幾個孩子中文，一週兩小時，一個月一百五十元。琬真聽了彷彿喜從天降，立刻答應。

瑞耕依舊好客，尤其搬了家後，寬廣的空間，讓他覺得沒有加以利用實在可惜。因此家中經常高朋滿座。他通常像客人般，甚至在約定的時間過了才回到家，有時心血來潮，手捧一束鮮花出現，贏來年輕女同學的稱羨。那時琬真已布置好燭臺，美麗的桌布及一桌的好菜，兩個孩子也已穿戴整齊笑臉迎人。瑞耕觸目所及的是一種歡愉從容自在的氣氛，他看不到在這之前琬真兵荒馬亂的緊張情形，因此就更樂此不疲了。打從心中他也承認，琬真是個賢內助。

初春，瑞耕交出論文，有段空檔，便興高采烈安排了一場「Amish」阿米西之旅。琬真自到賓州後就從未和瑞耕出遊過，對一個吃住都要精打細算的家庭，能夠溫飽已是萬幸，何來奢求旅行。

桑桑知道要去旅行雀躍萬分，常聽幼稚園小朋友說，旅行是到很遠的地方，睡在可以跳得狠高的床上，吃很好吃的食物，桑桑很是羨慕。

阿米西聚落在藍卡斯特（Lancaster），約兩小時遠的車程。瑞耕透過美國同學安排，找到一家願提供食宿的阿米西農莊，一路上瑞耕把阿米西人的生活特色告訴琬真。

「沒有電燈、電器用品，一切回到十八世紀。」

兩孩子一坐上車就睡著了，琬真盤算如何開口問瑞耕這趟旅遊的費用，但怕瑞耕聽到錢不悅，壞了興致和氣氛，想想也就不提了。

車子才駛近小鎮，迎面而來的馬路上出現了一輛響著駝鈴伴著馬蹄聲的馬車，裡面坐了一個頭戴禮帽的大鬍子男人。

琬真覺得有趣，果然是回到十八世紀。忽見迎面而來的女人，一身藍衣裙，腰上繫了條繡有花邊的白圍裙，頭上戴了頂蕾絲滾邊小白帽，分明是從米勒畫作中走出來的人物。琬真深深吸口氣，窗外飄進了青草混雜牛糞的氣味，硬生生把車內尚存的一點都市氣息給逼出窗外。

瑞耕將車停在一家農舍前，出來迎接的是個戴草帽蓄著大鬍子的男主人，聽說這兒結婚的男人都要蓄鬍。簡短寒暄後，他們一家被安排住進農莊的獨幢小屋。琬真好奇的環顧屋內簡單樸實的陳設。進門靠右有座核桃木大櫥櫃，左側放了一架傳統的縫紉機，就像小時候在金足家看到的一樣。客廳角落置放一台舊式鐵鑄的爐子，上面兩個爐座，下面是個大烤箱，主人介紹他們只用煤燈和瓦斯燈，屋內沒有電，好在樸拙的法朗藍浴缸上頭有瓦斯裝置的熱水水龍頭。

農莊主人介紹自己的家族，說他有七個孩子，祖先來自瑞士和德國邊境的小鎮，全家至今堅持使用古老的德語。

琬真邊聽主人陳述，邊環視屋內。

客廳左右側各有兩間臥室，床上鋪著色彩繽紛的拼布被，桑桑和辰辰等農莊主人離開，便迫不及待爬上屬於他們房間的小床上奮力的跳，但床太結實了，彈力不大跳不起來，桑桑有些失望。

一家人吃過農莊簡單的晚餐，就準備上床了，由於農莊沒有電，過慣了有電燈的一家人，忽然覺得夜提早到來。琬真把兩個小孩安頓好，關上他們的房門後，就不知道要做什麼了。

沒有電視的客廳更顯得冷寂。琬真進入浴室梳洗了一番，也上了床。這才發現瑞耕已躺在一側。

「沒有電燈、電視，沒有娛樂，無怪乎阿米西人只有拚命生孩子了！我們也來生一個吧！」瑞耕一翻身壓在琬真身上。

琬真把頭撇向一邊，對瑞耕的抗拒，在他一次次的傷害和欺騙後有了力道，她把瑞耕用力推開。

不想瑞耕被她刺激，突然壓住她雙手，整張臉欺近，在她耳邊喘息的喊著：

「琬真！琬真！」

那沈厚的男聲讓琬真全身一震，黑暗中她看不見瑞耕的臉，忽覺得那熟悉熱切的呼喚隔著十萬八千里，從敦化南路的夜空傳來，穿過萬頭攢動的臺北火車站，越過海洋，一聲聲鑽進她身體。本能的對那聲音的渴望，她的唇活了過來，彷彿蠢蠢欲動的火山，那累積近十年的能量，在這刹那間突然有了出口。

瑞耕沒想到一次小小的旅行，竟能激起琬真激烈的回應，想想自己真有些對不起她。

瑞耕終於拿到了生物工程博士學位，算一算在此前後共待了八年，桑桑也已經小學二年級，八年不算短的歲月，把琬真磨礪成一名精幹的小婦人，這一年她三十三歲，瑞耕三十四歲。

瑞耕的實驗室有意延攬瑞耕變成正式的研究員，在這同時瑞耕也收到臺灣母校生化研究所寄來的聘書，要他回國任教，瑞耕舉棋不定。

「還是回國吧！國內正缺乏像你這樣的生物人才。在此繼續留下去，十年、二十年，你仍舊只是個研究員。眼前有這麼多的例子，還不夠嗎？那個秦博士幹了二十多年，現在五十多歲了仍是研究導彈科學的研究員，外人在此是難以伸展的。」

瑞耕本打算留下來，他認為能在這科技進步的國家，佼佼者齊聚的生化研究所裡工作，是多麼不容易之事，更何況得到所長的親自邀請。想到所裡那個日本鬼，平日雖表現平平，但就是狗眼看人低，見到他就擺出一幅大和民族的優越感，好像高臺灣人一等似的，見了美國人又全走了樣。瑞耕想報這個仇很久了，哪天讓他成了正式的研究員，非壓在他頭上不可。

但是琬真的一席話，一針見血，讓瑞耕及時看清了現況看清了未來。當下便決定接受母校的聘書回國任教。

回臺的前一晚，當地的華僑理事長設宴為他們一家歡送。席間稱讚琬真主編刊物的辛苦與付出，並語重心長的說：

「瑞耕，以後可要好好對待琬真，你的學位有一半是她替你讀出來的！」

琬真聽了忙澄清：「理事長言重了，我哪有這種能耐？都是瑞耕自己苦讀出來的！」

「怎麼沒有？若不是妳所有的事都自己一肩挑了，瑞耕能無後顧之憂，全力衝刺？我說話可是全憑良心的喲！」

「理事長說的極是，琬真是賢內助！」瑞耕心裡大不痛快，嘴裡附和著。

回到家，來送別的朋友擠了一屋子，平時瑞耕的好客及琬真的熱忱這時都一一有了回報。瑞耕夫婦一走，往後節慶這些人都少了一個去處，想到這兒，眾人不禁露出依依不捨的神情。琬真把家裡該送的可送的全分光了，最後只剩下一盆巨大的金錢樹。這盆金錢樹是她剛到此地不久時買回來的，那時只有手掌般大。八年來她細心的照料，不斷的澆水，為它換過好幾個盆，每換一次盆時，金錢樹總是垂頭喪氣，奄奄一息，她都以為它會枯死。可是一段時日後，它又再度綠意盎然，生氣蓬勃。唉！一棵不死的金錢樹。如今要離開它，琬真十分不捨，好像要她丟下自己兒女般的不忍。它陪她度過一段最艱難的歲月，看過她嘆息與掙扎。

飯店老闆對琬真說：

「長這麼好的金錢樹，我還沒有看過，擺在飯店大門口多好！招財進寶，可不可以兩百五十元割愛？」

「就送給你好了！只要你好好照顧它！」琬真雙手撫摸過每一片油亮的綠葉，她突然有股悵然。瑞耕拿到博士學位，照理她應該高興，可是此刻她突然有種失落感。

飛機即將飛離這個國家的上空，琬真俯身凝望，地面美得像一幅畫，在這兒住了八年，她怎麼從來不知道這個國家這麼的美？原來人在超負荷的疲勞中，是不可能有欣賞美的心情。

八年的歲月在孩子、家庭間流轉，不經意就消逝了，有如常駐停在窗口的鳩鴿，不輕不重「嗚嗚」兩聲就飛走了。

7

飛機在桃園中正機場降落，慧琯慧瑛來接機。八年未見的慧琯兩鬢多了幾許白，算來慧琯已是四十出頭的人了。她在琬真出國那年底覓得了第二春，這次的婚姻給她帶來美滿幸福的感覺，豈非當年一心尋死的她所料想得到的？夫妻倆經營一家小型製圖零件加工廠，克勤克儉，幾年前搬到臺北，買了一棟房子落地生根。

慧琯敍述著她的婚姻，也敍述著文宗逝世前的種種。

「鈷六十照射的結果，最後剩沒幾根頭髮，爸爸仍每天一早堅持要梳頭，隨著頭髮日漸稀疏，我們知道他所剩的日子愈來愈少了。」慧琯說著紅了眼眶，繼續道：

「還記得除夕那一天，妳打電話回來嗎？妳的電話掛了後，爸爸老淚縱橫，呆望電話筒好久，嚇得我們都不知道怎麼去安慰他，因為沒有人見過爸爸掉眼淚……」

慧瑛哽咽。

琬真聽著，淚水不能自抑的流下。

這一晚三姊妹彷彿又回到了少女時代，三人擠在床上絮絮叨叨，說著別後的種種。文宗過世後，巧紅回到原先的公司上班，琬艾大學畢業進入一家貿易公司，每個人都得繼續生活，哀傷只能留給黑夜偶爾悲悼。自從為人妻、人母後，琬真開始懂得父親，懂他身為男人，被迫遠離家鄉的苦；懂他再次拋下另一個島國稚齡子女的苦。他終其一生像個浪人，在島國間擺度，一輩子沈浮在骨肉離散，駁雜乖戾的人世。琬真想著文宗逝世前的種種心情，不忍油然而生。對他帶給自己苦澀的童年之怨，好像就此跟著文宗一起埋葬了。

琬真夫婦回老家探望父母，公婆見到兩孫，自然高興，卻難掩臉上的期待。

「再生個兒子吧！」

婆婆目光冷峻，望向琬真的肚皮，一個男孫不夠多。

「等安定下來再說吧！」瑞耕算是替琬真擋下了。

一回臺北琬真就有了主意，她手上有一筆小錢，合算著若婆婆肯借她一筆錢湊合，買房子的頭期款就有了。幾年來國外流離失所的日子她過怕了，盼望有個安定的窩，她把想法告訴瑞耕，瑞耕不以為然。

「我家房產這麼多，連臺北都有，幹嘛還買房！」

「那房子正租給別人，又不是要給我們住的，我們需要有自己的家。」

「以後再說！」說不出理由時，瑞耕通常用這句話結束。

琬真基於有土斯有財的觀念，急於找一處可安身立命之所。她算準了未來臺灣房價會像日本一樣走高。今日不買，明日再追可就辛苦。但是瑞耕不願配合，琬真只有硬著頭皮向婆婆開口借。

婆婆聽了斷然拒絕，「妳這麼將才，買地購屋豈輪妳做主張？也不自己秤秤斤兩，簡直不知輕重！」

琬真聽了徒生力不從心的孤單感。慧珺慧瑛有自己的房貸要負擔，她不好向她們開口，只好自己一個人悶愁。

回到臺北，他們一家暫住慧琯家。瑞耕忙著去拜會舊時的老師長輩，也到大學裡拜見現任所長與未來的同事。他忙得無暇去煩惱住處。

慧瑛陪琬真在慧琯家住了幾天後就回南部去了。買屋不成只好租屋，琬真翻開報紙，開始找租屋廣告，為了讓瑞耕方便，她把目標放在學校附近。連續找了一星期，終於在離學校二十分鐘步程的地方，找到了一棟公寓的二樓。這棟房子已三十年屋齡了。二樓這戶三房兩廳不算新，但是在眾多租屋中，房租算是最便宜的，琬真當下付了訂金，就租下這屋。

在國外待了幾年，練就了一種化腐朽為神奇的能力，她喜歡昏黃的電燈炮所帶來的柔和溫馨的氣氛，於是捨棄現成的日光燈，買來幾座人般高的立燈，把所有燈炮都打向天花板或牆壁，立刻就營造出寧靜浪漫的感覺。接著她跑到興隆路，一家家的找家具，這些家具不是麗俗就是造工粗糙，琬真想找一個樸實典雅的書櫃，來裝瑞耕的一箱箱的書，她看了一家又一家，兩條腿幾乎走不動了，就在轉身離去前，她看到倉庫的一角，有一排厚重質樸咖啡色裝有玻璃門片的木櫃，簡直就像為她所設計的一樣，琬真問老闆那個櫃子，老闆一臉無奈的說，那櫃子本是顧客訂的酒櫃，因為造得不夠華麗，所以被退了，一直就擱在角落等著處理。琬真一聽喜出望外，立刻問價，老闆倒也爽快說：

「若喜歡，就算妳半價好了！」

琬真以一萬兩千元買到三個大櫃子，三個櫃子並排在一起，還真夠壯觀呢！

客廳裡有了柔和的燈光和典雅的大書櫃，一改本來給人的白森森的清冷之感，進而有了書香之味。同時，琬真又找到了中價位的米色沙發茶几和咖啡色的餐桌椅。因為客廳、餐廳的家具已打點好了，家就呈現了。琬真的心情一下輕鬆了起來，就順道繞到慧瑄的加工廠，兩個孩子在慧瑄家，和慧瑄的兩個兒子玩在一起，同他們學注音符號，以便暑假一過就要入學。

到了加工廠，機械正在「鏘鏘」的運作，慧瑄不知有人來，正埋頭在裝零件，慧瑄丈夫在後頭忙著，琬真不想打擾他們，就自己到處看看，繞到倉庫時，看見裡面堆滿了蒙上厚重灰塵的家具，有雙人床，上下舖的單人床，這些家具顏色都已剝落，看不清原本的面目。琬真心中立刻有了主意，回頭就找慧瑄去，適巧慧瑄迎面而來：

「我以為是誰？這倉庫裡的東西連小偷都不要，怎麼有人在這裡探頭探腦，原來是妳！」

「大姊，我看到裡面有一張床和一組上下鋪單人床，如果你們不用，我就要了！」

「去買新的吧！這些東西都是朋友不要的舊家具，丟了可惜，就收在這兒，都那麼久了！」

「東西要物盡其用嘛！可用的東西何必丟？只要四隻腳不斷，再買一個床墊不就像新的一樣嗎？」

「真搞不過妳，從國外回來後竟變來那麼省，現在哪一家吃的用的，不是越來越好，別委屈了瑞耕和孩子！」

「我知道，別擔心，妳只要負責把床架送到我那兒，保證過兩天讓妳看到兩張新床！」

慧瑄拗不過她，第二天，叫來小貨車，把兩張床和幾張舊茶几、書桌，送到琬真的住處。

舊家具一到，琬真拿來一桶白色的油漆，把刷子分給兩個孩子，每人各一把，母女三人就地漆起床架、床組、茶几和書桌，漆過的家具煥然一新，兩個孩子彷彿玩遊戲般，刷得好高興。待油漆乾了，琬真把新買的床墊移上去，加上嶄新的米白色床單床罩，簡直就像百貨公司的展示床組，兩個孩子興奮得在他們的上下鋪上爬上爬下。琬真又在孩子的床鋪上方掛了一只雪白的蚊帳，白色的蚊帳從上斜掛下來，柔和的披掛在床頭床尾，像童話中公主睡的床一樣。桑桑興奮得兩眼發亮。

「我是白雪公主！辰辰是王子！」桑桑說：

辰辰躺在下鋪，只是不斷的咯咯的笑著，滾來滾去。

琬真感染了這分快樂，她摟著兩個孩子：

「如果你們是公主王子，那麼爸爸媽媽就是這個家的國王和皇后嘍！」

「不！媽媽是仙女，只要有媽媽在，就會把我們家變成像皇宮一樣漂亮！」辰辰認真的說。

琬真望著兩個孩子，不管自己是何人，只要有兩個孩子，有這個家，她比皇后比仙女都還要快樂。

晚上瑞耕回來，一進臥室，本來的地鋪不見了，取而代之的是一張豪華的雙人床在等他。

「妳終於開竅啦？知道花錢買夫心？」自己很久沒碰琬真了，是忙？還是油鹽柴米的生活，讓他看到琬真就像看到討債的。

琬真笑而不答，任瑞耕的唇在她頸間游動。如果瑞耕有時間注意到這個家，琬真願意把心思都花在討他歡心上。

暑假一過，兩個孩子同時進入附近的小學就讀。桑桑從二年級讀起，她的導師說，只要桑桑的跟得上，就可跳級，辰辰也進了附近的幼稚園大班。瑞耕開始了醫學院生化暨分子生物研究所教書生涯，他每天興匆匆的到學校，沒課時就往實驗室跑，一直待到晚上，回家吃過飯，嘴一抹，又去了。他的日子並未有任何改變，琬真失望了，以為瑞耕有了穩定的教職後，生活的步調就會趨入正常，她和孩子會有個正常的家庭生活。事實不然，認真說瑞耕只是一個房客，家像是旅店。琬真抗議，瑞耕說：

「男人的責任是賺錢，我把薪水都交到妳手上，還有什麼不滿意？」

瑞耕是把研究所的薪水都交給琬真了，但是其他額外的研究費用演講費及出席費可沒讓琬真知道，瑞耕不想再過窮學生的生活。錢的魅力使男人瀟灑女人心動，這點領悟在他和廠商去了幾次歡樂場所後突然開竅。漸漸的，不回家吃晚飯的電話也不打了。琬真望著那一桌子菜，有些失落。她記得瑞耕在趕論文的最後一個月，有一晚凌晨兩點回到家，望著還在等門的她，突然歉然的說：

「回臺灣教書後，我一定過朝九晚五的正常生活，決不再讓妳等了。」

當時她笑著說：

「到時候別忘了你說過的話！只怕回臺灣，身不由己，你又有更多不能按時回家的理由！」

果然被她料中，瑞耕愛應酬喜熱鬧的個性，一進入這個跨越產學經三界縱錯複雜的人際關係網絡後，立刻如魚得水般快活。他每天忙著應酬，完全忘記了給琬真的承諾。

教師節，系裡聚餐，過了十二點瑞耕尚未歸來，琬真一邊洗衣服，一邊豎起耳朵注意門外的動靜。衣服洗好了，晾起來了，仍不見瑞耕。

琬真開始焦躁起來，馬路上有車聲，就到窗外查看。等到一點，再也捺不住，她拿起鑰匙下樓，才走到樓梯的轉處，赫然發現角落坐個人，仔細一看竟是瑞耕，他閉著眼，頭垂在膝上不斷的打嗝，顯然喝醉了。琬真叫他：

「快進屋，怎麼坐在這兒？」

她彎下腰去扶他，哪知酒醉的人竟然如此沈重，琬真差點跌坐在地上。一邊叫醒他，一邊使勁了力氣，攙他上樓，才把他推進屋。

桑桑被吵醒了來到門外揉揉朦朧的雙眼，伸手就去扶瑞耕⋯⋯

「爸爸，我扶你！」

瑞耕忽然睜開雙眼，雙手往前一揮：

「不要叫我爸爸！辰辰呢？我的兒子呢！叫他過來，讓我抱抱！」瑞耕說著倒向近門處的長沙發。

桑桑一個踉蹌坐在一旁的椅上，睜著害怕懷疑的大眼望著琬真。

琬真的一顆心迅速的往下沈，瑞耕，求求你，別傷了這孩子。

「桑桑，爸爸喝醉了。別理他，去睡吧！這兒有媽媽。」琬真急著喚桑桑離開現場。

「媽媽抬不動爸爸，桑桑可以幫忙！」

「小孩子沒有力氣，乖！去睡，明早還要上學。」

看著桑桑乖巧的走進自己的房間，琬真才轉身為瑞耕脫去外套鞋子，瑞耕渾身酒氣，他俯臥在長沙發上，嘴裡不時的發出：「哦！哦！」的呻吟聲。忽然「哇！」的一聲，一股刺鼻黃黏的嘔吐物由瑞耕口裡衝出來，噴濺得四處都是。尤其沙發上一灘黏黃，伴隨酸腐味。

琬真忍著作嘔的感覺，先拿毛巾為瑞耕擦拭一臉的黏液與鼻涕，再仔細的擦拭沙發上的污穢。瑞耕因嘔吐而舒服了些，才沈沈睡去。琬真打來一盆水，把地上牆上徹底的清理了一番。

她是拖不動他了，這晚只好讓他睡沙發，琬真拿來一床被，替他蓋上。

這夜躺在床上。琬真睡不著。十年來，她一直很感激瑞耕，雖明知他較關心辰辰疼愛辰辰，但是他也沒有故意冷落桑桑。在桑桑心中，爸爸一樣疼愛她和弟弟，只因她是姊姊，偶爾要讓弟弟，爸爸常抱弟弟逗弟弟玩，也只因弟弟比她小，需要人和他玩，桑桑從不認為爸爸偏心，更何況爸爸從一直很少在家，也就不覺有什麼差別。

瑞耕，請你不要拆穿這個祕密，桑桑是個善良的孩子，我們這個家一直是幸福美滿的，不是嗎？有父母有子女，一個圓圓滿滿的家庭，誰不是這樣認為呢？

我知道你是喝醉酒，平常你不會這麼粗魯的對待桑桑的，你不是非常誠心的說過，要照顧我們母女嗎？你不是說我肚子裡那個可憐的孩子就是你的孩子嗎？相信這點你不會變的。請不要用厭惡的眼光來拒絕桑桑，她是叫你十年爸爸的女兒呀！

室內一片漆黑，琬真的憂愁也正如這片無邊的暗夜，迎頭罩面而來。

瑞耕給的錢，房租就花去了一半，為了有個更好的生活品質，為了實現購屋的夢想，琬真打電話給她以前的廣告公司老闆，老闆一聽到她回國，立刻熱情的邀她回去上班，琬真求之不得，馬上答應了。

晚上瑞耕回來，琬真把上班的事跟瑞耕說了，瑞耕不高興。

「趁現在年輕，我們辛苦些，存些錢，不久就可以買房子了。」

「買房子做什麼？爸媽用我名字登記的房子就有幾戶了。」

「那些房子是他們的，在老家。我們也用不到，能用到的才是自己的，我們現在除了省一點外我也去上班，多存幾個錢，自己買一戶才安心。」琬真企圖說服瑞耕。

瑞耕越來越覺得琬真不過如一般女人罷了，凡生活中的物質她都要緊抓，最可恨的是，她老想把他的口袋掏空。因此每個月除了該給她的薪水外，其餘的研究津貼及外快他全部放在學校實驗室不帶回家。從在美國唸書開始到現在，面對這樣一個整天只想到錢、房子的女人，瑞耕早就生厭了。

「隨妳便！往後別怪我不讓妳享清福！」

琬真深深了解瑞耕那種愛面子不切實際的個性，他絕不承認他賺的錢不夠買房，在他認為，賺來的錢就是要花掉，不必存款，他家有的是錢，有的是房產。然而婆家的一切對琬真而言都是空的，她看不到摸不著，她需要真正屬於他們自己的房子。

琬真不想和他理論，只說：

「我是不懂享福，這點你不是早知道了？」

第二天琬真就開始去上班了。離開八年了，琬真一進辦公室看到的大多是新面孔，這個行業的流動性本來就高，琬真也不寄望會碰到老同事，直到董事長給給她介紹總經理時，她才發現原來是當年和她同時進公司的小陳。見了面琬真客客氣氣恭敬的叫了聲：

「總經理好！」

一時小陳臉紅到了耳根子，忙說：

「林姊！別這麼叫！我當不起，妳若不離開，這個位子是妳的！」

琬真搖搖頭：

「那也不能這麼說，我就是在，這個位子也不一定坐得起，這是你努力該得的！」

八年在廣告界而言非但日新月異，變化之大已不是琬真所能想像的。董事長給琬真安排一個主任做，琬真拒絕了！

「離這一行太久了，我還是重頭做起，過一陣子再說吧吧！」

這也是老闆欣賞琬真的地方。

每天一早送辰辰上幼稚園後，琬真就坐公車上班去了。得到老闆的默許，通常她四點半就離開公司，趕在五點前接辰辰放學。桑桑有時比她早回家，就會先去淘米煮飯，琬真只要把前一天預洗好的青菜從冰箱裡拿出來炒就行了，頂多再煎個魚就可以開飯了。因為湯和肉都是前一天就預先煮好了，吃前熱一熱即可。通常六點前，一家人就可坐在飯桌前了，然而，瑞耕的座位經常是空的，起先琬真要求兩個孩子一起等他吃飯，但是孩子是沒耐心的，餓起來，左一口右一口偷吃，邊吃邊怨瑞耕還不回來。琬真只好讓他們先吃了，並一再叮嚀給爸爸留些菜。遇到好吃的菜，兩個孩子拚命夾，琬真只好拿盤子給瑞耕留著。兩個孩子抗議：

「給爸爸留這麼多，媽媽偏心！」

「爸爸是賺錢的人，很辛苦！」琬真解釋。

那盤給瑞耕留的菜就一直擱在桌上，八點、九點、十點了，瑞耕仍未回，睡前辰辰不忘桌上那盤牛肉，說：

「爸爸到大飯店吃大餐了，這牛肉可憐沒人吃，我們把它吃了吧！」

琬真神色落寞，重新把那牛肉熱了，當她看到兩個孩子把牛肉吃得盤底朝天後的滿足笑臉，她忽然明白，她生活中的最大的捧場者就是兩個孩子，只有他們會在乎她。睡前，桑桑跑過來：

「媽咪，早點睡，不要再等爸爸了！他是大人不會迷路的！」

長久以來，孩子已經習慣瑞耕晚歸了。琬真不知道瑞耕會不會迷路，迷失在這燈紅酒綠的夜色中？

琬真和瑞耕每隔一個月就帶兩個孩子回鄉探望兩老。一到瑞耕家，她放下行李立刻就鑽進廚房搶著做飯，要不就忙著打掃，好像不這樣無法彌補她不能晨昏定省的內疚。

婆婆看準了她的心虛，越是不給她好臉色。兩個人擠在窄小的廚房裡，琬真只有做副手的分，婆婆默不作聲，她只好自己找事做。

「媽，要不要洗白菜？」琬真問。

「喔！」婆婆頭也不回的炒米粉。

「要不要放香菇？」

「免！」

「那……要我做什麼？」琬真說著站到婆婆身旁，正好擋住了婆婆要拿的調味料。

「閃！」

婆婆所答的三個簡短有力的字，就像一顆顆砸人的碎石，準確的向琬真的心坎砸去，又尖又硬。

她想起老鎮宅木造的低矮廚房裡，碧緣冷如海口寒風般的臉色，她想起中華路巧紅向她扔下一地零角兒時的不屑與冰霜，這三張臉都有著同樣的冷峻，及內心藏也藏不住的敵意。

琬真嘆了一口氣。

她默默站到一旁，接受婆婆不讓她插手的懲罰。

飯罷，琬真洗好碗，清理過廚房，回到客廳，瑞耕和他母親正有說有笑。琬真想藉著瑞耕親近婆婆，便挨著他坐下。也不知道為什麼瑞耕話鋒一轉，偏偏落在她身上：

「琬真要變成富婆啦！」顯然瑞耕把家裡的收入開銷及琬真上班的情形都告訴他

母親了。

瑞耕他母親本就知道兒子賺的錢都交給媳婦，內心早就不是滋味，此刻更按捺不住一股萌生的妒意。

「告訴妳，阮蔡家用不著媳婦拋頭露面去賺錢，妳就乖乖顧家煮飯洗衣就可以了！」

不知為什麼，一想到琬真不乖乖在家當個平凡的家庭主婦，瑞耕他母親就心難平，非把她壓下去不可。

「賺錢有什麼用？早點再生個兒子才是妳的責任！」

「媽，妳不知道！阮某最愛的就是錢！」

瑞耕像怕這場火燃不起來似的，在一旁直搧。琬真平常把錢看得死死的，讓他動彈不得，早想找機會讓他母親出口氣。

琬真一聽，知道瑞耕故意點火，雖恨得怒火攻心，在婆婆面前卻噤口無言，一心只想早點離開。

這個家她是越來越待不下，她想。

琬真把這口氣忍下來，直回到了臺北。

「瑞耕，你到底對我有什麼不滿，在家裡可以對我說，犯不著在你媽面前告狀！」

「媽不是外人，我又沒說妳什麼！」瑞耕一副無辜。

「你在媽跟前嘲諷我，你說她會怎麼想？」

「說妳去上班賺錢又不是什麼見不得人的事，怕人知道？」瑞耕掩飾他的動機。

「你們都不是好意的！」丈夫應該是婆媳間問題的最佳潤滑劑，然而瑞耕非但不幫忙，反而處處嘲弄以取悅他母親，琬真內心苦到極點。

「妳愛怎麼想就怎麼想！」瑞耕淡淡說著，他換了一套衣服又要出門了。

「才回來，你又要去哪裡？」

「和所長約好了，一夥人去吃飯，飯後可能去卡拉ＯＫ，妳先睡，不要等我了！」

瑞耕對著鏡子照了又照，琬真發現他最近換了幾套新服，何時買的也不知道。

這晚她隨便弄點東西，和孩子草草吃了收桌。飯後，她坐在孤燈下，公婆家的那一幕不斷的在她腦海裡出現。忽然間明白，她和瑞耕之間一定出了什麼問題。

她沒有去睡，只想等瑞耕回來，好好與他談談。等到十一點半，瑞耕還沒有回來，她怕他喝醉了，說不定又坐在哪個角落。她越等越心焦，最後她鼓起勇氣，給瑞耕的所長撥了通電話。

「瑞耕啊？不是回家了嗎？飯局九點就結束啦！會不會和誰約了又去喝酒？」所長接的。

「哦！他可能是到實驗室去了！對不起！所長！打擾了！」琬真急急替瑞耕遮掩，生怕人家認為瑞耕嗜酒。

擱下聽筒，她立刻又撥了通電話到瑞耕的實驗室，電話鈴聲響了好久無人接。

琬真的一顆心無來由的煩躁起來。

夜深了，除了急駛而過的車聲，四周靜悄悄的，琬真甚至可以聽到自己的心跳聲。只要窗外有腳步聲，她立刻全神貫注，盼望接著聽見鑰匙轉動的聲音。

等到兩點，瑞耕終於回來了。一進門見琬真還在等他，表情有些不自然！

「怎麼還不睡，不是說過不要等我嗎？」

「瑞耕！你到底去哪裡？」琬真忍著一晚焦急的情緒。

「和所長去吃飯，再去唱歌嘛！不是都向妳報備了？」瑞耕理直氣壯。

「你撒謊！我打過電話去找你所長，你們九點就散了！」琬真平靜的望著他。

「妳不要隨便打電話去騷擾別人，讓人家以後看見了妳就怕！」一聽琬真打電話給他所長，瑞耕沈下臉粗聲粗氣。

「你先前不是老說我若不信你，可以打電話向別人求證！我這樣做有什麼不對？」被瑞耕一說，琬真突然覺得自己的行為像小人般齷齪。氣勢跟著弱了一大半，接下來的口氣有如在求和。

「告訴我，去哪裡嘛？」

「我說過了，和別系的幾個教授唱歌去了。」

事實上瑞耕在應酬後另約了一批男女學生去唱卡拉ＯＫ，在這些崇拜他的學生面前，瑞耕有著被捧在雲端的樂陶陶飄飄然的感覺了。尤其接觸到女學生愛慕的眼神，瑞耕覺得自己彷彿又年輕了十幾歲，這種感覺琬真是不會懂的。從學生時代到現在，一路苦讀，終於熬出了頭。瑞耕覺得他的人生才真正開始呢。

「瑞耕，我想，我們之間應該好好談一談！」琬真試圖改變她和瑞耕之間的氣氛。

「太晚了，改天吧！我好累。」

瑞耕說著就往浴室去了，琬真不再追根究底，瑞耕鬆了一口氣。

漸漸的，瑞耕常獨自一個人回中部，琬真問原因，他反而派琬真的不是。

「妳不喜歡回去探望我爸媽，我沒話說。父母是我自己，我總得常回去看一看吧？」

琬真被他一說，自覺理虧，心想瑞耕不強迫她一起回去，顯然體貼，也不好再問。瑞耕下午回中部後，通常在晚間十點左右會打電話回來報到。

「我到家了，要不要和媽說話？」瑞耕不想多言，好像打這通電話只為了讓他母親證明他確實回到他家。

他早厭煩沈重的研究和家庭負擔，生命應該有一點不一樣的東西。他要改變。

最近瑞耕變本加厲，每個週末都藉故回老家。琬真開始懷疑瑞耕行踨，心中有些想法，卻難以啟齒，只能暗示，瑞耕聽了不高興的問：

「妳以為我是鐵打的。又要教書又要開會，還要做實驗，每星期還得臺北中部兩地奔波，我哪來那麼多精力？」

聽瑞耕否認，琬真聽了心安也多了分心疼，覺得他實在太辛苦了，是自己多疑。

「妳只要把這個家照顧好，就是幫我的忙！」

琬真覺得這樣不夠，她還要為瑞耕做點什麼。

端午節一家人回老家。婆婆盯著琬真的肚皮：

「妳到底什麼時候才再生一個兒子？」

琬真不知如何回答，求救的望著瑞耕。

瑞耕低頭在看報，一副事不關己。

「問瑞耕吧！」琬真無奈的說。

「問瑞耕做啥？我在問妳？」婆婆絲毫不放鬆。

琬真有口難言，她能告訴婆婆，瑞耕和她幾乎已沒有夫妻的親密關係嗎？

「我鄭重告訴妳，再不想辦法生一個兒子，我拿十萬元讓妳丈夫到外頭生一個。」

琬真求救的望著瑞耕。

瑞耕繼續看報，頭也不抬，彷彿沒聽見。

下午回臺北的車程上，瑞耕只專心開車，兩人都不說話。琬真側臉看他，忽然發現瑞耕變得好陌生，直勾勾的鼻翼，緊閉的唇，剛硬的線條。琬真懷疑，自己曾從那兒獲得瑞耕的溫熱。

第二天一早，雨嘩啦啦的下個不停，氣象報告雨季來了。琬真的心情就像這雨天，沈甸甸的濕透了。中午，她一改吃便當的習慣，拿起雨傘走出辦公室。去哪裡呢？東區這一帶非常熱鬧，咖啡廳、西餐廳、中餐廳、牛肉麵館、水餃店，應有盡有。平常她不大出來用餐，一時竟不知哪裡去好？她隨著人潮走進一條巷子，雨仍淅瀝瀝的下，各種顏色的花傘，像朵朵五彩繽紛會動的蘑菇，佔滿整條長巷。路上行人走得很慢，小心翼翼生怕踩了積水。難得有這樣優閒的步伐，琬真因此得以從容打量眼前擦身而過的路人，這兒的每張臉都有一樁不為人知的心事，像她自己一樣。

就在這時，她的心跳差點停止，一張在夢裡不知出現過幾遍的臉，忽然，就在眼前，離她不到一公尺的地方出現了。那人撐著一把黑傘，低著頭，迎面而來，專心注視著右手正在揮彈的煙蒂。下意識，琬真慌亂的把手上的雨傘向前傾斜，遮住了上半身。低下頭，她看見那人的鞋，一雙皮質極好光亮的鞋，從她身旁跨過，琬真呆立原地，久久回不過神，該不會自己看走了眼，她緩緩回過頭，那人碩壯的背影正消失在一家西餐廳的門口。不可能是他，天關在加州，他怎麼可能回來？

琬真飯也沒吃，隨便買個三明治，像犯人躲警察似的逃回辦公室。這個下午，望著文案，她一個字也寫不出來。

天關進了西餐廳，這天約的是琬真大學時期的同學，他要探聽的是琬真的下落。兩年前他舉家回國，受邀與幾位知名的法律人士合開了一家國際性的律師事務所。那時兒子才一歲，對臺灣的空氣品質無法適應，氣喘皮膚過敏一一出現，妻子裘莉是道地的華裔美人，不會說中文，跟兒子一樣，對臺灣生活有極大的不適應症。天關父母對他這樁婚姻雖滿意，但媳婦行事作風都是美國人，生活中容不下公婆的事實，又叫倆老相當惱怒，只是敢怒不敢言。

在臺灣住了一年，裘莉還是帶著兒子回美國了，離臺前夕，她對天關說：「我寧可只是你事業上的夥伴。」不久天關就收到她寄來的離婚協議書。

天關從西餐廳出來後，無限的失望，這是最後的一條線索，沒有人知道琬真在哪裡？她的同學只知道她在北美搬了好幾次家，此後就失去聯絡了。天關曾打電話去琬真的老家詢問，琬真的伯父一家也搬離了。人海茫茫，琬真妳在哪兒？他之所以回國創業，表面上是因為優渥的條件在吸引他，然而實質上最大動機是因琬真。他想她會回來的，他了解她的感情是十足鄉土，是屬於這塊土地，再如何的遷徙飄泊，她終究會帶著她的丈夫她的子女回到這兒，天關知道。他相信有一天，他還會遇見她，他只要知道她過得好不好？只要她幸福，他就安心了，他會像一個老朋友般，默默的祝福她。

隨著事業的穩定，他越發渴望見她一面。

琬真，妳在哪裡？

天關從心中發出了長長的呼喚。

吃完飯，他走出巷子，往東區眼前這棟最高最宏偉的大樓走去。

前面是一片美麗的草原，瑞耕在前走，琬真在後追，直喊：「瑞耕，等等我！」瑞耕頭也不回。眼前出現一座森林，瑞耕急急往森林去，忽然走出了一個長髮的年輕女子，挑釁般的朝著她笑，然後和瑞耕雙雙消失在森林中。

「瑞耕！瑞耕！」

琬真大叫，一驚醒來，她怔怔的望著床頭的短針，指著三點。

怎會把瑞耕和年輕的女孩扯在一起？然而夢中她確實看到了一個年輕的女孩，尤其那頭代表清純的直長髮。

這夜瑞耕沒有回來，直到天亮，琬真未曾闔眼。

早上七點多，瑞耕神色疲憊歸來。

「哪裡去了？」琬真臉色陰霾。

「昨晚有個外國教授來，大夥兒喝多了，我送他回旅館去，自己竟也在他房間醉倒了，不信妳可以去問？」

要問誰去？琬真告訴自己要相信瑞耕說的話。

但口頭仍不免埋怨：

「說了那麼多次了，起碼要打個電話回來讓我安心，打個電話這麼困難嗎？」

「我為什麼要時時向妳報備？讓人家笑話！」

「這是最基本的尊重！」

「少來，不要管我！」

瑞耕說完，逕往臥室走去，「砰」一聲鎖上門房。

琬真呆住，眼看上班時間快到了，再鬧下去也不是辦法，她收拾自己的情緒，出門去。

不知為什麼，夢中的年輕女孩，一整天都在她腦海裡浮現。

週末，桑桑的學校有家長會，琬真下午要加班，請瑞耕去。瑞耕推說沒空，下午學校有個實驗論文發表會，無法抽身，開完會六點還要趕回中部，看來琬真只好自己請假參加。

家長會在四點半結束，回到家她心中惴惴不安，不知為什麼？一看錶，五點鐘，她決定出門探個究竟。交代兩個孩子乖乖在家做功課後，琬真坐上計程車直奔瑞耕的學校。

大禮堂內的論文發表會尚未結束，琬真站在門口等，直到五點半散會了，參加的人一個個的出來了，卻不見瑞耕，會場裡最後只剩幾個工作人員，琬真問：

「請問蔡瑞耕教授是不是走了？」

「走啦！第一場三點結束他就走了！」

「啊？」

瑞耕去哪裡了？會不會在實驗室？

琬真離開會場，穿過校園，走向生物大樓。生物大樓的工友說瑞耕下午沒過來。瑞耕不是說開完會六點才要離開嗎？為什麼這麼早就走了？會不會在附近的西餐廳請學生喝咖啡？他一向沈浸在學生崇拜的眼神中。

琬真循著小路走出校園，她開始一家家西餐廳的找。附近的餐廳都找遍了。天色暗了，路燈一盞盞的亮起來，街上的車燈連成一條像長河，人車往來，看得她頭暈，只覺車聲人影全浮在眼前，一切都變得不真實。回到家，兩個孩子喊餓，她才想到已過了晚餐時間，便匆匆下了兩碗麵。讓兩個孩子吃飽後，琬真來到陽臺，望著漆黑的窗外，心中一團亂。

幾天前夢中的年輕女孩又浮現了。不會的，瑞耕雖然喜歡喝兩杯，個性雖然急躁了點，但是瑞耕不會這樣對待她。琬真安慰自己，找了許多瑞耕的好，越是如此想，越叫她心慌意亂。

瑞耕，你去哪裡了？

明知不該有這樣的想法，猶豫中，她還是拿起電話，向長途查號臺詢問中部最大的一家飯店的號碼。拿到這個號碼，琬真的手在抖。但願是自己多心，但願自己是小人。

她撥了電話過去。

「請問是否有一名客人蔡瑞耕？住哪一號房？」琬真聲音微顫。

老天，希望沒有他！

「等一下……」

在等待中，琬真的一顆心彷彿要跳出來。

「……，三〇一房！」

「啊！」這不是真的！

琬真整個人像墜入了最底層的地獄，眼前一陣黑，坐在那兒，一片昏暗，時間一分一秒的過去了。她動也不動，直到尖銳的電話聲響起。

「是我，回到家了。」瑞耕那頭傳來愉悅的聲音：「等一下！媽要和妳說話。」

又是拿他母親當幌子。要鎮定，千萬要鎮定。琬真突然醒過來，不斷的對自己說，一場戰爭才剛要開始。

婆婆在說什麼，琬真一個字也聽不進去，只嗯嗯的回應，腦海一片空白，心中亂如麻。原來瑞耕特意從老家打回的電話，只是為了掩飾自己的出軌，而他母親豈有不知。琬真難過得全身顫抖。這樣的電話，她不知接了多少次了。

掛了電話，她把兩個孩子送到慧琯家，騙說婆婆身體不適，得趕去探望。

她到了公路局西站，正好趕上十一點出發的國光號巴士，車內乘客寥寥無幾，巴士在夜色中奔馳，窗外魅影幢幢，正迅速逼近。她彷彿墜入了時間的幽壑裡，被快速的吸入一個叫她無法想像的黑洞中，她感到眼前是一片前所未有的迷濛。黑暗中，車窗上映著一個形影削瘦的側臉。

巴士在公路上急駛，前路混沌後路蒼茫，與瑞耕十多年甘苦與共的回憶，一幕幕在漆黑的車窗上閃映。

琬真到達那家大飯店時，已是凌晨一點多了。這是家佔地千坪的豪華大飯店，她站在大門前一番躊躇，終於鼓起勇氣進入。直奔電梯，她的手在按下三的數字時，聽見了自己打鼓似的心跳聲。

走出電梯，一眼就瞥見三○一房。她深深的吸了一口氣，按下門鈴，赴義般的決絕。

好一會兒，她聽見一聲「誰？」門房打開了，四目相接的剎那，她的心跌落在地，碎了。瑞耕著汗衫短褲，眼裡的驚愕不下於她，隨即鎮定的問：

「妳來做什麼？」

琬真沒有回答，一切再清楚也不過了。她推開瑞耕逕自往裡走，經過一大間起居室，來到裡間，床上半躺半坐著一個年輕的長髮女子，就像她夢中的一樣。

果然如她所料，瑞耕幽會，一定選最豪華最氣派的場所，她太了解他了，這也就是為什麼她能在茫茫人海中，一通電話便找到他的最大原因了。

她定定的望著瑞耕，噙著淚水，眼裡盡是屈辱與絕望。

為什麼？她在內心大聲吶喊，深沈的悲哀化成一股巨大無聲的沈默。幾分鐘後，她甩開瑞耕的手，用力的扭轉門把，跑了出去。沿著太平梯，她跑出了飯店大門，跑到馬路上。她不清楚瑞耕有沒有追出來，黑夜中車子一輛輛從她身旁呼嘯而過。她的眼前一片模糊，任淚水傾流。這個黑暗的城市正在做夢，而她的夢醒了。

一種錐心的挫敗，一種萬念俱灰的悲慟，像這黑夜把她吞蝕了。她悠悠的走向馬路中央，走向一個幽壑冥漠的世界，在那裡有父親有昌明，及昌明結實的肩膀。「不要怕，有阿兄在！」昌明的話在耳邊響起。她逆向走入快速道，眼前急駛而來的汽車，帶給她從未有過的速度快感，想像肉身與汽車互撞剎那的壯烈，足以迸碎她胸中疊石般的痛苦。

迎面而來的車子對著她猛按喇叭，一輛輛驚險的從她身邊擦過，叭叭聲不絕於耳，她沒有反應，任兩條腿帶她往黑洞般的夜走去。

瑞耕追出去，遲疑了幾秒鐘就折回，安撫那床上的年輕女子。待他再出來時，馬路上只有呼嘯而過的汽車及暗夜中的孤燈。雖有些擔心，但看準了琬真會回家的，她放不下兩個孩子。雖這麼想，目光仍四處搜索，尋找琬真的蹤影。一會兒，他黯然的回到三〇一號房，本應是一個羅曼蒂克的夜，被琬真一攪局，他意興闌珊。把那女孩打發走，瑞耕悻悻然開車返北，這一回，他有些懊惱。

也不知道走了多久了，琬真發現自己竟走到了火車站，南來北往的列車，在她眼前交錯相會，該去哪裡？她茫然的望著月臺，十多年前與慧琯在火車站分手的一幕，赫然在腦海裡出現，當時的慧琯是否與此刻的她一樣徬徨？人生的故事看來大同小異，同樣的情節，只是演員不同罷了。

琬真的一顆心此刻與遊走在大廳上的腳步一樣凌亂，該往何處去？她只想找個地方痛快的哭一場，把留在腦海裡的一幕洗滌乾淨。是文生家？是慧琯家？還是一個無人認識的地方？到了緊要關頭才發現，生命要找個躲藏之處也不容易。她忽然想到了孩子，桑桑今天要月考，辰辰誰照顧？想到兩個孩子，她毫無猶豫的跨上了北上的火車。燈光下，她一張慘白的臉像黑夜的遊魂。

其實瑞耕並不想傷害琬真，只是一成不變的婚姻生活久了，單調得叫人生厭。他需要刺激，就像開車，偶爾開出幹道欣賞叉路上的其他風景，是生活中小小的變化。他需要自由，他不喜歡束縛，就像不喜歡規矩開車。偶爾飆上路肩，快意又刺激。

現在他擔心的是回去該如何向琬真解釋？一旦低頭，承認有錯，等於宣告從此失去自由，他打定主意沈默。

琬真比瑞耕早回到家，此時天色已亮，她把自己關在臥房裡，先是嚶嚶啜泣，接著嚎啕慟哭。

哭累了後，她的心思反而清明起來。往後該如何面對瑞耕？

她不曾想過這類事情會降臨在自己身上，她認為那是傖俗夫妻戲碼，瑞耕既不是見異思遷的凡夫，自己更不會是個棄婦。可笑的是自己在捉姦的剎那，也印證了他們只是十萬對庸俗夫妻中的一對。流淚歸流淚，她還是要這個家，她不能輕易放棄。

瑞耕會對她懺悔嗎？

等待中，她想著瑞耕的好，瑞耕對桑桑存在的寬容，光是這點，她就欠他一分情。她要設法讓他回到她的生活，他只是一時迷了路，她要呼喚他的魂，讓他回到這個屬於他們四個人的家。

也許太累了，朦朧睡去，直到關門聲，知道瑞耕回來了，她等待，等瑞耕誠惶誠恐進來向她懺悔。

等了老半天未見瑞耕，琬真走出房門，只見他正鼾聲大作。這人竟然不在乎她的感受，難道夫妻十幾年下來，他痲木了？琬真不寒而慄。

躺在床上，她無法入眠。

到了傍晚，煎熬至極。她起身淘米做飯，一天下來，雖滴水未進，她卻一點也不覺餓，時間一到習慣做飯，習慣等瑞耕，習慣這個家。

孩子們在吃飯時，瑞耕醒來了。

「吃飯吧！」她喚他。

瑞耕默默坐在餐桌旁，兩個孩子似乎發現有大事發生，吃完飯就匆匆下桌做功課去了。兩人許久未曾對坐，琬真想起未婚前，瑞耕請她吃飯時的種種溫柔，只覺一陣心酸，喉頭發緊，才扒了幾口飯，再也吃不下了，她放下碗筷，奔回臥室，淚潸潸然而下。

不久，她就聽見電視聲響，瑞耕像無事人般目不轉睛看著電視。她忍不住，走到客廳，打破沈默。

「我們談談。」

瑞耕關了電視，一副應戰的模樣！

「妳想說什麼就說吧！我尊重妳的意思。」瑞耕索性豁出去了。

琬真深深吸口氣，神情懇切的的握住了瑞耕的手：

「瑞耕！我們重頭再來過，過去的事都不要提了！只要你還在乎這個家！」

瑞耕愣住，他本以為琬真是要和他談判，想不到事情出乎意料的平和。一顆心放下之後，他有些感動，緊握住琬真的手由衷的說：

「妳是這世界上對我最好的人！真的。」

琬真接受了瑞耕所有的一切，他的好，他的壞，他的背叛。

隔天，她開始聯絡澎湖的旅社，她要給全家安排一次旅遊。

瑞耕這次倒是配合，全家來到澎湖吉貝島的美麗沙灘，看孩子們在沙灘上追逐，瑞耕躺在沙地上任兩個孩子在他身上堆沙，把他埋起來，父子三人的嬉笑聲響徹了沙灘，琬真坐在瑞耕旁望著美麗的夕陽，她多希望這一刻時光永遠停留。與兩星期前痛不欲生的心境相較，此刻的一幕，幸福得讓她捨不得享受。因此她更深深相信，用寬容的態度去原諒瑞耕是對的。

夜來臨，兩個孩子因白天活動力透支，早早上床睡了。琬真和瑞耕在旅舍房間的陽臺上對坐。默默無語。瑞耕望著遠方的海，若有所思。

「我們應該好好的談談，很久沒有這樣坐在一起了。」

「可以呀！談什麼？」瑞耕心不在焉。

在這樣浪漫的夜色下，琬真多希望瑞耕主動向她解釋那件事，多盼望瑞耕向她承諾，這一輩子再也不會對不起她了。

但是瑞耕就是不開口。

認錯反而會錯得更厲害，近四十歲，瑞耕才發現自己血液裡那不安份的因子，他需要新鮮的愛情澆灌，支撐那枯燥漫長的研究工作，琬真不會明白的。

瑞耕臉色冷淡。

「不想談就算了。」琬真嘆口氣。

「這麼好的夜色，為什麼要破壞？」瑞耕不以為然。

為了怕把氣氛弄僵，琬真不再開口，夜色在兩人之間流動，潮濕微涼。

瑞耕望著遠方，他的心遠離了，隨著浪潮，飄到另一個地方。

第二天下午，回到臺北，瑞耕推說到實驗室就不再回來了，琬真坐在客廳等了一夜，也打了一夜的電話，實驗室電話沒人接。她所有的信心開始一點一點的瓦解，她的隱忍錯了嗎？委屈不能求全，那麼她該怎麼辦？

一夜纏綿後，瑞耕精神不濟回到實驗室。算準琬真上班的時間才回家。誰知一進門，就看見琬真坐在沙發上一臉倦容。早知道就不回來，瑞耕心中嘀咕。

「你不覺得太過分了嗎？去哪裡？」

「實驗室！早上工友還看見我，不信妳去問！」

「你撒謊，我打了一夜的電話！」

「我不一定都待在同一個地方！昨晚在隔壁的實驗室，指導一個快畢業的學生。」

「你騙我，根本沒有去，你敢發誓？」

「我發誓，若沒有去實驗室就被車撞死！妳滿意吧？！」

「碰！」的一聲，瑞耕進了浴室把門鎖上。瑞耕確實早上進了實驗室，怎麼不敢發誓？可恨！琬真竟然想拿發誓約束他。

琬真等了一整夜，得到的答覆竟是如此，她怒火攻心，順手拿起瑞耕脫下的西裝外套往地上扔，外套掉落的同時，夾層的小皮夾也應聲落地，皮夾內掉出一張照片，琬真彎下腰撿起照片一看，是張清秀的年輕女子照片，這是怎麼回事？不是上回旅館看到的女孩。琬真不敢相信的瞪著照片，驚訝勝於怒火。

瑞耕從浴室出來，琬真把照片一揚上前問道：

「這是誰？」

瑞耕一看，迅速臉紅，他急著要搶回琬真手上的照片。

「還給我！叫妳還給我，聽到沒？」

瑞耕額頭筋爆，睜著大眼，伸手就搶照片。琬真哪肯交出照片，抵死不給，被瑞耕逼到了床沿，瑞耕一推把她壓在床上，使勁想掰開她緊握照片的右手，琬真掙扎，左手抵抗。瑞耕索性把她的左手壓住。琬真一急，照片緊握在胸口，瑞耕一氣，胳臂反壓在她細長的脖子上。她不能呼吸，只幾秒鐘一張臉就脹得通紅。

「我不能呼吸，不能呼吸了！」琬真喊。

瑞耕放開她，順勢搶走她手上的照片站起來，拿起外套，頭也不回的走出門。

這照片中的女子是他最近才認識的。當第一次偷吃時的短暫罪惡感消失後接下來就沒有什麼好顧忌了。人就是這樣，有了第一次就有第二次，他期待有更多次的刺激經驗。

琬真躺在床上，淚浸濕了枕頭。為了一張照片，她差點一口氣就接不上來。她懷疑這個人是曾對她說過要照顧她一輩子的瑞耕！窗外救護車的鳴笛由遠而近，一聲緊追一聲，像救命又像索命。

8

琬真在床上躺了兩天，這兩天瑞耕住在飯店裡，他的心情起起落落。只要閉上眼，琬真悲哀絕望的眼神就會浮現，彷彿從中看見了自己的良心，揮也揮不去。他也想讓婚姻繼續走下去，但是無法克制對新鮮歡愛不斷的渴求，尤其看到年輕崇拜的眼神，那是琬真眼裡沒有的。

兩天後他回來，沒有解釋到哪兒，開門見山就說：

「我知道妳是個好女人，但是我要自由，我要搬出去！」

「你一向很自由。」

「不！我受夠了！我要離開妳的視線範圍。給我半年的時間試試，時間一到我若回來，那才是真正的歸來，否則我不適合這個婚姻！」

「我不要你搬出去，只要你不搬，愛幾點回來就幾點回來，都順你意，好不好？」琬真求他。
「太遲了！我的心不在這兒！」
「瑞耕！我們是夫妻，應該住在一起，孩子也需要你！」
「別再綁住我！半年後我會給妳一個交代！」
「瑞耕！拜託你不要離開我們，只要你不走，我再也不問你行蹤好嗎？」
「別說了！小時候每畫壞了一張畫，我是沒耐性修改的，寧可揉掉重畫，妳懂嗎？」
「不要這樣，我們可以重新來過，不要再吵了！」
「那是妳的一廂情願，吵到最後我們什麼也不剩了！」
「我們有兩個孩子，有十年的感情，我們有很多的共同回憶，怎麼不剩呢？」
「孩子？桑桑不是我的，這麼多年來，只要一見到她，就提醒我，當初妳愛的人不是我！十二年來，我是個大笨蛋，養的是別人的孩子，妳知道我的感受嗎？我要一個真正愛我的人。」瑞耕吼道。

「沒錯，桑桑一直是我對你最大的虧欠，但是自從嫁給你的那天起，我就決定做好妻子的角色幫助你，一切以你為主。瑞耕，十幾年下來，我對你有很深的感情！」淚自琬真臉頰滑下。

瑞耕聽了無動於衷。

「琬真，理智點，我們已經沒有感情了！」瑞耕絕決。

「我有，我在乎你！我不要你走！」琬真試圖挽回。

「琬真，不要再拴住我，放我走吧！為什麼妳不去另外找個對象！」瑞耕的聲音冰冷。

「啊！瑞耕……」琬真怔怔的看著他。她總以為，人與人之間在經過各種苦難後，應該相互疼惜。然而她錯了，人性是這麼複雜，她的忍讓，換來瑞耕的輕蔑和離棄。

十二年來的婚姻到底留給她什麼？她絕望的對著窗外，颱風要來，遠天一片赤霞。

瑞耕走了，從這天起，他不再回來。

擦乾淚水，琬真仍白天上班，下班後接辰辰，生活的步調一切如常。沒人看出她遭遇了什麼變故。唯獨夜裡，她失眠了，一夜又一夜。很快的，她雙眼凹陷，兩頰削瘦。桑桑已經懂事，她不明白為什麼爸爸不要他們，爸爸一向不在家，只有媽媽在照顧他們，這個家好像只有他們三人的。她常想如果她是爸爸，一定好好愛媽媽，這個家不能沒有媽媽。她走過來，摟住琬真：

「媽，別難過，爸爸走了，還有我們！我和辰辰都不會離開妳！」

琬真望著女兒溫柔的眼，還有那兩道愈發秀順的彎彎眉，心頭一顫。啊！天關！這個名字，讓她有恍如隔世的滄桑。若非那一夜，她的一生或許全不一樣。人啊！各自在生命的海裡泅泳，許多時刻浪來躲過了，但方向已不一樣了。有時她會想，如果不是瑞耕，她會留下桑桑嗎？這麼多年來，桑桑一直是她精神上的安慰。桑桑細膩貼心，總在她心境最荒涼的時刻，給予她繼續活下去的理由。這麼說來，她們母女最該感謝的人還是瑞耕？

週末，慧瑛偕慧琯來看她，一見面，慧瑛跳腳的說：

「怎麼把自己糟蹋成這個樣子，去照照鏡子，那是往日的琬真嗎？」

慧琯道：

「琬真，妳若還要這個婚姻，就要忍耐，睜隻眼閉隻眼，他們出門了就當是去旅行，回來了，就當是撿到。」

「哼！天涯何處無芳草？為了一個不再愛妳的男人傷心是最不值得的！因為那份感情已死了，妳聽過死人復活？」慧瑛憤憤道。

琬真默然，慧瑛的話一句句敲在她心裡。

「慧瑛不要再加油添醋啦！人生真真假假，假假真真，真裡有時假，假裡有時真，不必太認真。多的是忍過一時換來一輩子！」慧琯勸，這是她在兩次婚姻中的感慨。

「妳們就是這樣婆婆媽媽，才會被男人欺負。換是我，一發現對方不對勁，連讓他背叛的機會都沒有，先一腳把他踢開！誰敢對不起我？」慧瑛罵。

慧瑛說的沒錯，她在感情上，從頭到尾都是強者。

琬真困惑了？男人到底要什麼？

「妳想想看，從開始到現在，瑞耕有多少時間真正屬於妳？這個家有他沒他有差別嗎？妳傷心到底為哪樁？這種男人換成是我的，早被我休了！」

「………」

慧琯慧瑛你一言，我一句，琬真只是木木的聽著，心已經沒有了感覺。

慧琯示意慧瑛留下來陪琬真，怕她想不開。

「不用了，回去吧，我沒事！」琬真說。

想到自己在馬路上曾刻意尋死的那一幕，琬真不禁打哆嗦，幸好沒事，否則怎對得起桑桑、辰辰。

為了兩個孩子，她打起精神，除了白天上班外，晚上又接了幾個廣告企畫案在家裡做，現在她需要更多的收入，為了文案，琬真經常絞盡腦汁到三更半夜，為了生活，她必須保持活力，這時候茶和咖啡是她最好的朋友，有時候茶和咖啡也敵不過疲倦的夜。

早上，琬真被一陣陣的痛楚給驚醒，整個胃痙攣般的翻攪，她再也睡不著，起床弄了早點給桑桑辰辰吃了，才出門看醫生，檢查的結果是嚴重胃潰瘍，醫生囑咐琬真多休息少操心。她請了一天假在家，心中惦記著第二天一個大型的廣告企畫提案，客戶是家國內最大的食品工廠，這個廣告若談成可為公司賺進一百五十萬元。因此，她心中思索的都是第二天如何說服客戶接受她的廣告訴求方式。

下午近三點，電話響了，是桑桑的老師：

「桑桑課外活動時，從爬竿上摔下來，頭破了，現在臺大醫院急診，請妳快來！」

琬真聽了，腳一軟，給慧瑄打了通電話，要她去接辰辰，自己便匆匆趕到醫院。

桑桑一看到她來，才紅了眼眶，悄聲的說：

「媽，我好想爸爸，請他來看我好嗎？」琬真點點頭，淚不聽使喚的滴下來，八個月了，已過瑞耕自訂的半年期限，難道他真的不想再回到這個家了？

桑桑頭部的傷口已縫好，額頭纏了一圈的白紗布，醫生要琬真為桑桑辦理住院觀察。

手續辦好，慧瑄帶著辰辰來了。琬真打了通電話到瑞耕的實驗室，助理說瑞耕晚上有個應酬，就把地點告訴了她。

夜來了，奔馳在車燈與霓虹燈交織的夜色裡，快速流動的燈影讓琬真感到倉皇，不知各自匆忙的靈魂在夜色裡往何處去？

到了餐廳，人聲喧嘩，熱鬧滾滾。一、二樓都有喜宴，琬真向櫃臺說要找人，很快的擴音器就報出了瑞耕的名字，等了一分鐘，不見瑞耕出現。

「一定沒有來我們這家，再去別家找吧！」櫃臺小姐說。

琬真不死心，一樓二樓喜宴的會場到處巡視一番，所見都是生人面孔。最後她找到領班，並塞了一百元給他，請他幫忙找。領班一想，說：

「還有幾個房間有其他客人，說不定就在裡面！」

說著就要服務生帶她去找。服務生在一個小房間前停下開門：「有沒有一位蔡瑞耕先生？」這時，探出一個琬真見過的面孔，醉眼迷濛的說：

「沒有！不要吵！我們正喝得高興！」

琬真一個箭步跨向前，用力推開門，一眼便看見瑞耕在位上。瑞耕看了琬真一眼，只好起身出來。

「廣播了這麼久，為什麼不理我？」琬真面有慍容。

「什麼事？」

「桑桑辰辰想你！跟我回去！」琬真拉他。

瑞耕幾杯下肚，興味正濃，酒精在空氣中流動，像會傳染似的，帶動每個人的情緒，跟著高亢起來。眾人都在看瑞耕的反應，瑞耕平常喝酒豪邁，稱兄道弟，酒友間最忌懼內輕友。此刻他無論如何也要維護男人尊嚴。琬真不察，竟敢在朋友面前給難看，因此他大手一揮，沈下臉：

「妳先走，明天再回去看他們。」

「瑞耕！你不能再過這種日子，你以前不是說都是我害你的，迫使你喝酒解愁，現在不該再有這種藉口了！」

「妳不懂！回去！回去！」

瑞耕一邊說一邊把琬真往門外推。琬真掙扎不願離開，兩人背向眾人在門口牽牽扯扯。突然瑞耕壓低嗓音怒喝道：

「妳到底走不走？」

琬真沒想瑞耕竟在眾人面前趕她，呆了半響，一股屈辱油然而生。

「瑞耕！我們離婚吧！」她脫口。

「隨妳便！」瑞耕一面說，一面手掐在她藏在長髮裡的細頸，佯裝若無其事，把她押到飯店大門口！

琬真正要開口告訴他，桑桑住院的事，卻已聽他冷冷道：

「以後沒事不要隨便再來打擾我！」說完，他頭也不回的進去了。

瑞耕已經不是從前的他了，從前的那個瑞耕已死了，琬真無奈看著瑞耕的背影。

回到醫院面對慧琯的詢門，她再也忍不住撲在慧琯肩上痛哭。

「別難過了，我把妳的事告訴了一個在婦女會做事的朋友，她已為妳安排與她們協會的法律顧問見面，到了這個節骨眼，妳需要法律幫助妳！」慧瑄輕拍她的背安慰她。

琬真在醫院陪桑桑住了一夜，第二天是企畫案提案的日子，慧瑄再到醫院照顧桑桑，琬真匆匆忙忙的趕回家更衣，鏡中的她臉色灰黃。換了一套淺橘色的套裝，她細細的上了妝，打起精神。

十點正，該家食品工廠，從董事長到各部的經理共六位，浩浩蕩蕩的出現在琬真的公司裡，在會議廳，琬真負責說明這個企畫案，同時要回答客戶提出的種種問題。

胃痛仍舊，她忍著痛，把最重要的一點訊息傳給對方。

「貴公司雖是個口碑佳的老牌食品工廠，但是面對眾多新興的食品業壓力，給人一種類似ＸＸＸ強胃散，老成凋零的印象。因此除了產品本身重新包裝外，我們在媒體廣告上也要給企業新形象，採取意識型態的廣告訴求，才能吸引年輕的消費者。」

琬真的這個企畫案，果然在最後幾句強而有力的說服下，獲得客戶的青睞。

送走了客戶，全公司雀躍不已。老闆走到她身邊對她比出一個勝利的手勢，並悄聲的說：

「幹得好，給妳分紅，十五萬。」琬真聽了簡直不敢相信。她真的可以全靠自己了。

因為任務達成了，琬真急著去醫院，就把桑桑住院的事向老闆說了。

「不早說，我們公司人多，同事都可以幫忙，琬真，妳太見外了！」

在公司同事的眼裡，琬真每天都現出一種光彩，她看起來像一個快樂幸福的小女人，沒有人知道她正接受著人生重大的煎熬。生命中的某些沈重往往是需要獨自去承擔的。琬真寧可夜闌人靜關起門來大哭一場，也不願白日露出一絲淚痕，她的淚只能自己收。

桑桑已經出院回家，瑞耕始終沒有回家探望孩子，琬真也死了這條心。從學生時代認識瑞耕起，已近二十年，瑞耕的存在是生命中的一部分，是習慣還是不捨，到最後都分不清。所有生命中甘與不甘都不是自己能決定的。

三天後，慧琯十萬火急打電話告訴她：

「在協會做事的那個朋友剛通知我，她們的法律顧問來了，她請妳快去一趟！」

「非去不可嗎？」琬真猶豫了，夫妻之間到了須以法律解決時，她反而覺得再計較都是多餘的。

「琬真，妳要替自己爭取權益，這方面我無法幫妳！只能靠專家！」慧琯堅決的說。

琬真矛盾了，要她在外人面前赤裸裸把自己的私事暴露出來，連帶暴露瑞耕的職業、隱私，她個人除了尷尬外，還有深深的罪惡感，彷彿是自己破壞了瑞耕的形象。

琬真沈默，慧琯在電話那頭焦急的說：

「妳還考慮什麼？瑞耕跟我說他要辰辰的監護權！」

「好吧！」

琬真記下地址，叫了計程車前往。

天關作夢都沒想到他要受理的個案竟是琬真，那資料上清清楚楚，明明白白的寫著琬真的姓名年齡，教育程度背景。他望著桌上白紙黑字的林琬真三個字，整個人因興奮而有些暈眩。

啊！他就要見到琬真了，本以為她還在美國的哪個角落，想不到她早就回來了，與他共同呼吸著這個城市的空氣，共飲著這個城市的水。甚至她上班的公司與他的事務所相距不到兩條街，那是一家頗知名的廣告公司。為什麼他從不在那附近見過她？老天在和他開什麼玩笑？他從懷裡取出學生時代的那枝刻有林琬真三個字的鋼筆，這枝鋼筆伴著他南來北往，繞過半個地球不知多少回，每在他寂寞孤單的時候，不自覺就從懷裡掏出這枝筆，仔細的望著那三個字，摩挲它輕吻它，沒有人可以了解這個名字對他的意義，這是他一輩子的摯愛。午夜夢迴，這個名字不知出現在他心中多少遍，唸著這個名，乾涸的生命才隱隱有了幸福。他以為這輩子再也見不到她了。不能忘記十年前回國尋她時的悽苦與落寞，回到美國後他大病一場，病中他把這枝鋼筆當成她。對它說話，對它哭對它笑，室友都以為他瘋了。是的，他是差點瘋了，當他得知琬真嫁給別人為妻的時候，他想把這個世界給毀了，包括自己。

老天！是你可憐我，把琬真又送回到我的眼前，這十幾年來，她到底是怎麼過的？為何到這個地方求助？她怎麼了？

琬真來到協會的辦公室，祕書小姐把她引到面談的小房間前說：

「妳運氣好，這位顧問現在是國際知名的律師了，他叫馬天關，聽過沒？」

腦袋轟然一聲，琬真驚得差點昏過去，還來不反應，門開了。想來那人聽到聲音怕她逃走，急急前來開門。他就站在她的面前，雖距離不到一公尺的地方，卻隔著十幾年長長的時空，她不敢相信不敢越前一步，那回在巷子裡看見的真的是他，原來他早回來了。她眼裡閃著淚光。

天關看到她的一剎那，心碎了，尤其接觸到那飽含淚水的一雙眼時，他恨不得立刻衝上前把她擁入懷裡。

「請進！」他克制自己。

琬真無路可退，硬生生的走進來，老天吶！這不是在作弄她嗎？他站在她面前，舉手投足間瀟灑自若，眉宇間盡是大律師的風采，而她像隻待宰的羔羊，是他要援救的對象——一個面臨失婚的婦女。她像脫光了衣服赤裸裸站在大眾面前一樣感到羞辱。十二年未見，她非但未留給對方一個好印象，反倒讓他一眼瞧見她的憔悴與落魄。

天關忍住上前抱住她的衝動，她瘦了，一雙大眼因凹陷而幽如深潭，她的眉心布滿憂愁。這哪是那個甜美自信的琬真。到底她受了什麼樣的折磨？此時她臉上露出的驚惶難堪更叫他不捨。天啊，我不是有意要揭妳的瘡疤。

他把椅子拉出讓她坐下，自己坐在她的對面。

「想不到在這個地方碰見妳！」話一出口，天關才驚覺這不是他要說的話。

「你以為我應該在哪裡？在哪個浪漫小鎮？或在這個大城市裡過著少奶奶的生活？」琬真苦笑。

「不，不是這個意思！」天關激動得說不下去。

妳知道我因失去妳而差點把自己毀掉了？

「還記得金門大橋的約定？」天關痛苦的迸出這句話。

為這個約定，他單身十年，直到裘莉開口要嫁他。

「好久以前的事了，你應該結婚了吧！」琬真極力在壓抑自己的情緒，淡淡的說。怎會不記得，她曾幾次想從賓州到加州去看一看金門大橋，把遺憾還給它。

「一年前離婚了，有一個三歲的兒子！」

「哦！」明知道他終究敵不過父母的要求，也曾在心中祝福他早日成家。但是聽到由天關親口說出，她竟有著淡淡的失落。

「告訴我，琬真，為什麼不等我？」天關站起來，走向她，雙眼炯炯。這是他十幾年來百思不解的問題，他一定要問個明白。

琬真望著他逼近的臉，幾乎不能呼吸。她怎能告訴他實情，怎能告訴他原因，她躲開他的目光，把頭一撇。

「太寂寞了！」

「我不信，我不信這個理由，這是個最笨的理由，我不相信！」天關急得兩眼像要噴出火來。

「天關，我想這個案子不需要你幫忙，我自己處理，謝謝你！」琬真望著自己的鞋尖，說著就要站起來，她不能再待下去了。

「不！琬真，我要為妳解決，解決妳的處境，妳的婚姻。」天闕按住她的肩。

琬真抬起頭來，含淚的看著他，天底下還有什麼比這個更滑稽的事呢？十二年前，他種下了一個因，改變了她的一生，十二年後，他竟以法律專家的身分，來裁定因他而生的果，老天在和她開什麼玩笑？

「妳的事我都聽祕書說了，我不能再讓妳受苦！他沒有資格再做妳的丈夫！」

琬真，妳這模樣叫我心疼！那個混蛋男人。

「他以前不是這樣，是這個社會風氣害了他！」

他是疼桑桑的，疼你的女兒，直到現在為我保守這個祕密，這點我們都要感激他。

「他都可以置你們於不顧了，妳還替他說話？」天闕打從心裡生出妒意。

「我不想傷害他，畢竟他是兩個孩子的爸爸，我只要孩子的監護權。」琬真知道瑞耕愛辰辰，不可能放棄他。

瑞耕是個好人，端看他一開始幫助我們母女這點就知道，他只是迷失在這大染缸。

「我替妳想辦法，妳放心！」

讓我來照顧妳，妳的孩子就是我的孩子，我會替妳承擔的。

「我該回去了，兩個孩子在等我！」琬真站起來。她和天關是兩條平行的線。

「我送妳！不介意吧？」天關乞求的望著她。

琬真心軟了，或許該讓天關和桑桑見一面，畢竟他們是父女。

琬真默默的坐上天關的車。

天色已暗，夜幕低垂，家家戶戶亮起了橙黃的燈。記得小時候，她就喜歡凝視著人家窗內的燈光，想像著那燈光內的溫馨，甚至偷偷踮著腳尖靠在人家的窗口，心中多少的羡慕。現在這千千萬萬盞的燈裡，有一盞燈是屬於她的，期待著她回去。在那兒有個屬於她和兩個孩子共有的窗口。

車到了琬真住的地方，桑桑來開門。天關見到她的剎那，眼裡充滿了驚喜：

「多漂亮的孩子，琬真！真像妳年輕時，我如果有這樣的一個女兒，多好啊！」

琬真淺淺一笑。

「謝謝你送我回來！」

再見，天關，你有一個世界上最好的女兒。

天關眼裡盡是不捨，尤其見到了琬真母女相依的一幕，他內心充滿了感動。從他偷偷躲在學校附近餐廳的角落看她吃麵的那一天起到現在，整整十八年了。他們各自走過大半個地球，回到原點。他終於找回了自己失去的魂魄，無論如何他不會讓她從眼前再溜走了。

琬真是無法立在他跟前了，她看他最後一眼，轉身關上門。

隔著一道木門，久久她聽見天關的腳步聲漸漸遠去。

像是不捨，老天也喟嘆，先是傳來低沈的雷鳴，不久就轟隆聲大作，雜夾閃電，大雨應聲而落。琬真走向窗口，立在黑暗中，窗外雨絲在路燈的照射下像一支支從天而降的銀箭，雨中的天關淋的一身落湯雞，站在街心面向她。

彷彿又回到了那一年，她躲在遠處偷偷目送他入伍的那一幕。隔著嘈雜的人聲，擁擠的人群，在他回頭一眼就找到她的剎那，她彷佛聽得見他的呼吸、心跳，甚至感覺到那遠處目光傳來的熾熱。此刻隔著層層雨幕，她知道他的目光在暗處仍緊緊的扣住她的窗口。她的唇輕顫，心中沸騰，卻在喉頭硬生生把這股灼熱給吞下肚。

這場大雨來得如此猛急，滂沱澎湃，經過十八年，兩個在雨中交融的靈魂，就這樣靜靜的彼此凝望。

新人間叢書 314

沸點

作　　者—鄭如晴
編　　輯—陳萱宇
副 主 編—謝翠鈺
封面設計—文皇工作室
美術編輯—菩薩蠻數位文化有限公司

董 事 長—趙政岷
出 版 者—時報文化出版企業股份有限公司
108019 台北市和平西路三段二四〇號七樓
發行專線—（〇二）二三〇六六八四二
讀者服務專線—〇八〇〇二三一七〇五
（〇二）二三〇四七一〇三
讀者服務傳真—（〇二）二三〇四六八五八
郵撥—一九三四四七二四時報文化出版公司
信箱—一〇八九九台北華江橋郵局第九九信箱
時報悅讀網—http://www.readingtimes.com.tw
法律顧問—理律法律事務所　陳長文律師、李念祖律師
印刷—勁達印刷有限公司
初版一刷—二〇二一年二月十九日
初版二刷—二〇二一年三月十七日
定價—新台幣四〇〇元

時報文化出版公司成立於一九七五年，
並於一九九九年股票上櫃公開發行，於二〇〇八年脫離中時集團非屬旺中，
以「尊重智慧與創意的文化事業」為信念。

沸點/鄭如晴作. -- 初版. -- 臺北市：時報文化出版企業股份有限公司, 2021.02
面；　公分. --（新人間叢書；314）
ISBN 978-957-13-8523-5（平裝）

863.57　　109021317

ISBN 978-957-13-8523-5
Printed in Taiwan